Don Juan der Feinschmecker

MIX
Papier aus verantwortungsvollen Quellen
Paper from responsible sources
FSC® C105338

Rafael Ángel Herra

Don Juan der Feinschmecker

Aus dem Spanischen von Hans
Jürg Tetzeli von Rosador

2018

TWENTYSIX - Der Self-Publishing -Verlag
Eine Kooperation zwischen der Verlagsgruppe
Random House und BoD - Book on Demand

©2018 Herra, Rafael Ángel
Herstellung und Verlag:
BoD - Books on Demand, Norderstedt
ISBN 9783740744786
Letzte spanische Ausgabe:
Alfaguara, San José/Costa Rica 2012
rafaelangel.herra@gmail.com
hans.juerg.tetzeli@kabelmail.de

Coverbild: Rodolfo Stanley

Für Hans, für Norma,
in alter Freundschaft

Mordsmachos ohne Mumm

„Mordsmachos", schrie Pedro Blablabla, bequem in der Bar sitzend, mit Sabber auf den Lippen.

„Mordsmachos ohne Mumm", murmelte Diana zwischen den Zähnen, ein Lächeln unterdrückend, während sie das Chaos mit einem Blick überflog, bis er an Don Juan dem Feinschmecker hängen blieb.

Der Spanner

In dem Augenblick, in dem du den ersten Absatz liest, hast du dich in einen Spanner verwandelt. Höre gut zu, lieber Leser: Du hast dich gerade niedergekniet, dich in der Mitte mit angespanntem Körper und starrem Blick vor das Schlüsselloch der Obszönität gebeugt, um die andere Seite zu überwachen. Diese Anstrengung aufzupassen öffnet dir den Blick auf die Lüste eines merkwürdigen Verführers, dessen Liebesrezepte du auf den folgenden Seiten kennen lernen wirst. Die Würfel sind gefallen, du kannst es nicht beklagen. Ohne das Schlüsselloch und ohne Augen, die hindurchschauen, ist kein Roman möglich.

Du wirst Komplize sein.

Die Typologie des Verführers nährt die Boshaftigkeit, aber sie bereichert auch den Karneval der Welt. Gleich wirst du ein Exemplar dieser Gattung sehen, das in den Chroniken der großen Liebenden vergessen wurde, in den Archiven der Polizei fehlt und natürlich ohne Bedeutung in der Gastronomie ist. Wie ich habe sagen hören, erwähnt ihn bis heute kein Text. Es handelt sich um eine Person, die gleichzeitig außergewöhnlich und vulgär, bezaubernd und verzweifelt ist. Erst am Ende, wenn du deinen schmerzenden Rücken aufrichtest und ohne böses Blut aufhörst zu schauen, wirst du entscheiden, ob die schändliche Anstrengung, auf die andere Seite zu spähen, der Mühe wert war.

Erlaube mir eine methodische Frage.

Das Schlüsselloch ist eng und auf gewisse Weise ungeeignet, um eine Geschichte zu beobachten. Auf der *anderen Seite*, wo es aufregend ist, erahnt man Episoden nur zur Hälfte, Einzelheiten ohne Zusammenhang. Ich sage dir ohne Rücksichtnahme: Es wird notwendig sein, die Wirklichkeit jenseits der sichtbaren Welt zu *erfinden*, um sie zu verstehen. Nimm es nicht übel: Die Physiker, die Biographen und die Klatschbasen tun das Gleiche wie die Romanciers. Ihre Handlungen werden von unnötigen Verbrechen und vergangenen Liebschaften inspiriert (und es ist nicht unnütz zu wiederholen, dass die Liebschaften so sind). Der Blick, dein Blick, wird den Schritten eines unglücklichen und eher merkwürdigen Helden folgen, der Don Juan der Feinschmecker genannt wird. Wir werden seine Abenteuer verfolgen, selbst wenn sich dies als pervers, steril und den Geschichten der Sensationspresse ähnlich erweist. Vielleicht retten ihn die Erfolge und Albernheiten dieser unheilbaren Machos, seiner Freunde, Stammgäste der Bars, die in die Geschichte als die Miserablen eingehen werden. Jeden Freitag trifft sich Don Juan der Feinschmecker mit ihnen in einer anderen Bar, um die Welt wiederherzustellen.

Die Redlichkeit, die du, lieber Leser, verdienst – und ich sage dies nicht, um dir zu schmeicheln –, veranlasst mich, dir einen Rat zu geben: Wenn dir die Wonnen des Voyeurs gefallen, warte mit der Lektüre dieses Buches bis zur Volljährigkeit. Sehr zu meinem Leidwesen werde ich dir nur dann Recht geben, wenn du mir einen Vorwurf machst, der von den besten moralischen Traditionen inspiriert ist. Wenn du mir sagtest, die Leser seien Komplizen des Erzählers, des niederträchtigsten aller Spanner – was du bereits bei deinen zahlreichen Romanlektüren bemerkt haben wirst –, werde ich dir Recht geben: Romane werden aufgrund von Voyeurismus gelesen. Folge also den jammervollen Schritten Don Juans des Feinschmeckers lies die Geschichte seiner Begegnungen und der Ereignisse, aber ich bitte dich, tue es in der Küche und nie ausgestreckt auf dem Bett. Öffne das

Buch auch nicht vor dem Einschlafen. Die Verführung beginnt auf einem Bett von duftenden Kräutern am genussvollen Herd, wenn dich die Natur zur Zärtlichkeit ruft.

Da du, müßiger Spanner, bis hier her gekommen bist, kannst du dich nicht mehr retten, selbst wenn du das Buch schließt. Fahre fort zu beobachten, den Körper vorgebeugt, mit scharfem Blick, gerunzelter Stirn und ein wenig Laszivität, die auf der umfangreichen Rezeptsammlung deines Körpers ausgebreitet ist.

Das Risiko wird sein, über einen Leichnam zu stolpern, wo du ihn am wenigsten erwartest.

Das Opfer

Die günstige Gelegenheit würde kommen. Die Frau ging schnell, wie sie es zu tun pflegte, und kam am Fahrzeug mit den getönten Scheiben vorbei. Die zwei Männer sahen ihr nach.

„Was sind wir doch für Mistkerle", sagte der, welcher neben dem Fahrer saß, während er etwas zwischen den Beinen streichelte und mit den Augen den schönen Hintern auf der anderen Seite des Fensters verschlang, „was für eine Verschwendung."

Der am Steuer antwortete mit einem Lächeln.

Ein anderer Mann, der einige Schritte hinter der Frau ging, lächelte auch.

Die Miserablen

Als die Miserablen an jenem Freitag der Bars auf die Straße traten, bildete sich Juan ein, er werde beobachtet. War es das vierte oder fünfte Mal? Seit wann hegte er den Verdacht, verfolgt zu werden? Ich weiß die Gründe dafür, aber ich verwahre sie wohl in meiner Brust, denn es ist noch nicht die Zeit, sie zu erzählen. Juan hingegen konnte seine Empfindungen nicht für sich behalten und plauderte sie, sich nach allen Seiten umschauend, vor dem Triste aus, während Pedro mit seinem Blablabla fortfuhr. Es war dieser und nicht der Triste, der ihm mit nach Paprikawurst und Bier stinkendem Atem antwortete, während er mit den Händen fuchtelte, um imaginäre Stechmücken von seinem Gesicht zu verscheuchen:

„Auch wir Paranoiker haben reale Feinde."

„Diesen Satz habe ich schon gehört, du Mistkerl. Der andere Juan hat auch gesagt: Die Toten, die ihr tötet, erfreuen sich guter Gesundheit."

Es ist nicht so, dass Juans Nerven zerrüttet gewesen wären, denn er war nicht ängstlich, aber er fühlte sich beobachtet und es befiel ihn ein lästiges Unbehagen. An diesem Freitag wich er von seiner Gewohnheit ab und plauderte zu viel aus. Er sprach wenig von sich, aber manchmal fiel er in Versuchung, es zu tun, indem er sich auf ein einziges Thema beschränkte. Plötzlich erwähnte er, verzaubert durch Details seines Liebeslebens, seine Siege auf dem Territorium der großen Stürme und banalisierte die verlorenen Schlachten. Auf keinem anderen Gebiet ist der Selbstbetrug so köstlich wie in den Liebesfantasien. Juan brauchte Bestätigung. Wenigstens nahmen die Miserablen dies so wahr. Es war eine gelegentlich auftretende Schwäche, aber dann zeigte sie sich in vollem Umfang und reichte aus, dass sie ihn bei Alkohol und Zigarettenrauch lediglich mit dem Spitznamen Don Juan tauften oder Don Juan der Feinschmecker, wenn sie seine Ruhmestaten exquisiter loben wollten.

Die Episode mit Flor Salvaje endete viele Monate nach dem ersten Gefühl, verfolgt zu werden. Wie man im Verlauf der Geschichte sehen wird, mit tragischem Ende.

Ein blutender Körper an der Karibik

Diana atmete eine Wolke imaginären Rauches aus. Noch nach mehreren Jahren ohne Tabak erlebte sie das frühere Vergnügen wieder, mit Feingefühl die schmutzige Luft zwischen den Lippen auszustoßen, illusorische Ringe zu bilden, und gab sich danach einer beunruhigenden Ruhe hin. Wenn sie ein Fall fesselte, füllten sich die Pausen, in denen sie nachdachte, mit diesen archetypischen Gesten einer Raucherin. Die polizeiliche Ermittlung ist schwierig, sie verlangt Beharrlichkeit, Konzentration. Man muss sich an etwas festhalten: an einer Zigarette zum Beispiel. Aber heute nicht. Heute verbindet sie Arbeit und Urlaub an der Karibik, in Cahuita.

Seit den mythischen Tagen ihres ersten Besuchs im Garten Eden zwischen Meer und Urwald war sie von Cahuita hypnotisiert. Diana war gekommen, um zu entspannen, Unreines in der salzigen Feuchtigkeit der immer noch geheimnisvollen Tropen auszuschwitzen und einen Blick auf die kleinen Geschäfte der Karibikküste zu werfen, die sich während der letzten Jahre, vor allem in Puerto Viejo, vervielfacht hatten, um den Bedarf des internationalen Touristenstroms zu decken. Einige von ihnen gehörten ausländischen Abenteurern oder Opportunisten mit guter Nase und unerschöpflichen Geldquellen. Die Polizei verfügte über wichtige vertrauliche Informationen über Geschäfte, die dort im Schutz der ewigen Glückseligkeit zusammenliefen. Seit langer Zeit wusste sie von einem Netzwerk, das Mädchenhandel mit dem Nahen Osten trieb, mit Kontakten in San José und der Karibik und zahlreichen Verbindungen in verschiedenen Ländern Südamerikas. Obwohl es keine weiterreichenden Informationen gab, war es eine gute Idee, sich diese Tage am Meer freizunehmen und als bewährte, ihren Beruf leidenschaftlich ausübende Polizistin nebenbei die Läden zu überwachen, die den Mädchenhändlern in Cahuita, Puert Viejo, Cocles und Manzanillo zur Tarnung dienen.

Die weisesten der Weisen haben einen Spruch: Wer zum Fenster hinaussieht, sieht Dinge. Den Weisen, die so reden, widerspricht nichts, wenn das Schicksal seine eigenen Ziele verfolgt.

Das Schicksal oder der Zufall, die ein und dasselbe sind, lenkt unser Leben wie es will, und zwinkert uns zu, wo wir es am wenigsten erwarten.

Diana ruhte sich gerade aus, der Schaum zeichnete ihre Haut mit filigranen Spitzen, während die Brise ihr das Gesicht streichelte. Da geschah es. Der Sand, das unendliche Meer, der stürmische Wind jenes Morgens führten zu einem Ende, das undenkbar war, als sie sich zu einer Reise an die Küste entschied. Jemand schrie und die wenigen Frühaufsteher liefen herbei. Neben einem dampfenden Becken zwischen den Bäumen, einer Hinterlassenschaft der Probebohrungen nach Erdöl, die den Wald verwüsteten, der ohnehin schon schwer verwundet war, lag eine junge, schöne Frau. Diana spekulierte nicht, wohin sie dieser im Paradies unerwartete Leichnam, so nah an den Korallenbänken, führen würde. Aber sie wusste andere Dinge sehr gut: zum Beispiel, dass es zwischen dem Opfer und dem Mörder eine Verbindungslinie gibt. Die Aufgabe der polizeilichen Ermittlung ist es, diese in allen Einzelheiten zu verfolgen, das Chaos des Knäuels zu entwirren, bis dem Täter Handschellen angelegt werden. Die Motive für das Verbrechen zu verstehen, fällt nicht in die Zuständigkeit der Polizei, sondern in die von Psychologen oder Polizeipsychologen, sollten sie einmal erfolgreich die seltsamen Brühen identifizieren, die im Herzen der Sterblichen gekocht werden. Aber sie wusste auch etwas Pragmatischeres: dass die Motive zum Verbrecher führen. Niemand kann erklären, ob es die tropische Hitze war oder ihre Mattigkeit und Ermüdung durch monatelange Überarbeitung, was sie zweifeln ließ, aber dann triumphierte ihr Gespür. Jemand entdeckte die Waffe, bevor der Tatort abgesperrt werden konnte. Ein Küchenmesser blitzte zwischen den Gräsern, halb vergraben mehrere Meter vom Körper entfernt.

In dieser Nacht, im Esszimmer der Pension sitzend, stieß sie wieder die Luft aus, während sie sich eine Limonade servierte. Dies war ihr Tick bei schwierigen Überlegungen. Drei Tage danach musste sie am warmen Meer von Talamanca, in Limón, den Ort eines weiteren Verbrechens mit gastronomischen Resonanzen aufsuchen. Das nächste Mal würde sie, um Vergnügen und Arbeit nicht zu vermengen, was den unglücklichsten Cocktail ergibt, zur Isla del Coco fahren, um Eier ausgestorbener Tiere zu suchen.

Das laszive Aussehen der Papaya

Der blinde Zufall warf ihn auf die Welt in Zeiten, die gar nicht heroisch und so eitel wie wenige sind: die unseren. Unsere Epoche sah Juans Geburt in einer Vorstadt der Kapitale, weit nach der Mitte des Jahrhunderts, als das Land aufhörte, eine ländliche Landschaft mit mehr Weilern als Städten zu sein. Über das, was er in seiner Kindheit sah und durchmachte und man ihn durchmachen ließ, gibt es keine Aufzeichnungen, ich habe aber einige Zeugenaussagen sammeln können. Selbstverständlich hat niemand in ihm eine Person vorhergesehen, die dazu verurteilt war, ein riskantes Leben zu führen, über deren Leben Aufzeichnungen gemacht oder wundertätige Episoden dokumentiert werden müssten. Wenn uns die Neugier anspornt, müsste sein Scheißleben Stück für Stück rekonstruiert werden und die Scheißleben derer, die zu ihm in Beziehung stehen. Freilich haben diese Angaben keinerlei Bedeutung für die Menschheit, sie sind aber bei näherer Betrachtung merkwürdig und ihre Lektüre füllt einige langweilige Stunden, wenn die Muße fehlt oder eine bessere Möglichkeit, sich zu beschäftigen. Ich werde sie dir berichten, lieber Leser, aber ich vertraue auch auf deine Vorstellungskraft, welche die Lücken auf der anderen Seite des Türschlosses schließt und die Geschichte nach deinem Geschmack ergänzt.

Sein Vater, Besitzer kleiner Restaurants (die wir eher Garküchen nennen sollten) auf dem Zentralmarkt, führte ihn seit seiner frühesten Kindheit dorthin. Durch diese Ausflüge kompensierte er das Fehlen der Mutter, er sorgte für ihn und brachte ihm die für das Leben wichtigen Dinge bei. Auf dem Markt, einem Ort des Abfalls und frischer Früchte, der Geschäfte und kleinen Genüsse, spielte das Kind, sich zu verirren, und dort, verloren zwischen Gemüsesorten, Fischgeruch, Lederartikeln und Frauen mit dem Lächeln der aufgehenden Sonne, mahlte ihn die Geschichte mit ihren Pfeffermühlen. In den einfachen Speisewirtschaften, die ich nicht wieder Restaurants nennen werde, ging er in die Küche und dann musste man ihn hinter den Röcken der jungen Kellnerinnen suchen. Niemand kann mit Sicherheit sagen, ob es zu jenen unvernünftigen Zeiten war, als ihm der Geruch der Frau zu gefallen anfing, die Frischkäse im Hinterhaus verkaufte, am Garten, der zu seinem Schlafzimmer führte, aber es gibt ein merkwürdiges Detail über diese Kindheit, die von Aromen und Kochkünsten erfüllt war. Während jener Jahre prägte sich die samtene Haut der Pfirsiche seinem Gedächtnis ein, und er lernte, dass es keines Wunders bedurfte, um sich nach der lasziven Form der Papaya zu sehnen, die sich den Blicken darbietet.

Das Liebesleben, das einzige, das in seinen Augen zählt, nahm seinen guten Anfang; oder schlechten, je nach Gesichtspunkt. Zwischen freigebigen Nachbarinnen, Gemüsesorten, Paprikawürsten und Straßentumulten hatte Don Juan der Feinschmecker eine Offenbarung. Ja, vielleicht wurde er dort eingeweiht und so war es, wie er zum ersten Male und für immer die Liebe kennen lernte. Es gab Liebschaften, Liebeleien, Laszivität, Faustschläge auf den Tisch, aber es geschah von Anfang an auch etwas Außergewöhnliches: Jede Erfahrung hatte einen Geschmack und dieser Geschmack hinterließ unauslöschliche Merkmale in seiner Phantasie. Die Liebe verband sich mit bestimmten Aromen: dem Fisch, den Pfirsichen oder dem Saft, der ihm an einem kalten Tag ins Gesicht geschüttet wurde. Die Phantasie kannte keine Grenzen. Sie war spontan, betrügerisch. Juan vergisst die grundlegenden Tage nie: Mit der Tochter des Nachbarn, der mit importiertem Obst handelte, versteckte er sich zwischen Pappschachteln, um rote Trauben zu essen; seit jener Zeit bewahren das Geheimnis und gewisse Phantasmagorien, die nicht veröffentlicht werden dürfen, die Textur der Avocado. Gelegentlich traf er die Mulattinnen des Guten und des Bösen. Beim Lächeln entblößten sie ungeahnte Zähne zwischen fleischigen, feuchten und brennenden Lippen; so fühlte er sie eines Nachts, als sie ihn aufs Ohr küssten und aufgeregt an ihm knabberten. Die Mädchen stahlen den gebratenen Speck und luden ihn zum Essen ein, versteckt auf dem Grundstück seines Vaters, des Metzgers, nicht ohne dessen Zorn zu erregen: Eines Morgens verfolgte er ihn mit einem Messer in der Hand und rachsüchtigen Augen. Juan floh tief beschämt auf die Straße. Er fühlte einen Nachgeschmack von Fleisch und Schrecken im Körper und den Schmerz unvollendeter Liebschaften in der Seele.

Die Jahre entflammten seine Kraft: nicht umsonst, denn

die Liebe hinterlässt immer Spuren. Die Frauen liefen ihm nach, er zog sie an, wer weiß, aus welch magischen Gründen; und er suchte sie begierig seit seiner Kindheit, um sich turbulenten Empfindungen hinzugeben, die im Gaumen geboren wurden. Die hängenden Knoblauchzöpfe ließen ihn an eine geheimnisvolle Haarpracht denken. Juan erlebte ihre Wirkung auf die Haut beim Spiel mit einer Locke von neuem. Auch die Zitrone und die Kräuter prägten seinen Gaumen, die unangenehme Feuchtigkeit, welche die offenen Wassermelonen ausschwitzten, das rätselhafte Aussehen des Breiapfels, die fleischigen und frechen Tomaten. Alles schmeckt nach wollüstiger Hingabe, nach dem Fruchtfleisch der reifen Mango, nach von Kaskaden süßen Fruchtsaftes befeuchteten Lippen

Ein weiterer Freitag, nach dem letzten Freitag

Ein weiterer Freitag, nach dem letzten Freitag. Die Miserablen. Wieder die Bar. Obwohl es nicht seine bevorzugten Feiern sind, ziehen Juan diese grotesken Wochenenden an, er weiß nicht warum und wird es bis zum Ende der Geschichte nicht wissen, weil es etwas Peinigendes und Obszönes an dieser Gewohnheit gab. Das Schlimmste und Nutzloseste ist das leere Geschwätz über Fußball, zu dem das Gequatsche aus dem Fernseher kommt, der hoch über der Bar steht. Von dort schaut und redet durch seine unergiebigen Kanäle dieses Auge des peinigenden Gottes. Die andere Leidenschaft seiner Kumpel ist es, sich in Kneipen zu flüchten, wo zu den Getränken gute Häppchen serviert werden. Eine moderne Bar, die mit dem Bier nicht etwas zum Kauen anbietet, kann zum Teufel gehen und in den Flammen der Hölle versinken: Niemand mit gutem Magen wird sie vermissen, noch ihretwegen Aquavit-Tränen vergießen. Aber in einer zünftigen Bar müssen die Häppchen große Happen sein, kompakt mit viel Chili, und wie sein Freund David, der Journalist, behauptete, am Tisch serviert von glücklichen Frauen im Stil von Eva, der verführerischen Kellnerin von „Der fröhliche Hahn", der an den Wochenenden in einem der alten Viertel von San José geöffnet hat. Die Kneipen füllen sich an den Freitagen. Alle Welt eilt, um sich einen Mansch einzuverleiben, während sich die Seele durch endlose Albernheiten entleert. Zigarettenrauch, Uringestank, Stimmen, Musik, Schreie an der obersten Grenze der Dezibel: alles verschwört sich gegen die Gesundheit, aber nährt die Illusionen, während es die Seele einschläfert.

In dieser Nacht zogen sie sich in einen infamen Winkel zurück, auf dem Weg derer, die zum Pissoir gehen, um mit erleichterten Ahs zu enden. Wie viele würden heilige Worte sprechen, während der Strahl auf eine Pfütze mit Bierschaum fällt und die Schuhe anspritzt? In der Kneipe sprechen alle gleichzeitig, schreien mit vollem Mund, man muss die Musik hören, die Aggression des Fernsehers erleiden und sogar von drei Fernsehern, die verschiedene Sorten Dreck gegen die Welt schleudern. In der Stunde der Bekenntnisse befreien sich die Phantasmen. Ovid der Dichter liest seine Gedichte der Woche. *Ich bin bereits nicht mehr derselbe: ich trage in deinem Speichel die Begierden, die mir die Spur deiner Lippen hinterließen.* Der Zorro schaut geduckt. *Sende ein Wort und einen Kuss von der Art, die es nur gibt, wenn die Augen feucht werden, der den Göttern das letzte Mal fehlte, denn sie konnten ihn nicht wiederholen.* Der Triste attackiert die Politiker und schmäht die Regierung. *Sende mir den Kuss, den ich dich nicht lehren könnte zu begehren, einen langen Kuss, Vorläufer des Vergessens.* Pedro Blablabla verkündet seine Eroberungen (und die Gefährten wissen, dass seine Liebesgeschichten erfunden sind) und kann seinen Neid auf Juan wegen dessen Glück bei den Frauen nicht unterdrücken, weil die Frauen ihm nachlaufen, wie man in diesem Reich der Männer sagt, und Juan beansprucht mit Stolz und ohne Scham die Legenden für sich. „Warum nicht?", fragt er sich. Die Gruppe der Miserablen, diese, die in der Kneipe, bildet sein Lebensprinzip, dort, in ihr und mit ihr bestätigt sich seine schändliche Seite. *Ich spreche von der Sonne, die sich am Abend die Lippen schminkt, bevor sie sich verbirgt.*

Das Verbrechen von Cahuita

Ein frischer Wind machte die abendliche Hitze an der Küste erträglich. In der Ferne ging zwischen dicken Wolken ein Gewitter auf den Atlantik nieder. Diana spazierte ein wenig lethargisch den Strand entlang. Ihre Arbeit verlangte von ihr, Hypothesen aufzustellen und zu verwerfen. Immer ging ihr ein Fall im Kopf herum. Ich will damit sagen, dass sie sich selbst außerhalb ihrer Arbeit damit vergnügte, kriminelle Rätsel zu lösen. Aber diesmal handelte es sich nicht um einen Zeitvertreib. Das Verbrechen von Cahuita war das zweite innerhalb weniger Wochen. Die jungen toten Frauen begannen, sich ihrer zu bemächtigen, stärker als andere Ermittlungsverfahren, welche die Aufmerksamkeit der Staatsanwaltschaft in Anspruch nahmen. Sie hatte sich an der Karibik entspannen wollen, aber nein, die Ereignisse stellten ihre eigenen Regeln auf, und jetzt war ihr eine Mühle aufgebürdet, die schwere Gedanken mahlte. Wie konnte sie sich da ausruhen? Sie war vor drei Tagen angekommen. Sie wohnte in einer kleinen Pension, die zwischen den Häusern lag, wo das Rauschen der Wellen dem Chaos von Cahuita wich, das seit wenigen Jahren die Schläfrigkeit der Orte verloren hatte, wo nichts passiert und die Welt dem Garten Eden in den Zeiten ähnelt, die der Schlange vorangingen. Aber manchmal drang die aktuelle Wirklichkeit, die einzige, die zählt, in ihre Poren ein. Der Wind des Chaos wehte überall und der Touristenrummel erschütterte schließlich die Unschuld jenes Dorfes, das bis vor wenigen Jahren fast unbekannt war, um nicht inexistent zu sagen: Das Leben bestand aus einem Hin und Her von Fahrzeugen und Touristen auf der Suche nach Abenteuern, ohrenbetäubender Musik und der großen Traurigkeit der unwiederbringlichen Vergangenheit.

Das Gewitter näherte sich.

PubliServ

Juan ist in seinem Büro von PubliServ glücklich. Oder er scheint es zu sein.

Erlaube, Leser, dass ich das Problem des menschlichen Glücks im Tintenfass lasse und an diesem Punkt einen Schleier des Halbdunkels über seine Arbeitsstunden ziehe, zu denen du später zurückkehren wirst, wenn deine Geduld und Geneigtheit dazu und zu noch mehr ausreichen und du in der Geschichte, die du liest, ihren Schwachpunkt sehen willst, das heißt die Gründe seiner Tragödie. Für jetzt genüge es uns, ihn an seinem Schreibtisch zu überraschen. Er sitzt seit drei Stunden auf seinem Drehstuhl. Sieh ihn lächeln hinter einem Berg von Drehbüchern, Kassetten, Videos, Skizzen für Werbeanzeigen und Papieren, ja, Papiere, Formulare, Bestellungen, Aufträge; dazu Schecks, Rechnungen, Quittungen ... uff: alles ruht auf dem Schreibtisch, geordnet, ohne Staub. Die Reinlichkeit ist eine seiner am besten gepflegten Manien seit den freien Zeiten in der Kindheit. Zu starke Aromen, ungeordnetes Gemüse, der schmutzige Boden der Märkte, die vom Wind durch die Gassen von San José gewehten Zeitungen, all dies ruft einen urtümlichen Widerwillen in ihm hervor.

Ja, die Ordnung der Dinge und die Unordnung in der Brust: dies verrät ihn; oder sollte es ein falscher Anschein sein, eine weitere Dummheit des Erzählers?

Vor Jahren, in den Anfangstagen der Informatik, wurde damit begonnen, die Arbeit von PubliServ zu computerisieren, aber die Papierflut nahm nicht ab. In den Monaten des Scheidewegs zwischen der alten manuellen Ordnung und der kybernetischen Zukunft, man könnte fast von einer niederträchtigen Zeit sprechen, bestanden zwei Systeme gleichzeitig: die virtuelle Realität – über die von Anfang an zwei junge Experten mit Krawatten von Touristen in den Tropen herrschten – und die echte Realität – die Seine, die der Mitarbeiter und die des Publikums. In dieser denkwürdigen Epoche trat Juan in das Reich der Werbung ein.

Willst du mehr wissen?

In seinem Büro regiert die Ordnung.

Und die Unordnung, die ich schon erwähnt habe?

Im Reich der berührbaren und unberührbaren Ordnung, wo über zerstörerische Projekte entschieden wird, lebt auch das Chaos. Die Videos, die Rechnungen, die Skizzen sind normale Dinge, gut geordnet, ohne Fehler, sie gehen in einem vorhersagbaren Rhythmus ein und aus. Aber in diesem körperlichen Raum voller Aufgaben existiert ein Riss der Unsicherheit. Juan verehrt mit fetischistischer Hingabe, die jedes Maß übersteigt, die in den Schubladen aufbewahrten Reliquien. Frucht der Verführung, würde sein Album mit Fotografien und Illustrationen, das gut eingeschlossen ist, jeden Beobachter fremder Intimität neidisch machen, dem es gelänge, einen Blick darauf zu werfen. Dies ist – erlaube mir, es zu sagen – die private Ehrung seiner Siege, will sagen, der Frauen seines Lebens (natürlich nicht aller) und der kulinarischen Bilder (natürlich nicht aller), die seinen Körper am stärksten erbeben ließen. Niemand könnte es leugnen: auch hier zwischen den illustren Relikten der Liebe ahnt man die Verzweiflung des großen Machos. Über den Mühen der Arbeit, zwischen den Papieren, die seine erregten Fantasien anfachen, lächelt ihm das Paradies der Zärtlichkeit. Sein Leben schwankt zwischen dem beruflichen Unbehagen, der Kreativität und den Phantasmen der Lust, gewürzt durch die im Schreibtisch verborgenen Bilder. Unter der Ablage aus Leder befindet sich nur ein Portrait. Durch diesen einzigartigen Körper, der nur bei unvorhersehbaren Zeremonien sichtbar wird, begehren und sehen ihn alle Frauen seines Lebens an, die er fotografieren konnte. Auf der Seite, links, steht ein Name mit roter Tinte und darunter mit minuziösen Strichen fünf Gabeln, die einen Bogen bilden: Dalila. Zwei ovale Linien schließen die heraldische Zeichnung, die auf einem verkehrt herum geschriebenen Schild ruht (Warum verkehrt herum?):

etraktsopreueF

An diesem Freitag würde er mit ihr ausgehen.

Dalila.

Er hatte sie gerade kennen gelernt. Durch Zufall. Denn so ist die Liebe. Oder vielleicht nicht. Vielleicht zieht das Verhängnis die mit wilden Hormonen ausgestatteten Körper an.

PubliServ. In diesem klimatisierten Raum schienen alle ätherisch zu sein: diejenigen, die eintraten, diejenigen, die hinausgingen, diejenigen, die dort verweilten. Die Modernität war ein Glaubensakt. Aber an jenem Tag rochen Juans Illusionen nach dem Parfum *Chanel*. Er wartete auf die Nacht. Lorena, seine Kollegin, klopfte an die Tür und betrat das Büro. Juan sah, wie sie sich sechs Schritte von seinem Schreibtisch entfernt auf das Sofa setzte und die Beine sittsam kreuzte. Auf dem Tischchen zwischen den Sesseln lag die Skizze einer Anzeige für Dessous. Sie nahm sie und verglich sie mit ihren Notizen. Sie mussten mehrere Vorschläge prüfen. Juan stellte sich stilisierte Körper auf dem Laufsteg vor. Es fiel ihm schwer, sich zu konzentrieren, aber schließlich setzte sich sein beruflicher Instinkt durch, der bezüglich Dessous mit seinen anderen Trieben im Einklang war. Sie verglichen die Skizzen und die Notizen in allen Einzelheiten. Am Ende war Juan mit bestimmten notwendigen und dringenden Änderungen zufrieden. Als Lorena aufstand, um hinauszugehen, folgten ihr zwei unglückliche Augen ohne die professionelle Miene, die sie wenige Minuten zuvor gezeigt hatten.

Gegen Mittag kam ihn Vanessa, seine Börsenagentin, besuchen, nicht ohne sich vorher anzumelden und an die Tür zu klopfen. Sie hatte ihm am Vortag Bescheid gesagt, dass es dringend war. Sie musste mit ihm über bestimmte Investitionen sprechen. Sie war so schön und so zurückhaltend mit ihrer weißen Haut und ihren langen Haaren, mit ihrem vollkommenen Körper, dass Juan eine unmögliche Anstrengung unternehmen musste, um an die Zinsraten zu denken, die in jenem Jahr von den Obergaunern der Wall Street so übel zugerichtet worden waren. Vanessa ging mit genauen Instruktionen, die im Übrigen den Ideen entsprachen, die sie selbst vorgeschlagen hatte. Juan sah sie hinausgehen, stumm. Ihr unschuldiges Lächeln desorientierte ihn. Ihre Intelligenz faszinierte ihn. Ihre Gegenwart verwirrte ihn.

Er machte einige Telefonanrufe und erhielt zwei kurze Arbeitsbesuche. Er erwartete sehnlich den Abend, der sich vor ihm öffnete. Er würde gleich gehen. Aber nein, er musste einen langen Anruf von Roberto, dem Präsidenten von PubliServ, entgegennehmen. Wenn er dem Gremium derer angehört hätte, die ihre Nägel kauen, wäre ihm keiner geblieben, als er das Lenkrad packte und lospreschte *(ah, wenn ich fliegen könnte ... Dalila)*.

Die kurzen Jahre

Es war in seiner Zeit als Staatsdiener, in der sich irgendein subversives Büro mit Gerüchen füllte. Er erinnerte sich an die kurzen Jahre: eine spielerische Kraft war unerwartet in seine Träume eingesickert. Der Geruch erfüllte die Gänge, die benachbarten Räume, die Wartesäle. Er atmete tief ein, was ihn aus der Vergangenheit holte. Die Erinnerungen schienen Körper zu haben; Juan hätte sie, ruhig in einem PubliServ-Büro sitzend, freudlos und schmerzlos, miteinander verketten und durch Zeit und Raum ziehen können. Das Bild drückte sein Herz zusammen, drückte es mit den Klauen frustrierter Gelüste stark zusammen, zum Beispiel reife Kochbananen in öffentlichen Gebäuden zu braten. Köstliche und ungehörige Erinnerung. Dank dieser spitzbübischen Gewohnheit sprach die Vorsehung eine eindeutige Sprache: die des Gaumens oder die des Bauches, wie Pedro Blablabla besser sagen würde. Wer könnte sich entziehen? Aber der Teufel versuchte ihn, und er verfiel darauf, sich eine surrealistische Szene vorzustellen: Lorena, seine stilisierte Kollegin, wirft die Skizzen auf den Tisch, steht vom Sofa auf und beginnt, zwischen den iMac der letzten Generation und den LCD-Schirmen zu braten. Das Öl spritzt auf die Sessel. Fast nimmt er den alten Geschmack auf den Lippen wahr und einen trägen Dunst über dem Schreibtisch. Lorena trägt feinste schwarze Unterwäsche. Sie führt eine Bananenscheibe zum Mund und leckt sie langsam, das Öl rinnt über ihre Lippen. Aber es war nur eine Träumerei. PubliServ gehörte der neuen Gattung von Männern und Frauen des globalen Dorfes an und im globalen Dorf brät man bedauerlicherweise nicht in den Büros.

Jene Zeiten …

„Gefällt sie dir?", rief Luis aus seiner Ecke der Klagen.

Sie waren im Büro zwischen Trennwänden aus Pressspanplatten.

Luis war während Juans Jahren im Staatsdienst der nächste Bürokollege.

„Wie? Was gefällt ihm?", fragte Marito nach, der andere

Kollege nahe seinem Schreibtisch, der an diesem Tag pomadisiertes Haar im Stil von Gardel trug.
„Die gebratene Banane?"
„Nein, die junge Frau, die mich um Rat bat. Habt ihr den Minirock gesehen?"
„Gebratene Banane im Büro mag ich nicht."
„Sie riecht gut."
„Wer? Die junge Frau?"
„Nein, die Küche."
„Dreckskerl!"
Manchmal erschien der oberste Chef und dann rekelte sich jemand und machte sich daran, Formulare zu überprüfen, die er zu einem anderen Schreibtisch schickte.

Währenddessen schwebte in der Luft weiterhin der glorreiche Geruch der gebratenen Banane mit Käse in verbranntem Öl. Aber Juan wehrte die Erinnerung mit einer brüsken Geste ab. Der Geruch nach gebratener Banane konnte nicht mit der klimatisierten Luft harmonieren. Unser Held wärmte bereits nicht mehr einen Stuhl in einem Amtsraum. Nun bildete er einen Teil der grenzenlosen Welt von PubliServ, wo er entdeckte, dass er ein unvergleichliches Talent besaß. Und er brachte es zur Geltung, wie es sich gehört und der Markt es verlangt. Dank dessen füllte sich seine Brieftasche in Galoppgeschwindigkeit.

Du wirst verstehen, wie wichtig es ist, wenn wir im Lauf der Erzählung kurze Blicke auf PubliServ werfen, obwohl das, was du, lieber Leser, liest, sich nicht darauf beschränkt, die neue erfolgreiche Mittelschicht in der globalisierten Welt abzubilden. Es war dort zwischen vernetzten Computern, Zeichnungen und kommerzieller Werbung und einem Kommen und Gehen junger Frauen, mager, automatisch und so schön wie effizient, wo der Spitzname unseres Helden Don Juan der Feinschmecker am besten auf ihn passte und nicht in den Kneipen an den Freitagen, noch in seiner Zeit als Angestellter im öffentlichen Dienst. Mit den Jahren änderte er sich ein wenig, dem entkommt niemand. In dem Unternehmen verfeinerte er seinen Geschmack, und alle bewunderten den verführerischen Charme, den er ausstrahlte. Nur aus diesem Grund betete seine Sekretärin ihn an und war immer dazu bereit, ihm kleine Gefälligkeiten zu erweisen. Lorena gegenüber gab es Probleme der Anziehung und Abstoßung und, obwohl sie verborgen war, konnte Juan eine gewisse professionelle Rivalität nicht verheimlichen. María Coqueta, die Empfangsdame, sprach zu ihm im Stil von „mir-ist-das-aber-wichtig" und richtete eine durchlässige Barriere vor ihm auf, doch Juan beging nicht die Ungeschicktheit, bei PubliServ den Liebhaber zu spielen. Mit Natalia, der Rechtsanwältin, entwickelte sich immer ein Austausch von Wünschen, die nie verwirklicht wurden. Ihre großen schwarzen Augen begleiteten ihn in vielen Nächten der Träumereien. Sie war so vollkommen, dass er sie nicht vergessen konnte. Marcela, die Verwalterin des Archivs, hatte eine himmlische Reinheit, welche die Triebe des Verführers bremste. Mit den männlichen Mitarbeitern hatte er keine beruflichen Kontakte; einige bewunderten ihn in Liebesangelegenheiten; andere baten ihn um Rat, um ihn nicht zu beneiden. Aber ich werde das Netz der technischen Beziehungen und die verbotenen Wünsche nicht beschreiben, die Juan mit der *menschlichen Materie* des Unternehmens (so nannte er es) verbanden. Ich werde nur Roberto den Großen erwähnen der, mehr als Generaldirektor und Großaktionär von PubliServ, dem Geschlecht der Patriarchen angehörte. Groß, mit fülligem Körper, beherrschte er die Welt um ihn herum mit Kraft, aber mit Grazie. In dem Unternehmen änderte kein Papier seinen Platz, ohne dass er davon erfuhr. Sein Genie wurde durch Juans Kreativität ergänzt. Er duzte alle, er aß ohne Gewissensbisse und immer gut; wenn er zornig wurde und Befehle erteilte, tat er es mit der Grazie eines Kavaliers unter schlecht erzogenen Damen. Er erfreute sich mehr an der Jagd und dem Golfspiel als an *Veuve Clicquot*, obwohl ihm letztere die Lippen in den verschwenderischen Nächten befeuchtete, wenn ihn der Teufel bediente. Der alte Schreibtisch mit zwei Stirnseiten, Mahagoni vornehmer Herkunft und kunstvoll verziert, verstärkte die Würde der Besucher, bevor die klimatisierte Luft sie mit arktischen Temperaturen einlud, zitternd den Raum zu verlassen.

    PubliServ und sein Leuchtturmprojekt werden auf den folgenden Seiten wieder erscheinen, lieber Leser, aber nicht zu lange, denn du könntest gähnen. Die Helden öden an, wenn sie nicht tragisch sind. Und noch langweiliger können die Institutionen sein, außer wenn sie Geheimnisse verbergen oder uns bedrohen.

Pedro Blablabla

Die Blitze kennen kein Pardon. Die Miserablen auch nicht. An jenem Freitag suchte das Gewitter die Dachtraufen der Mexico-Bar heim. Der Donnergott Zeus wütete gegen die Welt, indem er Blitze vor den großen Fenstern aufleuchten ließ. Juan, Pedro Blablabla, der Triste, Rafa der Engel, Ovid der Dichter und Albino, ebenfalls Dichter erotischer Verse, Bracci, Álvaro und Alex waren schon trotz der Sintflut angekommen. Der Zorro erschien die ganze Nacht lang nicht. Er duckte sich weg: Keiner bemerkte ihn unter den Miserablen; und, wenn er fehlte, bemerkte keiner seine Abwesenheit. Es gab weitere Miserable am Rande, die nur manchmal freitags in die Kneipe kamen. Den harten Kern, die Stammgäste an den Freitagen, werden wir immer wieder sehen. Der Kneipe am Wochenende erhob diese Gruppe gut gelaunter Machos zu alkoholischer Glückseligkeit, obwohl sie nichts anderes gemeinsam hatten, als den Spitznamen die Miserablen und sich an den Freitagen zum Trinken zu treffen, Bacchus zu verehren und über die Dinge dieser Welt und der anderen zu streiten. Sie verabredeten sich jedes Mal in einem anderen Lokal oder zogen in derselben Nacht von einer Bar zur anderen. Es gab keine Regel, da sie nur beabsichtigten, jedes Mal einen Raum der Freiheit und der Ausschweifung zu eröffnen. Es kam wer wollte, sie lösten einander ab und vertraten sich unauffällig, tauschten Stühle und Gläser aus. Es gab keine ständigen Gäste – außer einem: Pedro Blablabla, der sich selbst einen Adelstitel verlieh: den des Epizentrums, des Steins der Weisen oder sogar der Achse dieser verunstalteten Bruderschaft von Trinkern, deren feierliche Sitzungen, sein Regierungsrat, in einem Hexensabbat mit Schnaps, gebratener Leber und ich weiß nicht in wie vielen diskursiven Schweinereien über die konstitutiven Prinzipien der gesellschaftlichen Wirklichkeit bestanden. In letzterem Punkt und in dem menschlichen Hampelmann, den sie vorstellten (ich zitiere Pedro Blablabla), unterschieden sie sich nicht sehr von der amtierenden Regierung, weder vom Präsidenten noch von seinen Ministern noch von ihren Mitarbeitern, denn sie redeten mehr als sie handelten und die einen wie die anderen machten ebenso viel Scheiße aus ihrer aufgenommenen Nahrung. Die Kneipenfreitage waren heilig und wichtig in diesem Scheißleben, denn dorthin gelangten Klatsch, Gerede und sogar die vaterländischen Obszönitäten schneller als an die Presse. Wenn es niemand zu beneiden gab, niemand zu verspotten, niemand wegen des eigenen Verdrusses zu beschuldigen, griff man wieder einmal auf das große Thema zurück: die Frauen. Oder, um es anders auszudrücken, die Frauen betreffenden Angelegenheiten waren das Portefeuille einer intelligenten Diskussionsarbeit, die vor und nach jedem behandeltem Thema kam. Manchmal, vom Gedröhn eines eingeschalteten Fernsehers bombardiert und wenn die Fantasie hinkte, begingen sie die Ketzerei, sich zu desintegrieren und auf politische Themen zu verfallen, oder hielten sich an die Information der Boulevardpresse, um wie ein Wasserfall weiterzureden; dann kehrten sie ohne Verzögerung zu den Einzelheiten des bevorzugten Themas der Woche zurück. Im Laufe dieser Erzählung werden wir sie immer wieder sehen, vor allem Pedro Blablabla, der frechste der heiligen Plebs, beschäftigte sich mit Juans Unglück, dem er, sooft er konnte, den Spitznamen Don Juan der Feinschmecker unter die Nase rieb, obwohl es, wie bereits gesagt, bei PubliServ war, wo es am besten auf ihn passte, so genannt zu werden. Juan war es egal, wenn er so genannt wurde.

Weder die gelehrten Chroniken der Philosophie noch das Getuschel in den Schönheitssalons erwähnen Pedro Blablabla jemals. Die illustrierten Zeitschriften sprechen nicht von ihm. Das Kunstkino kennt ihn nicht. Niemand wird ihn jemals in den Chroniken der außergewöhnlichen Ereignisse besprechen. Er ist auch mit niemand auf den Bildern zu vergleichen, die große Künstler über die Laster der Menschheit gemalt haben. Typen wie Pedro sind abwesende Helden in den Epen und in den Annalen des Kitsches. Und dennoch bekleidete er allzu lange wichtige politische Ämter. Um sich für den Auserwählten zu halten, genügte es ihm, sich jeden Morgen im Spiegel anzusehen und ihn zu fragen: Spieglein, Spieglein an der Wand, wer ist der Schönste im ganzen Land? Sein Vater, ein habsüchtiger Geldverleiher, sah die Zukunft voraus und so vererbte er ihm einige Vermögenswerte und eine Rechenmaschine zum Addieren und Subtrahieren, denn mehr erwartete er von seinem Kopf nicht, der außen so schön und innen so niederträchtig war. Er ist gutaussehend und widerlich, sagte der Triste.

Reizvolle Unverschämtheiten

Sie trug lange Haare, welche die Brise in Zuckerrohrblüten auf den Schultern verwandelte, ihre Haut schmeckte nach Karamell und die granatrot geschminkten Lippen waren fleischig und sündhaft. Wenn Juan an ihrer Seite nicht Schmetterlinge im Bauch verspürt hätte, hätte er gewusst, was zu tun war; aber das Unerwartete verbog seine Seele, die immer hellsichtig war, wenn ihm die Gelegenheit die Arme öffnete: ohne auf ihn zu warten, begann in der Peripherie des Blickfeldes ein mitleidloser Geschmack zu schweben.

Der Zufall hatte sie auf der Straße zusammengeführt. Und er war unwiederholbar – in der Art der kitschigen Erzählungen. Dalila kam mit der Abenddämmerung in sein Leben und entfesselte in ihm die Völlerei.

An jenem warmen Nachmittag verging er in Genüssen vor einem Schaufenster mit gastronomischen Spezialitäten: italienische *Antipasti*, *Bourgogne*, getrüffeltes natives Olivenöl extra und andere reizvolle Unverschämtheiten waren Zeugen seines Zusammenbruchs. Genau in diesem Augenblick fühlte er den Sturm. Er musste sich anstrengen, um die Kraft der Eroberer zurückzugewinnen. Dalila war neben ihm stehengeblieben. Juan fühlte, wie sich die Frucht öffnete, deren verstörender Nachgeschmack sein Fleisch in Fieberschauern schmelzen ließ, aber gleichzeitig gewann er seine große Klarheit zurück und sah ein Jahr reicher Ernte voraus. So erfuhr er den Zauber der ersten Begegnung und, auf seine Kraft vertrauend, gab er sich dem Genuss eines unerbittlichen Sieges hin. Die Zeit stand still, er ließ sich in einen Abgrund fallen, der noch namenlos war, aber mit einem Gesicht und langen Haaren. Er war fasziniert, ja besiegt und glücklich, die Brust den Pfeilen öffnend, er war der argloseste der in einem Netz gefangenen Sterblichen. Dortselbst bemerkte er seinen schönen Sturz und glaubte sich glücklich. Trotz der Macht, die ihn gerade überwältigt hatte, war es seine Gabe, seine Aufgabe, zu verführen. Juan ergriff immer die Initiative in

Liebesaffären, dies war nicht die Rolle der Frauen, die von seiner unsichtbaren Aureole ergriffen wurden. Immer ließ er es als ausgemacht gelten, dass er mit dem Spiel beginnen musste: ein solches Prinzip muss nicht bewiesen werden. Juan übernahm die aktive Rolle: er war immer das Wort, die Handlung, der Macho, bis ein dunkler Schatten auf seinen Körper fiel: die Ahnung, dass er sich jetzt in Beute verwandelte und nicht in den professionellen Jäger, der er immer gewesen war. Er bemerkte diese unvorhergesehene Schwäche erst, als er bereits in das Netz gegangen war. Eine kleine Misslichkeit des Vollrauschs. Juan glaubte – um dem Leser sein Selbstbild zu vermitteln–, dass nichts und niemand auf der Welt, will sagen: keine Frau, die Macht hatte, seinem Einfluss zu widerstehen. Den Frauen genügte es, ihn in ihrem Wahrnehmungsbereich zu fühlen oder ihn in körperlicher Nähe zu riechen, um schwerelos in seine Reichweite zu schweben, erinnerungslose Schmetterlinge, Rufe und Sehnsüchte verschwendend, den Körper entspannt, die Seele bebend. Nur eine feminine Version von Odysseus hätte der Bezauberung widerstehen können, sich die Ohren mit Wachs verstopfend, um die Stimme der Begierden nicht zu hören, sich die Augen mit einer dunklen Binde bedeckend, um das verfluchte Bild nicht zu sehen, und sich dem Geschmackssinn verweigernd, denn dieser mythische und feminine Odysseus durfte die unfühlbare Luft nicht kauen, die Handvoll loser und verwünschter Moleküle, die aus Juan dem Feinschmecker einen Magnet machten, durch dessen rohe Kraft die Frauen in seinen Kreis elementarer Anziehung voller Versprechen eintraten, von der Aura des Verderbens berührt und ohne Willen, dem Strudel zu widerstehen. Aber dies war nicht alles; es war nur ein Schein. Die Macht war anderswo. Juan trug auf seinen Lippen die geheime Waffe des Machos. Beim Sprechen wurde ein rätselhafter Magnet in der Feuchtigkeit seines Liebesspeichels aktiviert. Als Dalila ihn vor dem Delikatessenladen an ihrer Seite wahrnahm, wurde ihr die Welt klein und das Leben schmolz wie Butter auf dem Feuer. Als Juan ihre Gänsehaut aus Glut und Bronze sah, stellte er sich einen einleitenden Trinkspruch vor: der Champagner wurde bereits gekühlt und das Gedicht seiner triumphierenden Stimme brannte. Der delikate Geschmack der Speisen in der Auslage war ein Vorzeichen. Es gab Köstlichkeiten hinter und vor dem Schaufenster.

Juan gelang es, sich zu beherrschen. Er befand sich auf der

Höhe seiner Kraft. Er sprach:

„Gefällt es dir, Schaufenster anzusehen?"

(Die Frage ist idiotisch, lieber Leser, ich weiß es und schäme mich, es zuzugeben, aber was kann man von einer Erzählung erwarten, die auch von den Groschenromanen inspiriert ist? Und welch andere Plattheit sollte Juan unter diesen Umständen als verführter Verführer sagen?)

„Ja, natürlich", antwortete sie.

Wir können Dalila eine so wenig einfallsreiche Antwort nicht vorwerfen.

Und Juan müssen wir dafür entschuldigen, mit zwei unnützen Wörtern geantwortet zu haben:

„Wahre Fenster!"

„Wie?", antwortete sie blinzelnd.

Juan brüstete sich:

„Die wahren Geschäfte bieten internationale Gastronomie an: Trüffel, *Prosciutto* San Daniele, Pata Negra-Schinken, Stachelbeermarmelade, Süßigkeiten aus iranischen Pistazien, Retsina für starke Gaumen, Nougat aus Siena, Glasaale, Öl aus Kreta, mit dem sich kein anderes vergleichen lässt. Wahre Dinge, unverschämt, einzigartig, mitleidlos. Ich spreche von Schaufenstern, die in ihrer Köstlichkeit obszön sind, offen für die Welt, denn die Welt kommt nur durch den Mund herein."

Don Juan der Feinschmecker redete mehr als gehörig, er fühlte sich pompös: etwas funktionierte nicht in seiner Verführungsmaschinerie. Dalila stammelte, erholte sich aber bald wieder.

„Ja, selbstverständlich, so denke ich auch, wenn ich die Dinge gut kombiniere und sie in guter Gesellschaft genieße", antwortete sie mit stockender Stimme, mit im Mund zusammenlaufendem Wasser und den Körper den Bedürfnissen eines unaufschiebbaren Appetits hingegeben, genauso wie Juan sie sich vorstellte.

„Schmeckt dir der *Spritz*?"

Kaum hatte er diese Frage gestellt, bemerkte er, dass er sich auf eine gewagte Taktik eingelassen hatte, fast absurd und snobistisch; dennoch – dachte er – würde sie in diesem Fall vorteilhaft sein.

„Ich kenne ihn nicht."

„Er enthält *Campari*."

„Ah …"
„Ich werde dir das Rezept geben."
„Akzeptiert."
„Was hältst du davon, wenn ich ihn in den nächsten Tagen zubereite?"
„Mit Eis?"
„Er ist nur kalt."
„Man muss auf einen heißen Tag warten."
„Einverstanden. Warten wir."
Zum ersten Mal in vielen Monaten fühlte sich Juan blöd.
(Ich weiß nicht, ob Dalila da ein verborgenes Lächeln andeutete).
Der Dialog setzte sich einige Minuten lang fort und erreichte eine solche Tiefe, dass er diesem sonnigen Nachmittag zu Ruhm und Ehre gereichen würde. Aber es ist nicht die Strenge ihrer Gedankenführung, die den Leser interessieren wird, sondern eher, ob der gejagte Jäger sein Ziel erreichte. Du musst weiterhin am Schlüsselloch bleiben, lieber Voyeur, um es zu erfahren.

Juan und das namenlose Model

Seine schönsten Stunden bei PubliServ sind der Schöpfung geweiht, so wie es war, bevor die Welt existierte; aber bei ihm handelte es sich nicht um Muße und Lust, Ordnung in das Chaos zu bringen. Seine Interessen waren und sind konkret, irdisch. Wir können ihn beobachten, denn dies ist unsere Aufgabe als *voyeuristische* Leser.

Betrachte ihn jetzt, lieber Leser, vertieft, seriös, effizient. Die Beendigung seiner Aufgaben ist unaufschiebbar. Bestehen wir nicht darauf. Ein rentabler Tag in der Agentur besteht aus einem Hin- und Hergehen von Papieren, genialen Treffen, Überprüfung von Projekten. Er hat sich gerade hinter verschlossenen Türen mit den Produzenten getroffen: Die Kopien des letzten Films über tropischen Joghurt mit chemischen Zusätzen finden keine Gnade vor seinen kaustischen Augen. In dem Unternehmen weiß man bereits: die Kreativität ist seine Stärke. Juan ist unentbehrlich. Unerbittlich.

Vor zwei Jahren hatte PubliServ einen merkwürdigen Auftrag erhalten, koordiniert mit einigen südamerikanischen Textilfirmen, die sehr solvent und wenig bekannt waren. Der Plan bestand darin, ein bestimmtes namenloses Model in die internationale Szene zu lancieren.

PubliServ konnte sich, ohne zu übertreiben, seiner Erfahrung bei der Fabrikation von Persönlichkeiten rühmen: von Politikern, Bildhauern, Sängern oder Tieren jeder anderen Art. Solche Prestigemaschinen sind nichts Neues unter der Sonne. Im Gegenteil: sie sind perfekt, jeden Tag nähern sie sich dem Schöpfergott einen weiteren Schritt. Die von den Magiern inspirierten Genies des Bildes holen Namen aus dem Nichts, setzen Tonfiguren auf hohe Sockel und steuern auch die Wünsche, indem sie diese zum Beispiel auf Marken bestimmter Getränke konzentrieren und dich durstig machen, um nur ein banales Beispiel zu nennen. Mit dem gleichen Einfallsreichtum verwandeln sie Küchenabfälle in göttliche Speisen und wie Juan – nicht ohne einen gewissen Zynismus über seine Arbeit – sagte, verleihen sie irgendeiner Sängerin mit einem Engelsgesicht und dem Miauen einer rolligen Katze eine Stimme, aber, wenn sie vortäuscht zu singen, eine Augenweide ist, weil sie dabei die schönen Hüften einer Kurtisane schwingt. Man braucht nur Geduld und schöpferische Raffinesse, ohne dabei die Koordinierung mit anderen Unternehmen zu vernachlässigen. Die Sensations- und Klatschpresse über Filmstars ist immer bereit, diese Werkstatt der Goldschmiedekunst der Erfindung zu ergänzen, denn sie würde ohne den Ruhm der Stars nicht existieren, ohne ihren trügerischen Goldglanz, ohne die Höhen und Tiefen in ihrem Leben und noch schlimmer ohne ihre Liebschaften und deren Ende. So sprach der Triste mit hektischer Stimme zu Juan, vor dem Chor der Miserablen, an einem Freitag und auch am nächsten.

PubliServ erhielt einen Auftrag, der dem großen Basar der Werbung würdig war: die weibliche Verführung ausgehend von einem namenlosen Model neu zu gründen. Mit Vulkans Schmiede zu seinen Diensten war Juan kunstfertig, überaus kunstfertig. In den Händen des Bilddesigners würde jene Unbekannte, die Flor Salvaje heißen sollte, zum Archetyp der Schönheit auf den lateinamerikanischen Laufstegen werden; mit ihrem Bild sollte eine besondere Marke von Damenbekleidung verbunden werden. Ihre anspielungsreiche Gegenwart sollte überall ein des besten Publikums würdiger Luxus sein, einschließlich politischer oder religiöser Ereignisse. Natürlich – warum sollte man es dem Leser nicht sagen? – musste die Fakturierung dieser weltweiten Inszenierung geheim sein. Um den Erfindergeist zu beleben, brauchte man eine unsichtbare Hand, großzügig, freigebig und liberal. Ein lustloses Scheckbuch nimmt sich bei solchen Geschäften nicht gut aus.

Auch durfte man die Arbeit des Werbefachmanns hinter diesem unaufhaltsamen Aufstieg nicht erraten. Vielleicht haben die Interessenten an Flor Salvajes Weltkarriere aus diesem Grunde die Dienste von PubliServ unter Vertrag genommen: wegen ihrer Diskretion und schlussendlich wegen ihres internationalen Rufes und des beruflichen Talents. Juan war führend unter den kreativen Köpfen.

Diana in ihrem Büro

Die menschliche Wirklichkeit ist ein Würfel, der über Fragezeichen rollt. Im Grunde macht es wenig aus, ob er seine erratische Drehung fortsetzt oder anhält. Diana musste es zugeben und sagte sich: Jedes Verbrechen stellt der Einbildungskraft ein Rätsel, wenn auch nur die Götter, wenn es sie gibt, die kriminelle Seele kennen.

Ihr Büro, das nicht das beste in allen möglichen Welten war, diente ihr nicht dazu, sich zurückzuziehen, um die Labyrinthe der Menschheit zu studieren. Jedoch, wenn sie sich ihren Überlegungen über das Verbrechen hingab, vergaß sie alles andere und ihre Lebensgeister entflammten.

Da es keine Antworten auf die Fragen gab, tröstete sie sich mit der kleinen Befriedigung, noch den Atem der Karibik auf ihrer Haut zu fühlen. Einige ihrer Kolleginnen sahen sie mit Ich-will-das-auch-Augen an. Es war keine schlechte Idee, sich einige Tage zu isolieren. Die frische Brise war besser als die stickige Luft ihres Büros.

Am heißen Montag, dem ersten des Monats, fragte sie sich, ob sie sich das Leben nicht über Gebühr komplizierte: Hatte es einen *praktischen* Sinn, sich solch unpassende Fragen zu stellen? Nein, nein, sagte sie sich mit fast lauter Stimme, während sie Filigrane auf ein Papier zeichnete, um fiktive Einwände abzuschütteln. Sie durfte den Faden ihrer Gedankengänge nicht verlieren. Sie hatte etwas anderes im Sinn, etwas gleichzeitig sehr Einfaches und Komplexes, ich meine Folgendes: Wer in das Innenleben des Verbrechers eindringt, wird die Motivationen ableiten können. So war es, nichts weiter. Wenn man die Motive vor Augen hat, verengt sich der Kreis der Verdächtigen. Gründliches Nachdenken ist eine Untersuchungsmethode. Im Visier stehen das perverse Verhalten und die Taten des Verbrechers. Es ist etwas Praktisches, sagte sie ihren Verleumdern, und keine unnütze Übung über Fragen, die nicht einmal die Theologen haben beantworten können.

Sie seufzte mit abwesendem Blick.

Sie hätte sich gerne wieder an den Tabak geklammert, aber ihre Zeit als Raucherin war vorbei. Sie genoss die Zeremonie, das Päckchen zu öffnen, eine Zigarette herauszunehmen, sie zwischen die feuchten Lippen zu stecken und den würzigen Rauch wahrzunehmen, der sich um sie verbreitete. Wenn sie sich auf einen Fall konzentrierte, atmete sie die Sehnsucht nach schlummernden Genüssen ein.

Juan besteigt den Berg

PubliServ. Freitagnachmittag.

Juan leckte sich die Lippen, während er den Namen Dalilas wiederholte; aber mehr als dieses Wort buchstabierte er mit feuchten Lippen diesen herausfordernden, sinnlichen Körper und widmete sich einem eingebildeten Aperitif. Die heraldische Zeichnung erstrahlte auf dem Schreibtisch, getrennt von den Formularen, den Skizzen und den Ordnern.

Dalila war unwiederholbar. Ich korrigiere mich zu Gunsten der Wahrheit: Juan beherrschte die Kunst, das Unwiederholbare zu wiederholen. Mit anderen Worten: Das Außergewöhnliche war normal; und das Normale konnte sich in seinen Händen ins Außergewöhnliche verwandeln – oder in seinen Lippen, wenn wir es mit Worten sagen wollen, die näher an der Wirklichkeit seiner Fiktionen sind. Es war mir nicht möglich, mich lange mit dem Vergleich anderer Informationsquellen aufzuhalten, aber die Erzählung zwingt mich, in diesen einführenden Pinselstrichen einen außergewöhnlichen Umstand zu beleuchten, bevor ich weiter über die Tatsachen berichte: Juans Bild in der Öffentlichkeit stimmte mit dem überein, das er von sich projizieren wollte. Es ist schwer zu glauben, aber Juan gelang das Unmögliche. Dies pflegt ein beunruhigender Zug der Verführer zu sein. Ihr Geschick ist so groß, dass es ihnen gelingt zu scheinen, was sie wollen. Wenn sie Neid unter den Sterblichen hervorrufen, die auf kleiner Flamme verbrennen, fühlen sie sich nicht verantwortlich. So war Juans Schicksal im Kreis der Bekannten in jenen Tagen als Bürokrat und viel später in den kosmopolitischen Tagen von PubliServ. Mit fast magischen Gesten ließ Juan das öffentliche und das private Bild zusammenfallen. Was konnte er sich Größeres vornehmen? Wenn er sein Leben inszenierte – und er tat es immer –, war es er, den sie auf der Bühne sahen, so wie er sich wahrnahm und auf das Publikum projizierte. Juan spielte, Juan zu sein, indem er sich selbst darstellte.

Auch Dalila war einer dieser einzigartigen Fälle. Man

müsste sich fragen, ob die Männer, die sich für einzigartig halten, außergewöhnlichen Frauen begegnen, um sie dann wie uninteressante Flittchen zu verlassen. In dieser Trickkiste der eitlen Welt ähneln sich die Personen mehr als wir glauben und unterscheiden sich voneinander mehr als wir wünschten. Dalila war, nun ja, etwas Unwiederholbares, um es mit einem sentimentalen Ausdruck zu sagen, der eines Groschenromans würdig und Juans eigener ist.

Es wurde spät. Er konnte sein Büro nicht vor der Zeit verlassen, denn er bekam wichtige Besuche. Natalia, seine Rechtsanwältin, die außerdem Philosophin war, suchte ihn in letzter Minute auf, ziemlich durcheinander wegen wer weiß welcher Komplikationen durch wer weiß welche Beanstandungen. Es war auch unabdingbar, mit Lorena, der Unruhigen, über gewisse Details einer Anzeige für Toilettenseife zu diskutieren. Es kamen mehrere Anrufe über die direkte Linie und er tätigte weitere unaufschiebbare. Als er aufstand, um zu gehen, sah er das entladene Mobiltelefon auf dem Schreibtisch ... uffff. In seiner Aufregung bedrückte ihn die Verwirrung der Sinne. Er ängstigte sich vor jeder neuen Begegnung. Endlich ging er. Jener Freitag schmeckte nach unbekannter Frucht. Die heimlichen Blicke würden niedergeschlagen auf leinenen Tischtüchern enden. Er fühlte volle Lippen über seine Haut streifen. Die Miserablen würden nicht einmal seinen Schatten sehen. Wenn sie wüssten, was ihn erwartete, würde ihnen der Neid die Nacht verderben. In der Phantasie einem begierigen Mund hingegeben, begann Don Juan der Feinschmecker unter den Sternen einen Trinkspruch auszubringen.

Zu Hause, als er vorbeikam, um einige Flaschen sehr alten Wein zu holen, stieß er auf die servierte Hühnerbrühe. Das hellblaue Set schien ihm neu zu sein und das Silberbesteck, das er auf seiner letzten Dienstreise gekauft hatte, verfehlte nicht, ihn zu blenden. Es gab ein Kristallglas für den Wein und ein Wasserglas. Er fühlte sich schlecht, ohne es zu wollen und ohne dass es so sein sollte (dachte er irritiert), denn er hatte Dulce nicht darauf hingewiesen, dass er auswärts zu Abend essen würde. Auf alle Fälle hinterließ er ihr eine Notiz, denn sie war auch ausgegangen; und an Dalila denkend nahm er den Geschmack voraus, den er in dieser Nacht der Verzweiflung zum ersten Mal kosten würde.

Taten der mythischen Helden, Juan musste den Sieg erringen, indem er Schlachten gewann, die für den Rest der Sterblichen aussichtslos waren. Diesmal bestand seine Heldentat darin, die fantastische Geografie San Josés zu überwinden, in die Ungeheuer der Straße an einem beliebigen Freitag eingefallen waren, an dem sein Audi Gefahr lief, seine Würde zu verlieren. Niemand kennt die unentwirrbaren Gründe, aus denen die Anzahl der Fahrzeuge überall wächst und den Verkehrsfluss paralysiert. Vielleicht gelingt es einem illustren Geist mit großer Geduld herauszufinden, warum an diesem Tag vor dem Samstag und am Beginn des Wochenendes der Verkehr auf den Straßen blockiert wird. Der Stau, die Abgase, das laute Hupen können den vornehmsten und gerechtesten der Sterblichen in Verzweiflung stürzen. Das Vaterland platzt vor Gebrauchtwagen, die zu Tausenden den Müllhalden der ersten Welt entrissen worden sind. Wenn er seine politischen Eingebungen hatte, in der Kneipe bei einem Bier saß, pflegte der Triste zu sagen, diese verrotteten Blechkisten auf Rädern sind ein Geschäft von Bettlern, zu dem sich das Land durch die Gier einiger und die große Intelligenz seiner führenden Persönlichkeiten verdammte, die unter anderem unfähig sind, den Anforderungen des städtischen Wachstums, einschließlich des Verkehrs, gerecht zu werden. In San José verwandeln die Straßen die Erzählungen der Sciencefiction über das Chaos in Realität. Juan dachte sich den Garten Eden in einer anderen Welt aus, auf den Hügeln, während seine mühsame Fahrt ihn durch eine tropische Megastadt schwemmte, die, verwandelt in Abraumhügel , kurz davor stand, paralysiert zu werden: zerfressener Beton, Löcher in den Straßen und Gehwegen, Ruß überall, durch Müll verstopfte Wasserabflüsse, grenzenloser Lärm hervorgerufen von den Autobussen, die kurz davor stehen, sich in einem Blutsturz von Schrott aufzulösen, und um den Ruhm dieser städtischen Wonne zu krönen, Fußgänger, die gezwungen sind, die Straße an einer beliebigen Stelle zu überqueren, und Gott bitten, dass sie nicht von einer dieser Bestien am Steuer niedergewalzt werden, die so alltäglich unter uns sind. Warum verschlimmert sich die Anarchie an den Freitagen? Wie Ovid der Dichter vor einigen Tagen sagte, viel Hirnschmalz ist vergeudet worden, eine so schwierige Materie zu verstehen, vergleichbar nur mit der Mathematik des Chaos, den Texten von Lacan, der göttlichen Güte im Buche Hiob und den Erfolgen von Paris Hilton, Geheimnisse, die zu entziffern nur den Erwählten gelingt. Nach gewissen Theoretikern, die darauf erpicht sind, die Veränderungen im Leben der Stadt zu erklären, stauben die Angestellten im öffentlichen Dienst (und die anderen) jeden Freitag das Auto ab und rollen mit ihm zur Arbeit und rüsten sich auf diese Weise, um sich auf die nächtliche Schmierenkomödie einzustellen. Sie füllen die Tanzlokale, die Bars, die Kinos, sie trinken, schreien, sie lassen die Schmerzen abklingen, die sie fünf Tage und fünf Nächte lang zwischen den Rippen zusammengepresst haben; und dann, die Eingeweide voller Schnaps und den Fuß auf das Gaspedal genäht, halten sie sich am Steuer fest, um nicht zu fallen, und verheeren alles, sei es menschlich, göttlich oder gemeine Materie. Aber begnügen wir uns nicht damit. Wenige Analytiker des öffentlichen Lebens finden etwas Originelles an dieser Erklärung, denn dieselbe Geschichte ereignet sich in allen Städten und ohne weitere Komplikationen verweisen sie auf den empirischen Beweis. Die Schmerzen am Wochenende zu vertreiben und das Vergnügen zu suchen, ist nichts weiter als ein vulgäres Erbteil der Menschheit. Dies ist unbestreitbar und reden wir nicht mehr darüber.

Den Helden der großen Schlachten, der jetzt seine Zeit mit anderen Sorgen vergeudet, interessiert es wenig, ob diese Bemerkungen über unsere Stadt wichtig sind. Juan fährt durch diese namenlosen Straßen und trägt seine Phantasien huckepack: der *Bourgogne*, das Filet mit Kapern und das liebevolle Kosten. Sein Auto holpert im Rauch der Lastwagen. Entflammt durch die Vorwegnahme des Genusses, würde er gern über die Staus hinweg fliegen, im Krieg gegen das Eisen und die Motoren triumphieren, ans Ziel gelangen und sich zitternd mit stockendem Atem und trockenen Lippen über das Menü beugen, das Hände zubereitet haben, deren Talent er noch nicht kennt. Er sieht Dalila voraus, wie sie weißes Geschirr seiner kulinarischen Träume auf den Tisch stellt. Aber nein, er kann nicht so schnell fahren, die anderen hindern ihn daran. Juan kommt nicht voran, er ist zwischen dem Schrott paralysiert. Die eisernen Bestien, der Apokalypse entkommen, durch die natürliche Evolution dem Rost anheimgegeben, verstopfen den Verkehr an den Kreiseln, an den Ecken.

Dalila schminkt sich die Lippen mit dem Rot der Granatäpfel.
Die Eisen brüllen.
Dalila stellt die Pfanne aufs Feuer.
Es ertönt dreimaliges Hupen des Weltenendes.

Dalila hat gerade die Rezepte nachgesehen.
Die Motoren krächzen.
Dalila ist ungeduldig.
Die Straßen bewegen sich nicht, die Welt hat sich paralysiert.
Dalila entkorkt den Wein, um ihn dekantieren zu lassen.
Keiner bewegt sich.
Du weißt Juan, dass der Erfolg jedes Gerichts vom einzig richtigen Zeitpunkt abhängt.
Das Rohr ist heiß.
Juan genießt im Voraus die Gewürze, der Wein ergießt sich über die Haut, rinnt über den Hals, versinkt im Ausschnitt, aber da lässt sich eine andere ohrenzerreißende Hupe hören.
Dalila entfernt die Kerzen, die in ihrer letzten kulinarischen Liebesnacht abgebrannt sind. An diesem Freitag hat sie rote Kerzen ausgewählt.
Sehr rote.
Leidenschaftsrot.
Der Audi fährt die alte Landstraße entlang.
Das Fleisch ist gar.
Juan biegt rechts ab zu den Bergen im Westen.
Vielleicht wird es diese Nacht ein Dressing mit Zitronensaft statt mit Balsamessig geben.
Juan fährt den Berg hinauf.
Dalila arrangiert eine Blumenvase in der Mitte des Tisches.
Die Berge: Ah, die Bewegung aufzusteigen wie die Milch, den Körper mit der Härte des Schicksals stählen, bis man sich ergießt.
Dalila ist die (perfekte?) Antwort auf Juans imaginäre Illusionen. Die Erzählkunst würde hier eine Gegenüberstellung der Charaktere erfordern. Aber was sage ich. Der Leser wird ein banales literarisches Mittel vorfinden. Dalila ist der (perfekte?) Ausdruck der Heldin, die an der Sehnsucht nach einer nie erfüllten Liebe verzweifelt, der Vamp als Gliederpuppe und mit viel Honig im Munde, den seine Bewunderer erbarmungslos vergaßen und erbarmungslos für einen Tag eitler Liebesverwirrung begehrten. Die Nachtgespenster lauern diesen sehnsüchtigen Personen auf, die das Unmögliche tun, um ihren Wunsch zu erfüllen und den Mann ihrer Phantasien in Ketten zu legen. Irrtum, krasser Irrtum: Solche Anstrengungen verscheuchen ihn.
Aber werden sie Juan verscheuchen?
Der Vamp gegenüber dem Verführer: Wer wird triumphieren?

Wird der Held der tausend Eroberungen der Macht widerstehen können, welche die Welt übersteigt?

Der Held kommt endlich an. Er steigt mit einem Rosenstrauß aus dem Auto. Sein Herz schlägt.

Lies, lieber Leser, die folgenden Seiten, um zu erfahren, wie diese Nacht der Liebeslügen ausgeht, die der Zufall regierte.

Die Hure, die uns geboren hat

Die Miserablen. Wieder die Miserablen. In Griffweite aller eine Flasche Ron Centenario und noch eine mit Whisky, wer weiß welcher Marke, zumal bei diesem Stand der Dinge keiner fähig war, es zu wissen. Auf dem Tisch viele Gläser, Bierlachen und Essensreste voller Fliegen. An diesem Freitag hatten sie nach Herzenslust getrunken und sich auch beim Essen den Gürtel nicht enger geschnallt, getränkt von dem Gestank des angebrannten Öls, der durch ein Fensterchen drang – ein Zeichen des alten Adels dieser Bar. Merkt ihr es, ihr Scheißkerle?, rief der Triste mit sonorer Stimme, Ovid dem Dichter ins Wort fallend, der mit lauter Stimme mit dem Zorro über die Untreue in der Liebe diskutierte. Unsere talentierte politische Klasse scheißt sogar auf die Hure, die uns geboren hat. Der Leser erlaube mir eine Parenthese: Wie man weiß und bewiesen hat, wiegt die Zunge nichts, aber die des Triste ist fähig, den Nächsten plattzudrücken. Man muss ernste Entscheidungen treffen, sagte er, indem er seinen Blick auf seine trostlosen Kumpane heftete, auf einen nach dem anderen. Wem sind die zerstückelten Wälder nicht völlig egal, die Erdrutsche, die zerteilten Hügel, die Gullys, die Gift ins Grundwasser ablassen, niemand kontrolliert die losgelassenen Dämonen, sehen Sie sich unsere Straßen an, meine Herren, die Schlachthöfe der fröhlichen Modernisierung, lasst mal sehen, meine Herren, lasst mal sehen, wer diesen schurkischen Reitern der Apokalypse den Hals umdreht: Sie rasen am Steuer klebend durch die Straßen, von sich selbst überzeugt, Krieger eines schändlichen Bush, die am Euphrat Panzer fahren. Die Liste ist unterhaltsam, wollt ihr lachen? Schaut, schaut nur: zerlumpte Kinder hier und dort schamloser Luxus, ah, es gibt Typen, die sich Polohemden anziehen und ihr Gehalt reicht nicht aus, um einmal im Monat ein ledernes Beefsteak zu verschlingen, ach, ach, meine Herren, in diesem lächerlichen Land leben wir von Geldkarten ohne Deckung und geh deinen Geldbeutel auskratzen, um am Monatsende eine Zahlung zu tätigen mit philanthropischen Zinsen von 50

Prozent. Ovid der Dichter wollte ihn unterbrechen, wedelte mit einem Papier und wies auf das, was er dort geschrieben hatte, aber er konnte es nicht vorlesen, denn der Triste fuhr in seinem Text fort: Hören Sie mich an, zum Teufel, die Polizei findet Drogen sogar im Bauch eines Hundes, du wirst an jedem beliebigen Ort überfallen, es gibt keine Gehsteige ohne Löcher und die Politiker haben viele Taschen, damit das Konfekt hineinpasst. Seit dem Tag, an dem der Präsident jenen Verbrecher zu seiner Rechten setzte und ihm die Reden schrieb, schiss er auf alles, denn das schlechte Beispiel war die goldene Regel. Der Triste begann in Atemnot zu geraten, er zitterte, vor Wut schäumend. Ovid reichte ihm ein Bier, um ihn zu beruhigen, aber ohne Erfolg. Was soll ich euch noch sagen? Die schönste Natur der Welt erweckt Mitleid: Ökologisches Land? Wo es überall Erosion gibt? Selbstbetrug für den Export, ah unsere politischen Führungskräfte, die Probleme schaffen, statt sie zu lösen, *ai lov yu* ... Der Triste füllte sich die Kehle mit einer Hartwurst, schluckte schnell, fast ohne zu kauen, und beabsichtigte, weiter zu schreien, doch Ovid der Dichter schaltete sich ein, um zu lesen, was er geschrieben hatte:

Bin melancholisches Feuer, bin diese Leidenschaft, von der du sprachst, brandstiftende Hand.

Pedro Blablabla schlief. Álvaro blickte sehr ernst, wenn auch etwas abwesend. Der Zorro applaudierte und die übrigen erhoben ihre Gläser. Während sie auf das schöne Leben anstießen, wachte Pedro Blablabla auf und sagte aufstehend mit Emphase:

„Meine Herren, trinken wir auf den Dandy Don Juan den Feinschmecker. Heute hat er uns versetzt."

Der Zorro beruhigte ihn, indem er ihm auf die Schulter klopfte, damit er sich setze:

„Mach keinen Zoff, lass ihm seinen Spaß, Pedrito, du Hurensohn."

„Wir würden ihn gern sofort begleiten, wenn er umhergeht und den Schwanz in göttliche Seelen steckt", rief Ovid in Ekstase aus. „Ah, Juancito, du großer Hurensohn, ich bin voller Poesie, die Bilder verfolgen mich und gleichzeitig fühle ich, dass meine Seele zerstreut ist."

Hilf mir, meine ach so ferne Geliebte, diese Unruhe zu besänftigen. Umarme mich nur einmal, aber die Umarmung möge nie enden ... ah, die Zeit bringt keinen Gewinn, schluck deinen Whisky und schweig,

Ovid, heute kümmern mich die Sterne nicht, wenn deine Lippen die Welt neu schaffen. Besser die feuchten Küsse und die verlorenen Zungen und eine Ausschweifung in der Seele, die nach Sehnsucht schmeckt.

„Der Scheißkerl hat uns wieder versetzt."

„Mit Dichtung kann man dieses Land nicht retten."

„Wie sagte doch der Dichter in *Die Kürze des Genusses*:
Wenn man die Sonne
in den Armen hält,
verbrennt sie nicht.
Aber Vorsicht, wenn man sie im Mund bewahrt."

„Dann ist er halt nicht gekommen", murmelte der Zorro mit abwesenden Augen voller Illusionen.

„Und warum nicht? Wenn er etwas Besseres vorhatte … Wer lässt nicht alles für einen heißen Hintern stehen?"

„Es ist mir scheißegal, ob Juan ein Verführer ist oder nicht", sagte Pedro Blablabla.

„In Vollzeit: Verführer bei PubliServ und auf der Straße", entgegnete Ovid. „Gott verzeihe ihm und auch uns wegen des schmutzigen Neids, den er in uns erweckt. Was sollte der überaus Tugendhafte sonst mit seinem Schwanz anstellen?"

Der Triste kreischte:

„Schon wieder der Dichter. Ich ziehe kaltes Bier vor."

„Meine Herren, ich möchte einige Worte sagen."

„Nur zu mit deinem Gefasel!"

„Schieß los, wenn es denn sein muss!"

„Stoßen wir auf die Tugend an!"

„Ich stoße auf die Frauen an!"

In jener Nacht stand Ovid vom Stuhl auf, hob das Glas hoch empor, legte die Hände auf den Tisch, nachdem er Bacchus geopfert hatte, und nachdem er mit zum Unendlichen erhobener Nase Luft geschöpft hatte, wie es die erlauchten Redner zu tun pflegen, um sich zu konzentrieren, und die Hunde, um zu wittern, hielt er eine Lobrede auf die Verführung und huldigte Juan dem Verführer, der in jener Nacht nicht da war, um ihn anzuhören:

„Ich bitte euch, euer übel zugerichtetes Hirn zu beleben, meine Freunde, denn ich habe das Wort ergriffen. Lasst eure leeren Gläser auf dem Tisch und zollt den Dichtern den ihnen gebührenden Respekt. Ich habe mir heute die Aufgabe gestellt, den Freund Juan zu lobpreisen, den Kumpel, den glücklichen Menschen, der hier unter uns Don Juan der Feinschmecker genannt wird, ein Werbegenie, Entwerfer enger Damenwäsche, Freund der Freunde und milder Feind der Feinde, Wachturm und nie frei vom Verdacht, mit Luzifer zu paktieren, wie alle Sterblichen, denen die Göttin Fortuna lächelt. Seine Abwesenheit diene uns dazu, an ihn zu erinnern."

Er hielt inne und, das Auditorium mit dem Blick messend, leerte er ein Glas Rum.

„Meine Freunde, erlaubt mir, Juan mit den gefährlichsten Worten der Sprache zu beschreiben. Hört mich an. Ich werde meine Lobrede mit einem unerbittlichen Verb beginnen: Juan der Verführer fasziniert. Habt ihr gehört? Juan fasziniert heutzutage viel stärker als sein unglücklicher Vorläufer des spanischen goldenen Zeitalters, irritierend und pervers, und er begeistert, entzückt, bezaubert und, da er letzten Endes Mystiker ist, verzückt er und versetzt in Trancen unaufschiebbarer Hingabe. Habt ihr Unwissenden etwa von der Verzückung reden hören? Die Verzückung des Heiligen Johannes vom Kreuz und Juans des Feinschmeckers schlägt dieselben Funken der Liebe. Wenn es euch gefällt, bitte ich euch, obwohl diese Kneipe, die nach verbranntem Öl stinkt, ein unwürdiger Ort ist, um solch würdige Frauen zu empfangen, die Heilige Theresa einzuladen oder, wenn ihr es vorzieht, Sor Juana Inés, damit ihr die profane Trunkenheit mit der göttlichen Liebe vergleicht. Die Ekstase, meine Freunde, ist heilig und fleischlich, weil sie den Körper martert, um die Seele zu martern. Obwohl Don Juan weniger heilig als fleischlich ist, diene dies dazu, seinen edlen Stamm zu beschreiben und euch zu verkünden (den kretischen Dichter Kazantzakis beschwörend), wie nahe die Sünden des Fleisches Gott sind."

Er hielt inne, um Luft zu holen und den Faden seiner Rede wieder zu finden, blickte traurig sein leeres Glas an und fuhr mit erhobenem Haupt fort:

„Juan umwirbt, meine Freunde, Juan begeistert, betört, versetzt in Bewunderung und überredet, Don Juan der Feinschmecker macht verrückt, gewinnt für sich und macht Komplimente, unterhält, blendet, schmeichelt und, um es mit dem kitschigsten Wort der spanischen Sprache zu sagen, wenn man sich an eine Frau wendet, Juan liebt.

Liebe Miserable, Juan, der große Abwesende von heute, berauscht und überwältigt, selbst wenn er fern ist, zieht an, gefällt, nimmt gefangen, behagt, verblüfft, lockt, entflammt, verhext, raspelt Süßholz.

Was kann ich euch noch sagen, wenn ich aus tiefstem Herzen spreche?

Da ihr so unwissend seid und der Alkohol euren Geist benebelt, werde ich meinen lobenden Worten noch etwas hinzufügen, denn ich täte schlecht daran, wenn ich euch heute Nacht ohne Weisheitslehren zurückließe.

Don Juan, der Magier, der täuscht, das zarte Kind, der Unglücksvogel, der laszive Dämon, reißt seine Geliebten mit der Kraft des Sturmes mit und erobert sie in der Art Alexanders, des Siegers über Darius, des von der persischen Pracht Besiegten.

Don Juan, der Verführer, ergötzt, gefällt und tut Gefallen, befriedigt, erfreut, unterhält, spricht mit süßer Stimme, verleitet mit seiner Rede zum Wahnsinn, lässt den Verstand verlieren, und schlimmer noch, entzückt, ermuntert, macht den Hof, flirtet mit seinen Worten, um zu stimulieren, anzuspornen und anzustacheln und Lust auf sich zu machen.

Der Verführer täuscht, meine Freunde, er betrügt, besticht, nimmt gefangen und, wie sollte man es leugnen, wenn es so offensichtlich ist, Don Juan führt mit dämonischen Künsten in Versuchung, er verführt die Seelen, um sie zu korrumpieren und in köstlichen Mysterien zu verderben.

Don Juan der Feinschmecker verbrennt mit seinem Feuer schwarzer Magie.

Gefällt es euch nicht, erregt es euch nicht, liebe Miserable? Oder erzürnt euch sein Charme?"

In Dalilas Haus

Während der Fahrt durch die Stadt kaufte er rote Rosen. Trotz seiner Ungeduld fand er Zeit für die Blumen. Unruhig vor Liebessehnsucht hielt er vor dem Haus an mit dem Gefühl, über die alles verschlingende Stadt triumphiert zu haben, San José, Vagina dentata, mittelalterliches Ungeheuer, das die Phantasien des Machos verdüstert.

Dalila wohnte auf den Hügeln von Escazú, allein und von einem nicht immer erlesenen Luxus gebadet, wie es zu einer Heldin ihrer Herkunft und ihres Stils passt (Werden so die Buchstaben des Kreuzworträtsels zusammenpassen, die zu einer Geschichte gehören, welche ich zur Hälfte erfinden muss, lieber Leser, weil ich nicht alles weiß, denn nicht einmal im Reich des *Voyeurismus* existieren Dokumente, um sich zu informieren?). Ein würdiges Haus, mit dem Tal hingegossen zu seinen Füßen liegend, dachte Juan. Zwei große Fenster des Wohnzimmers erweiterten den Horizont. Im Kamin wurde im Dezember Feuer gemacht und während sechs oder acht kalter Wochen. In den Tropen, außer in den Bergen, dienen die Kamine nur dazu, Illusionen zu schaffen und die Empfindungen zu versüßen. Oder um die feuchte Luft während der Regenzeit zu trocknen. Aus dem Wohnzimmer ließ sich kaum hörbar ein Saxophon vernehmen und dank seiner eine halluzinierende Mischung aus Jazz und nostalgischen Liedern. Durch die Küche schwebte ein Geklirr würziger Liebschaften. Die Dekoration umfasste ein halbes Dutzend Kerzen und ein altes Familientischtuch, das gut gewaschen war, um den Geruch nach Naphthalin zu vertreiben. Die Esszimmertür aus graviertem Glas mit von wer weiß welchem römischen Dichter inspirierten erotischen Szenen dämpfte das Licht.

Gehen wir in der Zeit einige Minuten zurück. Der Audi kommt quietschend an und hält vor einem Haus mit einer Scheinarchitektur von Säulen und einem Vorgarten. Die Fenster eines Nebenzimmers sind dunkel. Durch einen Spalt aufgezogener Vorhänge, bevor sie mit einem Ruck geschlossen werden, zeigen sich flüchtig zwei Augen. Hinter dem Haus erstreckt sich das Tal.

Juan steigt aus dem Automobil, öffnet die hintere Tür, holt das Bouquet und den Wein heraus, dreht sich um und durchquert den Garten, bis er über drei halbkreisförmigen Stufen zur Tür kommt. Er drückt auf die Klingel neben einer der gemalten Säulen. Er ist sehnsuchtsvoll. Die Tür öffnet sich und enthüllt die Herrlichkeit der Wunder: Dalila, das Gesicht auf der Lauer, granatfarbene Lippen, feucht und halb offen, Wangen mit dem Geschmack vergessener Wonnen. Das eng anliegende Kleid verkündet das gelobte Land. In dieser Nacht wird Juan eine neue Wonne hinzurechnen. Die Köchin des Geschicks erwartet ihn: schwarzes Leinen, nackte Arme, Milch mit Karamell in Hülle und Fülle, ein Anhänger auf dem Scheideweg, der den warmen Abgrund der Schlaflosigkeit öffnet. Warum sollte ich darauf beharren, lieber Leser? Juan, der Verführer, scheint zum Tod im Leben und zur Auferstehung des Fleisches verdammt zu sein, wenn er den Körper der herrlichen Genüsse umarmt.

Das Licht hebt viele Kontraste im Ambiente hervor, dessen Zentrum der Tisch ist. Oder so empfindet es der gerade Angekommene. Von der Küche her fliegt schreiend ein ausschweifender Duft nach mit Knoblauch und Rosmarin zubereiteter Lammschulter. Sie setzen sich ins Wohnzimmer, um den Aperitif zu nehmen. Dalila serviert schweigend zwei Gläser Sherry. Juan bewundert ihre feuchten Augen, ihre Haut, die erbarmungslosen Bewegungen ihres Körpers. Dann stehen sie auf und gehen in das Esszimmer. Der *Bourgogne* beginnt sich zu belüften. Es gibt Vorspeisen auf einer Platte: Aubergine und eingelegte Pilze, gebratene rote Paprika, *Salami*, Artischocken. Die Arbeit in einem Reisebüro hat ihren Geschmack verfeinert. Drei oder vier Oliven, noch ein Glas Sherry und der unerschöpfliche Duft regen den Appetit an. Bald wird die Zeit kommen, um den Lammbraten zu feiern, und zuletzt, eine vorschnelle Aufregung in der Brust fühlend, das *Himbeersoufflé*, das dann fertig sein muss, im richtigen Augenblick aufgeht und schreiend mit der Wonne eines Schlucks *Champagner* im Körper versinkt.

In dieser Nacht öffnete Dalilas Kochbuch die Seiten der Geheimnisse. Er sollte sich oft an die Begegnung erinnern, vor allem an die Art, in der die Hexe der Lüste seine Wünsche vorwegnahm. Die letzten Tropfen des Weins rannen ihr über die Lippen. Juan stahl sie sich mit der Zunge und dann begann der süße Schiffbruch der Liebe. Das Kleid fiel zu Füßen des Bettes. Die Frau beugte mühelos ihren Körper, der sich der Herrschaft der Bettlaken hingab. Von fern, sehr fern bereits, in der Welt, die sie hinter sich ließen, begann das Saxofon, eine stürmische Melodie zu spielen.

Stumme Szene

An einem Ort im Westen von San José, in einem modernen Appartement in einem gut eigerichteten dritten Stock, sind mehrere Männer und zwei Frauen versammelt. Diese beiden und einer der Männer haben sich gerade um einen Tisch gesetzt, auf den das grelle Licht einer Lampe fällt. Der schwarz gekleidete Typ, den man im Hintergrund sieht, drückt eine Aktentasche an seine Brust. Andere schauen zu. Sie gestikulieren, sprechen mit Ungestüm, diskutieren, richten das Wort einer an den anderen, aber wir hören nichts. Es gibt Gläser, sie trinken. Es ist Wasser. Es gibt kein Bier, weder Flaschen mit Whisky oder Rum noch Wein. Einige rauchen, besonders die zwei Frauen. Die Diskussion kreist um das, was auf dem Tisch liegt. Zweifellos denken sie über etwas sehr Wichtiges nach: einige beugen sich vor und machen murmelnd Zeichen, die Frau links steht auf, geht zum Fenster, beobachtet, schaut in Richtung auf den Beobachter, der diese stumme Szene beschreibt, geht zurück und spricht aus der Nähe mit demjenigen, der diese Zusammenkunft zu leiten scheint. Der Mann deutet irritiert auf den Tisch, streckt die Hände aus und verändert, sich vorbeugend, die Lage einiger Dinge. Danach geht auf sein Zeichen hin der schwarz gekleidete Typ zum Computer mit einer CD, die er gerade aus der Aktentasche genommen hat, von der er sich anscheinend nicht trennen will. Er schaltet ihn ein. Der Schirm leuchtet auf und alle konzentrieren sich auf ihn. Das kalte Licht, das aus dem Apparat flutet, prägt ihren Gesichtern unheilvolle Kontraste auf.

Dulce und Juan

Dulce ist ein Engel zu Besuch auf dieser Welt.

Eine solche Frau ist fähig, den Dämon zu erlösen, aber Juan, der Verführer, der mehr von einem Teufel hat als Beelzebub selbst, hat es nicht bemerkt.

Ein Murmeln der Unwirklichkeit schwebt Dulce, dem Glück zulächelnd, über den Dingen. Sie rührt jeden Glücklichen, an den sie das Wort richtet, außer Juan, soweit ich die Tatsachen bis zur jetzigen Stunde rekonstruieren konnte. Dulce ist unwirklich. Sie lebt nicht auf der Welt, sie beseelt sie.

Vorsicht an dieser Stelle: Dies ist kein bequemes Hilfsmittel dessen, der die Chronik erzählt. Meine Sätze über Dulce sind ungenau, das weiß ich schon, aber die Unbestimmtheit wird sich in dem Maße verlieren, wie die Geschichten weitergehen und der *Voyeur* in seiner Phantasie erfinden kann, was er über die Personen nicht weiß. Das perverse Wesen der Literatur, das Erzähler genannt wird, konstruiert die Figuren und die Ereignisse, dem Aquarellmaler nacheifernd, stufenweise auf der Suche nach Genauigkeit. Sein Unternehmen verlangt Wagemut und (Warum es nicht bei seinem Namen nennen?) viel Zynismus, um die Ereignisse mit lügnerischer Einbildungskraft zu erzählen, zumal er die Personen nur durch das Schlüsselloch erspäht und wer weiß, wer ihm hilft, denn, wie ich schon gesagt habe, vieles geschieht im Halbdunkel und deshalb im Ungewissen. Wenn keiner auftaucht, der ihm ins Ohr flüstert, erfindet der Erzähler das nicht Gesehene, die Peripherie, das, was außerhalb des Blickfeldes liegt; was er nicht erfindet, muss der Leser rekonstruieren. Schönes Leben, Scheißleben: Erzähler und Leser machen von Wörtern Gebrauch, um sich an fremdem Leid zu ergötzen: reiner Voyeurismus.

Junggeselle ohne Pferdegeschirr, Pferd ohne Scheuklappen, Besitzer einiger weniger ererbter und vieler erworbener Güter, nachdem er einige Jahre der staatlichen Bürokratie angehört hatte – wie ihr vor ich weiß nicht wie vielen Seiten gelesen habt –, kam Juan in der Privatwirtschaft rasch vorwärts.

PubliServ ermöglichte es ihm, in seinem Leben verborgene Fähigkeiten zu entfalten, mit ungewöhnlichem Talent und starkem Trab durch die Universität, wie man sagen muss. Die folgenden Schritte ließen nicht auf sich warten: kometenhafter Aufstieg in der Werbung, glänzendes Bankkonto, Investitionen in mehrere Unternehmen, in Immobilien und vor allem an der Börse, beraten von seiner Freundin Vanessa, einer Spezialistin in dieser so unbestimmten und so präzisen Materie, welche die Welt stärker bewegt als der Hebel des Archimedes und sie heute dank der heiligen Banker zur Hölle fahren lässt. Ihr Haus, von einem talentierten mexikanischen Architekten entworfen und eingerichtet, wurde in der Zeitschrift *Stile und Leben* abgebildet. In diesem Haus fehlten keine Glaswaren, Weine, Whiskys, Tequilas, Ledermöbel im Wohnzimmer, weder *The Economist* im Zeitschriftenständer noch Bilder an den Wänden von Amighetti, Stanley, Bocaracá, Eugenio und Alberto Murillo oder ihrer Freunde Bracci und Rafa Fernández, weder ein Küchenherd aus rostfreiem Stahl noch importierte Konserven noch irgendetwas anderes, das zu etwas oder nichts diente. Im Garten, unter der Laube mit Passionsblumen karikierte eine Skulptur von Leda Astorga die Völlerei. Mit immer gebräunter Haut und einer getönten Brille setzte sie sich ans Steuer eines Sportwagens, den sie jedes Jahr ohne Treue zu einer Marke wechselte. Sie reiste, wann es ihr einfiel, und verbrachte auf diese Weise glückliche Ferien, immer in guter Begleitung, in Spanien, in Italien, in Frankreich; aus beruflichen Gründen musste sie nach Miami und New York fliegen und noch öfter in ein lateinamerikanisches Land. Während einiger Tage in Paris kaufte sie die CDs von Buddha Bar. Auf den Reisen erkundete sie Restaurants, streifte durch die Delikatessenläden und kostete alle Gerichte, die sie konnte.

  Ich habe Dulce nicht vergessen: Ich wollte euch von ihr erzählen. Juan hatte zu seinem Dienst immer eine Person, die mit der Haushaltsführung betraut war, auf die er keine Sekunde verschwendete, nicht einmal auf die Einkäufe, außer wenn er selber kochte, in der alleinigen Absicht, einen besonderen weiblichen Gast zu betören. Er kümmerte sich auch nicht um das Personal oder subalterne Dienstleistungen noch um andere Aufgaben. Dulce setzte ihren Fuß in das Haus und blieb dort am Ende eines langen Zuges von Frauen aller Geschmacksrichtungen, Farben und Nationen, die gekommen waren, um den

Beruf der Beschließerin auszuüben (man merkte die Ironie, wenn sie dies sagte). Sie war jung, Mulattin, fröhlich, sang den ganzen Tag Liebeslieder und kochte mit dem Talent eines Dichters die Rezepte der Karibik, wo sie geboren war. Juan hatte den Charakter vieler Mitarbeiterinnen kennen gelernt, er ließ sie Kochkurse in den besten gastronomischen Schulen, die er finden konnte, absolvieren, er selbst lehrte sie seine Lieblingsgerichte kochen, instruierte sie in den Künsten, die der Lust würdig sind. Nur Dulce verwirklichte all seine verrückten Einfälle einer grenzenlosen Liebe für die Kochkunst. Dulce, nur sie, besaß die Feinfühligkeit, sich an einem Augustnachmittag zu schämen, als Juan sie dabei ertappte, wie sie Honigreste von ihren Fingern schleckte. In einem Wort: Dulce praktizierte den aufgeklärten Despotismus in Angelegenheiten des Geschmacks. Wie ihr Chef und Lehrer in solch subtilen Künsten.

Sie wurde an der Karibikküste geboren. Die Brise von Puerto Limón hatte ihr Kraft und Glück verliehen. Sie war frisches Wasser. Sie trug die Meeressonne auf der Haut. Ihr gefiel die Arbeit ohne Komplikationen, außer wenn sie ihre Träume von der Lust am Herd ausdrückte. Sie fühlte sich zufrieden, wenn Juan nach Hause kam und sie ihm die Hühnerbrühe anbieten konnte (die am Freitag auf dem Tisch kalt wurde), ihr glückliches Rezept, ihr stilistisches Markenzeichen, das durch die Zutaten eine besondere Note erhielt: fünfzehn Fäden Safran, zwei Halme Zitronengras, drei Löffel Kokosmilch und ein Stück in Scheiben geschnittener Ingwer. Sie lernte die Speisen in Kokosmilch zu baden und zwar im Hause ihrer Mutter, von dem aus die von Wellen gepeitschte Insel Uvita zu erspähen war. Der Safran war nicht mehr als ein Detail. Einem in kulinarischen Angelegenheiten mitleidlosen Dienstherrn ausgesetzt, konnte Dulce nicht widerstehen, dessen empfänglichen Gaumen mit ihren Beiträgen zu bereichern. Die Hühnerbrühe, der Safran, die Kokosmilch, das Zitronengras waren ein Kompromiss von verschiedenen Leidenschaften und das einzige Rezept, das Dulce mit immer gleichem Charakter reproduzierte. Die anderen Gerichte waren bei ihr nie gleich, sie verwandelten sich unter dem Feuer ihrer Hände, erhielten bei jeder Erkundung unbekannte Nuancen. Dulce entflammte am Herd, sie schien ein Feuer zu schüren, die Glut erleuchtete ihr Gesicht; ihr Körper erglänzte in zartem goldenem Schein. Rezepte zu erfinden war (vielleicht?) ihre einzige Wollust.

Nur die Hühnerbrühe war unveränderlich. Juan wusste das. Es war der mythische, der Erde entrissene Geschmack, der den Pakt ihrer Beziehung besiegelte. So erklärt es sich, dass sie Freitagnacht eine kleine Entmutigung erlitt. Sie würde es ihm am Morgen vorwerfen mit ihrer verdrießlichen Geste beim Abräumen der unberührten Teller. Dies war eine Kränkung und vielleicht eine Ungeschicklichkeit, weil seit langer Zeit das Haus und seine Stabilität davon abhingen, wie sie den Despotismus der Sinne organisierte. Vermieden werden mussten im Esszimmer und in gastronomischen Angelegenheiten das Unverständnis, die Falschheit und so naive Leidenschaften, wie die Lust auf frische weiße Trüffel mitten in den Tropen. Dulce bediente ihn, das ist richtig, es war ihre Arbeit, aber Juan durfte sie nicht enttäuschen, wenn er sich zu Tisch setzte. Sich zu weigern, ihre Gerichte zu probieren, war eine (unverzeihliche?) Beleidigung und veränderte die ganze Ordnung, noch dazu, wenn die magische Hühnerbrühe in der Suppenterrine kalt wurde. Sie unberührt zu lassen, hieß auf die Übereinkunft, die Treue, die Einladung zum Verlangen verzichten.

Im Allgemeinen hinterließ er ihr eine Notiz auf dem Küchenmöbel, um ihr Bescheid zu sagen. Als er ihr schrieb, dass er nicht zum Abendessen kommen würde, zitterte ihm die Hand, aber da dachte er an andere Leckerbissen.

An diesem Freitag, in einem fremden Haus, an einem weiteren Freitag seines privaten Terminkalenders, schrieb Juan ein nie da gewesenes Rezept. Auch dort befolgte er die Riten des Geschmacks.

Das Schaufenster als Spiegel

Irgendwo ist der Mann, den wir schon hinter den Fenstern eines Appartements gestikulieren sahen, vor einem Juwelierladen stehengeblieben, konzentriert, mit starrem Blick. Aber er betrachtet nicht die Perlen zu herabgesetzten Preisen, weder die Uhren noch die Dame, die nach irgendetwas fragt und dabei ein großes Getue macht – obwohl es der Mühe wert wäre, sich an ihren Gummititten und ihrem angeberischen Auftritt zu ergötzen. Nein. Der Mann betrachtet die Spiegelungen im Fensterglas. Auf dem Glas geht eine schlanke Frau in Sportkleidung vorbei, zusammen mit zwei weiteren jungen Frauen, die kurze Röcke tragen. Nachdem er hinter einem an der Wand stehenden Regal mit Uhren verduftet ist, dreht sich der Mann um und geht los, während er telefoniert.

Wir könnten ihm folgen und sehen, wie er die jungen Frauen beobachtet. Er wird sie bis zum Abend nicht aus den Augen verlieren: Sie werden in ein Automobil steigen und es wird ein anderer sein, der sie verfolgen wird.

Juans Routine

Die Routine ist bezeichnend für diese in den Annalen der Lust einzigartige Persönlichkeit. Kartspiel von Paradoxen, besteht seine Existenz aus wiederholten Ängsten, aber ohne genaues Objekt. Juan wiederholt sich. Die Ereignisse wiederholen sich. Sein ganzes Leben ist ein Abziehbild seiner selbst. Vielleicht entspricht die unaufhörliche Wiederholung nicht nur den Gelüsten des zwanghaften Verführers, sondern auch den launenhaften Ambitionen, die auf die Umgebung verweisen, das heißt auf seine Welt, auf unsere, die so begeistert vom Überfluss und so geizig ist. Am Nachmittag, wenn er PubliServ verlässt, wächst ihm in der Brust immer das Gefühl verwaist zu sein. Ohne es zu erwarten, ohne Vorwarnung, befällt ihn der Drang, eine gewisse primitive Unzufriedenheit zu befriedigen, die sich nie befriedigen lässt. Dann kehrt er ins Leere zurück, ohne Variationen irgendwelcher Art, zu neuen Ängsten, zur unermesslichen und brennenden Einsamkeit des Verführers, die sich mit seinen gastronomischen Utopien vermengt. Juan belauern gesichtslose Begierden.

Und immer wiederkehrende Phantasien ...

Du gehst, eine warme Hand drückend, durch dunkle Straßen. Wohin gehst du, Juan? Schmeckt dir Trockenobst? Und diese Truhen voller bunter Gewürze? Man hat dich im großen Basar zwischen Teppichen murmeln sehen. Oder war es eher auf einem tropischen Markt, bewacht von hungrigen Hunden? Die Zuneigung der Frauen, ah, ihre Gesichter erscheinen zwischen Füllhörnern (du kannst sie sehen), sie lächeln dir zu, die Lippen halb geöffnet, an Säcken mit Zucker und alten Kleidern gelehnt. Viele sprechen vergeblich zu dir. Du hörst sie nicht, Juan, du kannst es nicht, denn nur stumme Schreie schweifen durch deine Träume. Nun schwebst du auf Filets von Dörrfisch. Wie eine Seele im Fegefeuer verfolgt dich ein penetranter Geruch nach Meer und Rache: Seebarsche, Goldbrassen, Haie, Venusmuscheln, Sardinen, Makrelen, Meeresbrassen, Zackenbarsche, Tintenfische, Garnelen, Miesmuscheln. Auf einer riesigen Bahre aus Eis möchte eine Krake dich anlocken, ja, Juan, auch jener Schwertfisch sieht dich mit trüben Meeresaugen an: Was mag er von den Fischern denken, während er den Geist aufgibt? Drei Langusten wehren sich dagegen, in kochendem Wasser zu sterben, sie sehen dich an, Juan, die Langusten sehen dich aus dem Kessel mit ihren Antennenäugelchen an, überall gibt es Augen, Juan, du siehst dich sogar wunderbare Texturen streicheln: Du magst die Mangos, die Wasseräpfel verströmen Düfte frisch gebadeter Frauen. Eine junge Frau zwinkert dir zu, sie lächelt mit Yucca-Zähnen, Süßkartoffel-Haut, zerzauste Wurzelstöcke auf dem Kopf, und aus ihrer großen Verschwendung roter Trauben berauscht sie dich mit feuchten Augen, während du an ihr vorbeigehst, Karminrot glänzt auf ihren Wangen, sie hat Knoblauch-Nägel, Kokoswasser auf den Lippen, sie bietet dir ein mit Fisch und Knollenfrüchten zubereitetes Gericht an. Jetzt ist sie nackt, sie zeigt dir eine halbe Wassermelone und ihre Geste ist eine Hingabe mit halb geöffneten Lippen, der du nicht widerstehen kannst.

Du liebst Scherze. Erinnerst du dich an diesen Traum? Oder war es eine weitere Phantasie?

Du übst Scheibenschießen: Die Frauen stehen in einer Reihe, sie beugen sich ein wenig vor und du wirfst ihnen Brotkrümel in den Ausschnitt. Du besichtigst die Truppe. Sie halten Äpfel in den Händen. Du fühlst dich groß. Plötzlich sagen sie mit einer Geste nein und drehen dir den Rücken zu, faule Äpfel hinterlassend.

Es würden viele Jahre deines Lebens bis zu dem Abend vergehen, an dem dich die junge Frau mit den Mandelaugen ansah. Warum weinte sie, als sie dich sah? Du spazierst durch eine alte Stadt, du durchquerst die Altstadt und stößt auf die utopischste Menge an Bohnen, die sich nicht einmal deine Einbildungskraft in ihren Fieberträumen hätte vorstellen können: weiße Bohnen, rote, grüne, grünliche, hellbraune, dunkelbraune, braune und weiße, weiße gefleckte Bohnen, ohne Flecken, sommersprossige, mit schwarzen und gelben Sommersprossen, emaillierte Bohnen, große, kleine, riesige, winzige, Bohnenminiaturen, unreife Bohnen, runzlige Bohnen, glatte Bohnen, glänzende Bohnen mit Silberglanz, Bohnen, die man kalt genießt, angemacht im Salat, abenteuerliche Bohnen, die man allein isst oder mit frischer Tomate und Öl, blasse Bohnen, graue Bohnen, Bohnen für das Gespenst jenes Abends einer fernen Stadt, einsame Bohnen. Die Erinnerung öffnete ihre Türen, die Augen einer jungen Frau hervorrufend, die auf einem Bohnenberg saß und sich einschüchtern ließ, als sie dich kommen sah. Die Verkäuferin roter Bohnen, weißer Bohnen, mandelförmiger Bohnen ließ dich zu den Abenden zurückkehren, an denen du umherirrtest ...

Erinnerungen an andere Zeiten, geliehene Träume.

Der Kohlenhändler stößt dich ab und zieht dich an, er ist immer mit schwarzem Staub beschmutzt. Er kichert ohne Zähne mit langen, zerzausten Haaren. Er ist lang, mager, er kreischt mit übel gelaunten kleinen Schreien.

Juan meidet ihn, verloren in einer fernen Zeit. Durch seine Träume kommen und gehen maskierte Lastträger, sie tragen Warenballen von einer Seite zur anderen, einander anrempelnd und nach dem Zusammenstoß um Entschuldigung bittend. Durch die engen Gassen rollen Karren, die Gemüse zermalmen. Die Maultiere tragen Scheuklappen, damit sie nur nach vorne sehen. Die Karrenfahrer auf einem hohen Kutschbock ziehen die Zügel an und reden mit den Tieren, während unten die großen Räder rollen. Katzen miauen auf verfaultem Gemüse. Zeitungen schleifen auf dem Boden. Ein Gespann Ochsen geht durch und zieht den Karren mit. Es überfährt den Ochsentreiber und lässt ihn blutend auf dem Pflaster liegen und rennt, rennt in ermüdeter Verzweiflung die Straße hinunter, eine Zuckerspur auf dem Boden hinterlassend.

Was für ein Gericht von Freuden und Schmerzen in den Träumen. An allen Ecken und Enden zeigen sich Frauen, um dir etwas zu essen anzubieten, sie rufen dich mit unanständiger Stimme, sie machen dir Zeichen (oder stellst du es dir vor?), sie machen Gesten feuchter Stunden, es sind heiße und legendäre Körper, die begehren, dich an ihrer Seite zu haben.

Bei jedem Liebesmahl wird der Mythos deiner Hirngespinste neu geboren. Vielleicht gräbst du in den Träumen eine Leere aus, die du nicht füllen kannst, und diese Magie der Erlösung erklärt deine Routine, diese unaufhörliche Wiederholung, den wollüstigen Zwang zu verführen und mit neuen Eroberungen zu beginnen und im Vergessen die Trophäen deiner Siege zu versenken.

Pedro sprach von Lucila

Pedro sprach von Lucila.
Lucila.
So hieß sie.
Pedro Blablabla erwähnte ihre Geschichte und Juan gab es einen Ruck. Er hatte die Exklusivmeldung gerade in einer Abendzeitung gelesen, zwischen entblößten Hinterbacken und blutenden Leichen, aber er hielt sie noch zurück, um sie vor dem kleinen schlechten Zuhörerkreis der Kneipe im richtigen Moment loszulassen; und der Zeitpunkt kam rasch. Die inhaltsleeren Intrigen des Fußballs waren dem bevorzugten Gesprächsthema der Männer gewichen. Nachdem er über seine letzte Ruhmestat in Liebesdingen berichtete hatte, sagte oder besser rief oder noch schlimmer schrie er:
„Lucila."
Juan sah ihn trocken an.
„Lucila, deine Freundin ..."
„Ja?"
„Sie wurde überfallen."
Juan verlor die Sprache.
„Sie wurde auf den Anhöhen von Escazú gefunden, auf dem Weg nach Pico Blanco. Ich habe das Foto gesehen."
Pedro Blablabla sprach in begierigem Ton, im Falsett, geriet dabei aber außer Atem. Er wollte sich Gehör verschaffen.
(Wie hatte Pedro von seiner Beziehung zu Lucila erfahren?)
„ Stichwaffe. Sie haben ihr vorher mit der Post das Foto eines Messers geschickt. Eines Küchenmessers. Hört ihr mich?", sagte Pedro wieder schreiend, und seine Stimme schnitt mit Machete-Hieben durch das Dickicht des Lärms.
Dies war die Überraschung des Freitags in einer anderen miesen Bar.
Juan presste die Lippen zusammen und versuchte, die Gespenster im Zaum zu halten.
Ich bitte den Leser um ein wenig Wohlwollen mit dem Er-

zähler, dem es schwerfällt, über gewisse Episoden der Erzählung zu berichten, da ihn – warum es nicht sagen? – die Schamhaftigkeit daran hindert. Manchmal erscheint die andere Seite des Türschlosses je glaubwürdiger, desto merkwürdiger sie ist, oder sollte es eine weitere Übertreibung dessen sein, der von den Ereignissen berichtet, um seine Sprunghaftigkeit in einer Erzählung zu rechtfertigen, die, wenn sie nicht ins Melodram abrutscht, auf dem steinigen Weg des Absurden umherstreift? Ja, derjenige, der die Geschichte erzählt, verdient dein Wohlwollen oder wenigstens einen Krümel Gnade: Auch die Verurteilten verdienen sie. Setzen wir unsere Reise fort, lieber Leser, denn es ist weder weise noch eine Routineangelegenheit, vom fahrenden Zug abzuspringen.

Der Fernsehapparat der Bar leuchtete: Es war eine Werbung für auf Flaschen gefülltes Wasser. Quellwasser. Frisches Wasser. Reines Wasser. Erlösendes Wasser. Juan wurde von einem unendlichen, erschöpfenden Durst befallen, einem Durst nach fieberhaften Abenden.

Dreizehn Photographien

Sie war ein wenig beklommen, als sie den Umschlag in die Hand nahm. Es war bereits spät. Schon sehr früh hatte man ihn in den Korb für die eingehende Post gelegt, aber Diana hatte den ganzen Tag nicht in ihrem Büro sein können und erst nach mehreren unnützen Sitzungen fand sie Zeit, ihn zu öffnen. Die Neugier schwirrte ihr durch den Kopf – ich kann es nicht leugnen –, denn sein Eingang war ihr durch elektronische Post angekündigt worden. Reine Routine. Jetzt musste sie damit beginnen, ihre Gedanken zusammenzufassen. Ihre Arbeit bestand aus nichts anderem. Es schien so leicht voranzukommen, und dennoch zögerte sie. Sie atmete tief ein, stieß einen Mundvoll Luft aus und, ohne weiter zu warten, nahm sie den Umschlag und öffnete ihn, um eine Handvoll Photographien auf den Schreibtisch fallen zu lassen. In einer anderen Zeit hatte ihr die Zigarette Sicherheit verliehen. Obwohl es falscher Schein war, eine Art subtilen Selbstbetrugs, half sie ihr, sich zu konzentrieren. Jetzt musste sie auf ihre eigenen Kräfte zählen, ohne dieses rauchende Zeug zwischen den Lippen, nützlich, um von der Angst vor der Leere abzulenken, das heißt von der Untersuchung am Nullpunkt, so rein und jungfräulich, vergleichbar mit dem weißen Papier, bevor man die erste Zeile schreibt, und mit der nicht angezündeten Zigarette.

Dreizehn Photographien. Musste es diese Zahl sein? Unter gewissen Umständen des Lebens ist die Arithmetik unangebracht. Die Dreizehn war da, starr, kalt, einfach ein Dokument: das Dutzend des Teufels zieht unheilvolle Wirkungen nach sich. In ihren Überlegungen war etwas Paradoxes und auf gewisse Weise Naives. Tag und Nacht musste Dalila dem Bösen die Stirn bieten oder noch schlimmer dem radikal Bösen: Es war ihr Beruf, sie lebte mit dem Verbrechen, und dennoch fasste ihre Brust die schreckliche Trivialität nicht, dass die Arglist, die Grausamkeit existierten: Wie kann ein Mensch einen anderen mitleidlos zerstören und am Schaden Genuss empfinden?

Sie erkannte es in den Anfangstagen ihrer Laufbahn: Das Verbrechen gehorcht anscheinend unwiderstehlichen Gründen (oder eher gewisse Verbrechen?). Aber diese tiefliegenden Gründe, einschließlich der offensichtlichsten, lehren den Ermittler sozusagen nichts Brauchbares. Sich in die reine Reflektion zu vertiefen, in Labyrinthe von Ideen, hat auf den ersten Blick keinen pragmatischen Wert, obwohl es die Psychologen und mehr noch die Theologen so sehr fasziniert. Dagegen scheinen die peripheren und oberflächlichen Motive der Ermittlung von den ersten Schritten an Sinn zu verleihen: In ihnen verbirgt sich das Rätsel des Verbrechens. Der kritische Punkt ist, wie man diese bruchstückhaften Beobachtungen auf die Fälle anwenden konnte, für die Dalila zuständig war.

Sie stand angespannt vor den Photographien. Ein weißes, kaltes Licht erleuchtete die glänzenden Oberflächen: den ganzen Körper, die tödlichen Wunden, das Messer, den Schaum, den die Brandung hinterlassen und der ohne jeden Zweifel entscheidende Spuren verwischt hatte, die Lage des Leichnams am Waldweg, ganz nahe am Becken mit brodelndem Wasser, das die Suche nach Öl vor Jahren hinterlassen hatte. Dalila erwog die Einzelheiten immer wieder. Der Zufall ist verrückt, dachte sie: Sie hatte die Leiche in Cahuita gesehen, und jetzt vergrößerten diese Dokumente den Umfang einer Akte für ähnlich gelagerte Delikte. Wenn sie sich in die banalen Motivationen des Verbrechers versetzte, könnte sich eine Verbindungslinie zwischen dieser ermordeten jungen Frau und anderen Verbrechen finden lassen, sofern eine Beziehung zwischen ihnen bestand?

Sie hat keinen Namen, aber sie nennt sich

Jemand sagte von mir: Sie hat keinen Namen, aber sie nennt sich. Der Taufname zählt. Manchmal nicht: wie in meinem Fall. Sie nannten mich Flor Salvaje, obwohl ich mich vorher Leidy, Marta, Yasdenia nannte ... ganz wie Sie wollen. Ich hatte schwarze Haare, lang, gewellt, eine im Wind flatternde Fahne. Sie kontrastierten mit meiner weißen Haut, aber sie steckten mich in einen Apparat, um mich zu bräunen. Das unverschämte Schwarz passt sehr gut zur neuen Bräune meines Körpers. So sagten sie mir. Und sie sagten mir, sie würden mich in ein Idol verwandeln, ein Topmodel, so sagte es der Mann mit der Zigarette. Am Anfang verstand ich nicht, aber mit der Zeit lernte ich dazu. Ich glaube, es hat mir gefallen. Ich lernte schneller, als ich eine andere Person im Spiegel entdeckte. Diese Person war fasziniert, als sie mich ansah.

Ich werde Ihnen die Geschichte erzählen.

Eines Tages kam ein Typ in das Büro von Juan, dem Genie von PubliServ, um ihm eine Geschäftsidee zu unterbreiten. Würden Sie gerne Damenmodeartikel im großen Stil verkaufen? Juan riss die Augen weit auf und verstummte mehrere Sekunden, in denen Frauenbilder durch seinen Kopf schwebten. Es ist genial, sie werden gleich sehen: Ich werde es Ihnen erklären, sagte er zu ihm, die gelben Zähne zeigend. Man sagt, dass in einigen Ländern der ausländische Akzent Türen öffnet. Der Mann trug eine Hermès-Krawatte und rauchte unaufhörlich. Er öffnete Türen und öffnete sie sehr gut. Wie die Eingeweihten erzählen, schlug das Individuum Juan vor, an einem großen Geschäft teilzuhaben. Was halten Sie davon? Eine gewisse Gruppe von Unternehmern beabsichtigt, den lateinamerikanischen Markt mit den Reizen eines umwerfenden Projekts zu überfluten. Hören Sie mir gut zu: Es handelt sich um ein System konzertierter Verkäufe, wir füllen die Geschäfte mit unseren Produkten und die Geschäfte werden am selben Tag leergekauft. Wie kann ich es Ihnen beschreiben? Handel en gros, Versprechen der Wunscherfüllung, *Brassières*, *Pantys*, Stöckelschuhe, Bikinis, die sich der Haut anpassen und alle möglichen Stile sinnlicher *Lingerie*.

Das Geschäft des Jahres, *Clusters, Joint Ventures.*
Die Freude von Juan dem Feinschmecker.
Der Mann sprach, er sprach mit einer an den Lippen klebenden Zigarette und redete lange über die Fetische weiblicher Intimität. Nach der Lancierung würden die Projekte von allein laufen, sagte er ihm, während er eine *Davidoff* nach der anderen anzündete. Um die Produkte zu verkaufen – das wissen sie sehr gut und ich brauche es Ihnen nicht zu erzählen –, ist die übliche, gut gemachte Werbung ausreichend. Wer dies tut, möge es so tun. Wir, hören Sie gut zu, wir wollen etwas anderes. Versuchen Sie, es zu erraten. Unser Ziel ist es, einen Archetyp zu konstruieren. Wir planen auf lange Sicht und im großen Stil die Welt erobernd, wir sind Adler. Sie sitzen hier bei PubliServ und vergeuden die Zeit, wenn Sie nicht mit uns zusammenarbeiten. Von ihrem Stuhl aus können Sie das große lateinamerikanische Symbol des Konsums herstellen. Dank dieser Kampagne werden Sie eine emblematische Figur erschaffen. Wir werden sie Flor Salvaje nennen. Flor Salvaje wird Besitzwünsche schüren und dazu bestimmt sein, sie zu symbolisieren. Es wird ein Partizipationsgeschäft sein: Sie produzieren die Figur, die den Wunsch erweckt, und wir verkaufen die notwendigen Produkte, um ihn zu befriedigen. An einem vorbestimmten Tag werden tausend reizvolle Kleidungsstücke auf den Markt kommen, bereit, die Phantasien zu befriedigen. Ich beauftrage Sie, das Topmodel Flor Salvaje zu erfinden und es in einen exklusiven Traum zu verwandeln. Die Konsumenten und vor allem die Konsumentinnen werden sagen: Ich träume, also kaufe ich; und auch umgekehrt, denn das menschliche Verhalten widerspricht sich mit Begeisterung: Ich kaufe, um zu träumen. Da wird Flor Salvaje sein, reizend, dem Beobachter zulächelnd. Ich bitte Sie, eine Ikone zu erfinden, oder, wenn Sie dies vorziehen, einen Mythos, der das Publikum erotisiert. Die Idole haben den Preis, den man bereit ist zu zahlen. Verlangen Sie, was Sie wollen. Bei *diesem* Geschäft gehen Geld und Libido Hand in Hand.
Durch das Büro von PubliServ flog ein Dämon.
Der Mann zündete eine neue Zigarette an und schluckte genussvoll die Welt. Nach einer zufriedenen Pause blieb von jener abgebrannten Welt nur ein graues Wölkchen zurück, das zwischen gelben Zähnen schwebte.
Juan nahm die Herausforderung an.
Wie kann man sich der Herausforderung verweigern?

Als Mittel gegen die Zweifel vertrieben am Ende die Honorare den Nebel, falls es ihn gab.

Die Zentrale von PubliServ war dann ein kreativer Ameisenhaufen. Juan bot der Herausforderung die Stirn, ohne noch eine Sekunde daran zu zweifeln. Er konnte es sagen und machte sich dabei keiner falschen Bescheidenheit schuldig: Seit jenem Tag wuchs die Zukunft auf seinen Schultern. Er arbeitete lange und hart, Chimären erfindend. Ich werde jetzt einen stilvollen Satz sagen: Als Juan den Arm ausstreckte und den Apfel nahm, hatte er schon begonnen, seinen Phantasien über Flor Salvajes Aussehen freien Lauf zu lassen.

Am ersten kreativen Tag ging er in seinem Büro, in tiefen Gedanken versunken, auf und ab. Er ist in der Küche der Schlacht, der Tisch ist gedeckt, die dampfenden Gerichte auf dem Feuer. Was tun? Wie sollte er das Flor Salvaje getaufte Festessen servieren? Wo beginnen?

Homo sum: humani nil a me alienum puto.

Es fiel ihm plötzlich ein: so werden die guten Ideen geboren. Ohne sein Hirn über Gebühr anzustrengen, erinnerte er sich an das Motto der Kampagne einer religiösen Sekte und übersetzte es so:

Ich bin ein Macho: nichts bezüglich der Frauen ist mir fremd.

Er hatte gerade erst verstanden, er fühlte Fieberschauer, aber er konnte nicht vermeiden, sich in aller Kälte zu sagen: Viele Frauen sind größere Machos als die Männer. Auf diesem Weg würde er in den Garten Eden ihrer Unterwäsche gelangen.

Die Frauen nach dem Geschmack suchen

Sie erschien, ohne dass er sie begehrt hätte, aber kaum hatte er sie gesehen, liebte und begehrte er sie. Die Leidenschaft entflammte in einer dieser leblosen Buchhandlungen mit dem Aussehen einer Parfumerie am Flughafen, wie es sie in San José gibt. Sie begegneten einander bei den Kochbüchern. Als er sah, wie sie die Seiten umblätterte, verlor sich Juan in seinen Phantasien. Lucila war ein sündiges Wunder.

Betrachte, neugieriger Leser, Juans Bibliothek. Du spazierst durch ein kleines Labyrinth, wo Bücher wie glückliche Tiere Mutwillen treiben: Geschichten der Kochkunst, Enzyklopädien, weltumfassende Kompendien über Kochtechniken, Meereszoologie für Gastronomen, Flora des Guten und des Bösen mit Knoblauch gewürzt auf dem Grill, Fett in der Pfanne. Hinter den Enzyklopädien erspäht man, geordnet und fast versteckt, die Handbücher über Konserven und Wurstwaren und etwas näher in Griffweite gelehrte und schöne Bücher, bei denen die Illustrationen mehr zählen als die Texte. Wenn du um die Regale herumstreichst, wirst du Karten mit Rezepten finden, in Miniaturen gezeichnet, sorgfältig in Alben angeordnet, und ein wenig weiter unten Broschüren mit Erklärungen über die Kunst, das Rohe und das Gekochte zuzubereiten, zusammen oder getrennt. In Augenhöhe ruht ein Buch über essbare Blumen: auf dem Umschlagbild eine fleischige rote Begonie.

Beschäftigter Leser, Juan schloss sich gern in der Küche ein, um sich als Magier zu fühlen, Dichter der essbaren Materie, Zauberer der Gewürze. Obwohl er sich dieser rastlosen Leidenschaft bewusst war, hatte er Angst vor Dulce und zog es vor, sich in seinen kombinatorischen Künsten ohne sie zu produzieren. Dulce war die Richterin über seine Erfindungen und Misserfolge. Lieber nicht fühlen, dass sie ihm in der entscheidenden Stunde über die Schulter schaute. Es genügte, dass er unzufrieden war, selbst wenn sich die Gäste genussvoll die Lippen leckten. Dann träumte er davon, die Gerichte bei nächster Gelegenheit zu verbessern: anderes Oliven- oder Haselnussöl, etwas mehr Salz, frischer Thymian, stärker gebratenes Fleisch, bevor der Deckel auf den Topf kommt. Oder neue Rezepte, um den Geschmack neu zu erfinden. Ein Neuanfang ist immer wunderbar, sagte er sich. So ist die Liebe.

Juan war ein gieriger, fast schamloser Sammler. Er hatte sein Haus mit Kochbüchern angefüllt. Er kaufte sie vor allem wegen der Illustrationen, aber (auch?) wegen der Rezepte (obwohl er nur dazu kam, eins unter tausend zu lesen). Seine letzte Erwerbung war ein japanisches Kochbuch mit Spezialitäten aus Meerestieren, zu denen *Sushi* Gott sei Dank nur in einem kurzen Kapitel gehörte. Die Bände über asiatische Küche drängten sich auf einem exklusiven Regalbrett, das die Nachmittagssonne erleuchtete. Wenn wir ihn jetzt beobachten könnten, sähen wir, wie er sich vor dem Faksimile eines mittelalterlichen Rezepts für geräuchertes Wildschwein erquickt. Er streichelt sogar den Rücken des dicken Bandes, in dem es neben anderen Raritäten erschienen ist. Juan wird immer bedauern, ein kleines Buch aus Tibet mit ungewöhnlichen Federzeichnungen verloren zu haben, man könnte sagen ein gastronomisches Kamasutra. Ohne einer genauen Ordnung zu folgen, gab es Kochbücher in allen Zungen und für alle Zungen: schwedische, mexikanische, chinesische, österreichische, deutsche Küche und vor allem regionale Variationen der italienischen, spanischen und französischen Gastronomie. Angeordnet in angemessener Anzahl (wenn „angemessen" auf diesen exzessiven Schlachtfeldern etwas bedeutete), konnte man peruanische, bolivianische, brasilianische, pakistanische Bücher bewundern, einschließlich eines in Kabul 1940 gedruckten Kochbuchs. Juan feierte mit dem Anstoßen von Weingläsern die kulturellen Variationen der Nahrungsmittel, aber sein archimedischer Punkt, sein unbezähmbares Laster, die masochistische Hingabe an die Lust band ihn für immer an die italienische Küche. In Italien wurde die Vorherrschaft in Geschmacksdingen geboren und nach Italien kehrte sie zurück. Sogar die französische Kochkunst stand in der Renaissance in der Schuld Italiens.

In seiner Bibliothek durfte das verminte Feld der Gastronomie nicht fehlen. Ich beziehe mich selbstverständlich auf die Getränke: rote, weiße, trockene Weine, Biere (einschließlich eines Atlas der selbstgebrauten belgischen Biere), Säfte und Extrakte, Kräutertees, Liköre, Schnäpse, Champagner, Sekt, *Prosecco.* Es gab auch Rezeptsammlungen für Cocktails. Das Wasser ist ein Geheimnis. Stell dir, lieber Leser, den Unterschied vor zwischen einem grünen Tee mit Wasser aus den Alpen in einer Teekanne aus weißem Porzellan aufgegossen und der eisenhaltigen Flüssigkeit der Pariser Wasserleitungen oder der mit Chlorgeschmack von San José; um nicht in die Ferne zu schweifen, koste die edlen Quellen Panamas und des tropischen Waldes. Das Wasser prägt den Geschmack aller Getränke, das des Bodens in den Weinbergen, das die Orangenhaine bewässert, das Aqua Vitae, das Wasser des Lebens, wie die Miserablen in ihren großen Stunden überflüssiger Weisheit sagten.

Die beunruhigende Besucherin, die eines Morgens sehr früh zu Juan kam, wie man später sehen wird, ging in die Bibliothek, um in Büchern zu blättern, während sie auf ihn wartete, und so, zwischen den Regalen umherstreichend, entdeckte sie eine Mappe mit Cocktailrezepten. Mit großer Neugier hatte sie vor, darin zu blättern, zumal sie voller Manuskripte war, da ließ sie versehentlich ein Blatt fallen. Als sie es an seinen Platz einfügte, entdeckte sie einen merkwürdigen Cocktail: *Maracuja flambiert mit Rum*, ein Rezept der Freunde Rainer und Cristina. Sie konnte diesem Detail nicht widerstehen und las mit größtem Vergnügen den Text, in dem mit schön geschriebenen Buchstaben das Rezept stand:

„Zutaten: eine halbe Zitrone, eine aufgeschnittene Maracuja, von der ein Teil ausgehöhlt wird, um als Gefäß zu dienen, frische Pfefferminzblätter und –stiele zum Daruntermischen und zur Dekoration, ein Esslöffel brauner Zucker, zerhacktes Eis, 4 cl weißen und roten Rum."

Während sie das Rezept las und es auswendig lernte, kam Dulce mit einem gerade aufgegossenen Kaffee herein und überreichte ihn ihr, ohne ein Wort zu sagen, aber ein Lächeln wagend. Vor ihrem erwartungsvollen Blick trank sie einen Schluck, stellte die Tasse auf einem Buch über Teigwaren ab und las mit auf das Papier geheftetem Blick weiter:

„Zubereitung: Zerschneiden Sie die Zitrone und legen Sie sie in ein hohes Cocktailglas. Tun Sie auch das Fruchtfleisch der Maracuja, die Pfefferminzblätter und den Zucker hinein und zerstampfen Sie alles mit einem Holzstößel, wie ihn die Brasilianer zur Zubereitung der *Caipirinha* benutzen. Fügen Sie danach reichlich zerhacktes Eis und die 4 cl weißen Rum hinzu. Schütteln Sie die Mischung im Cocktailbecher und schütten Sie sie mit dem Eis ins Glas. Lassen Sie die ausgehöhlte Maracuja auf der Oberfläche schwimmen und füllen Sie diese mit einem Rum von hohem Alkoholgehalt. Vergessen Sie nicht einen schönen Zweig Pfefferminze, um das Glas zu dekorieren. Führen Sie eine Flamme an die Maracuja heran, bis sich der Rum entzündet. Lassen Sie ihn heiß werden, löschen Sie dann die Flamme, stecken Sie einen Strohhalm in den Cocktail und servieren Sie ihn sofort."

Am nächsten Wochenende werde ich es ausprobieren, sagte sie sich. Und sie ging in das Wohnzimmer, denn sie hörte Juan mit Dulce sprechen. Später kehren wir zu dieser Szene zurück.

Jetzt fahren wir mit Juan fort, der in der Buchhandlung gerade Lucila entdeckt hat, um sie nie wieder zu vergessen.

Da sind die beiden auf der anderen Seite des Schlüssellochs.

Lucila schaut begierig die Abbildungen libanesischer Süßspeisen an. Juan kann sich nicht an ihr satt sehen, er betrachtet sie, liebkost sie in seinem Inneren und, als er ihre Wärme ganz nahe fühlt, versinkt er in unaussprechlichen Gedanken.

Die Photographie eines Gerichts ersetzt ihre reale Abwesenheit, aber nimmt ihren Genuss vorweg: den Blick über die unmöglichen Details des Bildes schweifen zu lassen, kommt dem Vorsetzen des Objekts gleich, hingegeben auf dem Tisch, in Reichweite des feuchten und wilden Gaumens. Dies war Juans Gedanke, reich an Paradoxen. Angesichts gewisser Photographien wurde er durch die Wirkung einer wollüstigen Hypnose besiegt, verzückt durch feuchte Formen, die Farben, die dicken Säfte, die geheimnisvollen Kurven des Gerichts; und das Wasser lief ihm im Mund zusammen beim fast skrupellosen Vorgefühl der Rezepte, die er dazu bestimmt glaubte, gekostet zu werden. Ja, die Photographien sprachen mit dampfenden Zeichen zu ihm, sie servierten ihm den Teller auf den Tisch und waren bereits auf dem Papier die Hälfte der grenzenlosen Kunst des guten Essens. Es fehlte nur, die Körper der Kostprobe zu lecken, Phantasien zu kauen, die Begierde zu erneuern und noch einmal und noch einmal und wieder zu beginnen, neue Seiten verschlingend, neue Bücher, bis zum Delirium, um bei m regellosen Kosten von gut gemachten Bildern zusammenzubrechen und die Sinne in einem Ölgemälde von Giuseppe Arcimboldo zu verwirren.

Bei einer Abbildung, die libanesischen Süßigkeiten kostend, die sie vor einigen Tagen gegessen hatte, fühlte Lucila an ihrer Seite (denkt Juan) den Atem eines ihr von der Vorsehung bestimmten Mannes. Dieses unerwartete Wesen streifte ihren Arm, als er sich vorbeugte, um ein Buch, das auf dem Tisch lag, aus der Nähe zu betrachten, mit für den Appetit von zügellosen Käufern geöffneten Seiten. Es war nicht die leichte Berührung, obwohl vielleicht doch, es war die Gleichzeitigkeit der Begierde, die sie bezwang, als sie sich dieser schamlosen Aura aussetzte (dachte Juan).

Und er sprach zu ihr (so musste es sein, denn so stand es im Kochbuch seiner Liebesriten geschrieben):

„Ich suche ein Rezept für Nudeln mit Trüffeln."

„Nudeln mit Trüffeln?"

Juan sah sie wegen ihrer Antwort überrascht an. Er erahnte eine verwandte Seele und bewunderte einen unvorstellbaren Körper.

„Ja, klar. Vielleicht in einem dieser italienischen Bücher. Ich habe mehrere Rezepte, aber ich vergleiche gern. Wer Rezepte kombiniert, ist kein Häretiker. Oder meinen Sie, doch?"

Lucila öffnete überwältigt die Augen.

Juan hatte sich für einen belehrenden Ton ohne viel Schwung entschieden, der nur bei diesen Gelegenheiten zu ihm passte:

„Die Erfindung ist in Geschmackssachen wichtig", fuhr er fort. „Ich wiederhole immer wieder: Die Abwechslung erzieht die Sensibilität und erhöht das Vergnügen; aber nun ja, unglücklicherweise sind in diesem Land nie weiße Trüffel erhältlich und man bleibt mit den Rezepten zurück, dem Appetit und den Fotos."

Lucila wusste auf diesen verbalen Angriff nichts zu erwidern, aber sie erholte sich und antwortete lebhaft:

„Es gibt alles, aber nur durch Zufall."

„Immer findet man mehr als man erwartet", entgegnete Juan wie jemand, der sich entschuldigt, „aber nicht das, was man sucht."

„Ja, es ist bedauerlich. Ich bin nie sicher, eine Zutat zu finden."

„Ich bin einverstanden", sagte Juan, sich in seinen eigenen Hirngespinsten verstrickend. „Man kann nicht gut kochen, wenn es so viele unvorhergesehene Variablen gibt."

Lucila sprach mit sanfter, gebildeter Stimme und hatte angenehme Umgangsformen. Was für eine Entdeckung, dachte Juan. Ihr Atem verströmte den Verdacht von etwas Fernem und Glücklichem. Er stellte sich Windstöße vor, Bergblumen, süßer

Saft in kleinen Kaskaden. Er sah es, ja, er musste das sanfte Gesicht sehen, die zimtfarbenen Haare, die glatte Haut angebräunten Brotes, Lippen wie Fruchtfleisch der Wassermelone. Er sah und fühlte unermessliche Begierden, ihr das Buch zu halten, das sie gegen die jungen und harten Brüste gedrückt hatte, er nahm geteilte Rezepte vorweg und kostete den saftigen Skandal, sich die Vorlieben in Spielen wechselseitiger Mittäterschaft zu gestehen, er stellte sich eine Flasche voller Aromen und Geschmackserlebnissen vor, wo der Genuss triumphieren würde. Juan fühlte (sollte es nur seine Einbildungskraft sein?), Juan fühlte im Voraus, dass beide wegen der Merkwürdigkeit ihrer ersten Begegnung in der Ecke der Kochbücher zitterten, über einer vorwarnenden Photographie getrüffelter Nudeln.

Juan leckte sich die Lippen.

Sie redeten. Sie führten eine unverbindliche Unterhaltung, während durch ihre Hände Trüffel, Weinberge, Safranfäden, Käsesorten aus Frankreich gingen. Juan erzählte von PubliServ. Lucila war Assistentin der Geschäftsführung in einem transnationalen Unternehmen. Ohne Umschweife lud er sie ein, mit ihm auszugehen. Sie nahm die Verabredung für den kommenden Freitag an. Ein seltsames Gesetz verurteilte ihn dazu, dass viele seiner Treffen an diesem Wochentag stattfanden.

Am Freitag gingen sie in ein italienisches Restaurant essen, für das es der Mühe wert ist, das übermenschliche Opfer, San José zu durchqueren, auf sich zu nehmen, vor allem, wenn man mit Spinat gefüllte *Gnocchi* probieren und sich den Magen nicht mit Gummibällen verderben will, die in einem Brunnen prähistorischen Fettes ertränkt wurden, wie es in vielen Lokalen der Fall ist. Sie aßen natürlich *Gnocchi*. *Scaloppine* in Marsala (um das italienische Stereotyp zu verstärken, das zu der Erzählung passt), als Beilage *Zucchini* und dazu ein Ruffino de Pontassieve, den es zufällig gab, aber nur ein Glas oder zwei, ja nicht zu viel, um die Hitze im Blut nicht zu dämpfen. Am Ende durfte ein *Tiramisu* nicht fehlen (denn es war noch immer überall zu haben).

Wenn ich die Episode dieser Nacht beschreiben könnte (das durchs Schlüsselloch Gesehene und Gehörte), würde ich wenige Worte sagen, im Vertrauen darauf, dass sich der Leser den Rest vorstellen kann; ich würde sagen, dass es ein Abendessen aus Blicken und Schweigen war. Die Blicke backten das Brot hinter dem Schweigen. Das Treffen nährte den Geschmack eines jeden. Warum sollten sie sich nicht das perfekte Essen vorstellen? Das Fleisch ist genau richtig gebraten, das Öl brodelt, es fehlen ein wenig Salz und Pfeffer, vielleicht frischer Salbei, nicht viel, um die Wirkung zu nuancieren. Aber warum sollte man sich an ein einziges Rezept halten, wenn man immer wieder neuartige Kompositionen schaffen kann? Die Küche ist der Ort der Götter, wenn die Lust knistert und die Wohlgerüche des Genusses über dem Fleisch schweben. Danke, Lucila, danke, weil der große Koch des Schicksals dich erfunden hat und wir jetzt Zutaten desselben Festessens sind.

Lucila hatte ihn in seinem albernen Kompott von Äpfeln und Honig besiegt.

Seit dem Tag ihrer Begegnung zählte das Buch, in dem sie blätterten, zu Juans Reliquien. Wieder bestätigte es sich: Er suchte die Frauen nach dem Geschmack.

Vergebliche Telefonanrufe

Als er nach Hause zurückkam, wartete noch die Hühnerbrühe, kalter Zeuge der Desillusion, auf dem Esszimmertisch, zusammen mit der weißen Leinenserviette, dem Besteck und einem Weinglas.

Dulce empfing ihn mit einem eisigen Lächeln.

„Dalila hat angerufen", sagte sie, aus dem Augenwinkel auf den Tisch schauend, wo das Telefon war.

Juan biss die Zähne zusammen.

Der Apparat war heiser vom Klingeln mit der Stimme eines auf dem Herd zitternden Topfes.

Juan schwankte zwischen Wunsch und Ablehnung, Wollust und klebriger Liebe. Noch war die Stunde nicht gekommen, seine Beziehung zu dieser Göttin der klagenden Telefone zu ordnen oder zu beenden.

„Essen Sie die Brühe?"

Die hat ein Gesicht, das einen schönen Hintern verspricht

Draußen brüllten die rollenden Rostlauben und, Gott helfe mir, bis in das Lokal drang das laute Hupen, das, um dir den Geduldsfaden reißen zu lassen, zusammen mit dem Gestank verrotteter Motoren auf dich eindrang . Beim Einbruch der Dämmerung war dieser Freitag ein Initiationstag. Noch waren viele Tische unbesetzt, denn die Miserablen waren an diesem Abend früh gekommen. Das Fernsehgerät, das immer über ihren Köpfen drohte, schwieg, gesegnet sei es, denn die Stunde lud zu innerer Sammlung. Diesmal hatten sie eine Flasche Ron Centenario auf den Tisch gestellt, gehacktes Eis in einem Eimer, kreolische Limonen – die kleinen –, Pfefferminze, Zucker und viel Geduld, damit sich jeder seinen siegreichen Mojito zubereiten konnte. Dank diesem Gunstbeweis des Schicksals wagte es Ovid der Dichter, die Anwesenden um ihre Aufmerksamkeit zu bitten. Seit Wochen klebte eine Geschichte auf seiner Zunge und die Kehle juckte ihn, sich von ihr zu lösen. Aber es war weder eine Geschichte noch Schwatz noch Tratsch noch Witz spuckte ihm Pedro ins Gesicht, um sich über seine Gedichte lustig zu machen: Ovid dem Dichter gefiel es, das Reale so darzustellen, als wäre es Fiktion, im Gegensatz zu Pedro Blablabla, der aus seinen Fiktionen als Weiberheld Realität machte. So sagte er es. So ist es nun mal. Es stieß ihm zu. Die Liebe verfolgte ihn eines Tages und Ovid sehnte sich nach Haydée, seiner fernen Freundin, Verfasserin erotischer Literatur, der er ein Gedicht widmete, das so überschrieben war: *Dank für das Kredenzen des Weins heut Nacht ...* Er verfolgte ein glückliches Traumbild, er schrieb ihm freie Verse und hörte nicht auf, ihm mit elektronischer Post Briefe zu senden, Briefe irdischer Liebe. Es ist nicht leicht, jemanden mit solcher Sensibilität zu finden, dachte er, und noch viel weniger, sich finden zu lassen. Gott hilft den Sanftmütigen. Der Teufel stößt sie.

Zuerst sprach er in melancholischem Tonfall. Dann kam er in Schwung und seine Augen blitzten: *Ich liebe den leuchtenden Tag durch das Fenster und dieses Licht zu fühlen, wenn ich dich anschaue ...*

„Ich werde die Ereignisse nicht bewerten", rief er, sich

unterbrechend. „Ich werde Ihnen die Geschichte erzählen. Sie werden beurteilen, ob ich das Ergebnis verdiene."

Er wollte gerade begeistert beginnen, in dem einzigen Augenblick ohne Straßenlärm, und sie kosteten bereits die ersten Mojitos, als der Fernseher mit all seiner Macht explodierte, es blitzte über den Tischen und der Dichter musste seine Liebesgeschichte auf einen weniger unwürdigen Zeitpunkt verlegen.

Auch die Miserablen, die schon auf die Geschichte gespannt waren, mussten auf eine andere Gelegenheit warten, denn diesmal bereitete ihnen der Zufall unerwartete Freuden. Das Flackerfeuer über ihren Köpfen verscheuchte die Musen, die ihre glücklichen Ohren liebkosten: Im Austausch für die besiegte Poesie erschienen die schönsten Hinterteile der Welt. Einen einzigartigen Augenblick lang ließen sich die miserablen Augen, glücklicher noch als ihre Ohren, von wollüstigen Aufrufen liebkosen. Im Nu stürzten sich ihre misshandelten Sinne in imaginäre Abgründe, die kaum von Stoffstückchen auf unberührbarer Haut verhüllt waren.

Plötzlich Diana, immer Diana, die auf ihren Tisch zuging. Warum zu dieser Stunde, in dieser Minute? Die Wunder erfüllten bereits den Bildschirm und die Miserablen waren fasziniert gelähmt. Der Zorro erstarrte auf der Stelle mit dem Glas auf halbem Weg und halbgeöffnetem Mund. Die anderen waren verbittert. Falsche Zeit. Verflucht sei sie. Böses Blut. Diana bestellte eine Limonade mit wenig Zucker und setzte sich, während die Miserablen schluckten und schauten und brüteten und heimlich fluchten. Minuten später trank Diana die Limonade aus und ging weg. Sie hatte weniger Interesse am Bildschirm als an den Herren gezeigt.

Trotz der Ablenkung (wie kommt sie dazu, das Vergnügen zu unterbrechen?) fällt der lahme Macho schneller, wenn er gestoßen wird. So war es an diesem Abend. Der Fernseher, aus seiner Höhe von tyrannischer Majestät, ging zu einer einzigartigen Sendung über. Statt über die Liebesgeschichte von Ovid und Haydée zu weinen, feierten die Miserablen einen Wettbewerb illustrer Hintern. Kaum hatte das Programm begonnen und über die Welt herrschte das Gesicht zweier denkwürdiger Hinterbacken, da wurde Pedro Blablabla blass, rot, wieder blass, wieder rot, bis er sich auf den besten Platz im Lokal setzte, zitternd und stumm, um keine Einzelheit zu verpassen. So riesig war der Spaß, den sich die Miserablen gönnten, dass ihre Lust wohl nicht abnahm, noch viel weniger runzelten sie das Gesicht, noch nähten sie sich die Kinnbacken zu und ohne Traurigkeit und mit viel Freude sahen sie die schönsten jugendlichen Hinterbacken des sehr entblößten, geliebten Vaterlandes defilieren. Den rhythmischen Hintern waren an Vornehmheit nur die Miserablen und ihre sehr geschwätzigen Kommentare zu vergleichen: Gott schütze sie mit so großer hinterer Pracht: Wenn wir sie weggehen sehen, scheint sie zurückzukommen, denn, wie ein Cineast sagte, dieses Mädchen hat ein Gesicht, das einen schönen Hintern verspricht. Pedro Blablabla neben Rafa dem Maler, der sie an diesem Abend zufällig begleitete, zitierte den Satz dreimal, was zu Buhrufen des ganzen Auditoriums führte. José, Fotograf von Tieren ohne Zukunft, der begleitet von seiner Freundin Karla gekommen war, notierte den Satz, denn er war als letzten Endes geistreicher Künstler immer auf der Jagd nach Extravaganzen über die Kultur der Freizeit. Albino, der jeden zweiten Freitag in den miserablen Kneipen erschien, schluckte Speichel, ich weiß nicht, ob wegen Pedros Obszönität oder der Köstlichkeiten auf dem Bildschirm. In diesem Moment unterbrach ein infames lautes Hupen den gelehrten Kommentar eines Tischnachbarn: Das Mädchen mit dem roten Badeanzug muss disqualifiziert werden, meine Herren, denn sie hat schmale Hüften und große Brüste, vergessen Sie sie, reden Sie keinen Quatsch, das ist kein Tittenwettbewerb, schrie er wieder, schon im höchsten Grade vom Alkohol aufgedunsen, aber ist es nicht immer so?, fragte der daneben, der den Kropf nicht weniger voll hatte, denn das Material, das oben überflüssig ist, fehlt unten, es ist ein Naturgesetz, schweigt, Scheißmachos, schrie Ovid, verärgert über das Fehlen der Ausgewogenheit, aber er verschluckte sich, als er das Wunder der schnöden Welt sah, das gerade am Wettbewerb teilnahm: richtige Proportionen, Gesäß nicht breiter als nötig, um es zu bekleiden und träumen zu lassen, die Pobäckchen nicht höher als Gott befiehlt, um alle Begierden mit einem einzigen Blick hinunterzuschlucken, nicht rhythmischer als ein guter Fick verlangt, nicht ferner als jedwede nicht realisierbare Phantasie und, als Gipfel des schnöden Undanks, war ihre Besitzerin so schön, so engelgleich, so fern der bösen Gedanken, dass sie, bekleidet wie Gott sie auf die Welt gesandt hatte, in den Himmel auffahren konnte zur Freude und zum Entzücken der Seligen und der begehrlichen Engel. Kaum hatte der Dichter Ovid, immer langsam in der Stunde der Inspiration, sie zum Schweigen gebracht, als die grobe Stimme des Nachbarn donnerte: Wie erreicht man diese üppigen Häppchen am Hinterteil? Nun, indem man das Popöchen bewegt ... im Fitnessraum natürlich, sagte sein Freund. Bleiben Sie dran, meine Damen und Herren, rief der Moderator, sich an die Fernsehzuschauer wendend: Die Mädchen werden gleich in Tangas defilieren, damit die Jury ihre keineswegs beneidenswerte Aufgabe mit mehr Anhaltspunkten für das Urteil erfüllen kann. Ovid zitierte begeistert einen Satz aus *Justine*: „*Il était impossible de voir un plus beau cul.*" Zwischen Sade und gewissen Fernsehprogrammen ist kein Platz für den Teufel, der so subtil ist, wenn er auf die Jagd nach frommen Seelen geht.

Als die Sendung beendet war und während ein Werbespot für Sonnencreme auf dem Bildschirm flimmerte (entworfen von PubliServ, aber Juan schwieg über diesen Punkt), gelang Ovid dem Dichter die Großtat, dass die Lautstärke des Ungeheuers leiser gestellt wurde, und er nutzte dies, um die Musen wieder zum miserablen Festessen am Freitag zu locken, dem der prächtigen Gesäße. Ohne weitere Verzögerung beschwor er seine Freundin, Verfasserin erotischer Erzählungen, die du, neugieriger Leser, hier nicht lesen wirst, die Ovid aber verspricht, eines Tages in einem anderen Buch zu veröffentlichen.

Ich kann nicht unterlassen, am Rande eine Art Beichte abzulegen: In der unwürdigen Nacht, in der der Erzähler von Don Juan dem Feinschmecker von mir die Abgeschmacktheit verlangte, dieses Kapitel für ihn zu schreiben, beschloss ich, mich an die Tatsachen zu halten, auf die Erfindungsgabe (die ich nicht habe) zu verzichten und der Tyrannei der Erinnerung freien Lauf zu lassen. Aus diesem Grunde vermied ich es, meine Distanz zu solchen Pyrrhussiegen der Spanner zu kennzeichnen. Der Erzähler möge mich dafür entschuldigen, dass ich jetzt meine Zunge nicht im Zaum halte, denn ich werde keinen Schlusspunkt setzen, ohne die Miesmacherin zu spielen, genauso wie ich es dort tat, während mich die Raserei der Machos verwunderte. Zu einer gewissen Stunde wandte ich mich dem Triste zu, der zu meiner Linken saß, und sah ihn mit den Augen einer gescheiterten Hexe an. Er erwiderte mir unter Kichern mit einem Kommentar: Dich faszinieren die Machos in ihrem Element. Der Teufel schütze sie, antwortete ich ihm. Der Fußtritt unter dem Tisch ließ nicht auf sich warten. Meine Traurigkeit erratend, kam er zur Sache: Ein respektvoller Umgang mit Hinterbacken bedeutet, den Wert der Frau zu stärken, ohne dass das Phantom des Bettes vor den Augen der Männer schwebt. Ja, antwortete ich ihm mit Nachdruck: Die Welt ist voller Typen, die es immer juckt und welche die Geschlechter nicht unterscheiden, noch das Geschlechtsteil an seinen Ort tun können. Davon ausgehend, glauben sie, alle Rechte zu haben. Grrr, angesichts so vieler Machos löst sich meine Zunge. Ich korrigiere: Angesichts so vieler Machos, die Hintern ansehen und sich der Wollust hingeben, gerät meine Welt in Unordnung. Ich ertrage sabbernde Männer nicht.

Ich weiß nicht, ob der Erzähler mich wieder einladen wird, ein neues Kapitel seiner Geschichte zu schreiben. Ich weiß aber: Eine solche Beleidigung werde ich nicht hinnehmen können. Ich bin keine Frau, die leicht zu haben ist.

Lucila suchte das Glück

Zweifellos, stark beschäftigter Leser, verleitet dich dein krankhaftes Interesse dazu, Zeuge der Intimität von Juan und Lucila sein zu wollen. Du verlangst es lauthals von der Erzählung. Über Dulce wirst du noch viel Neues hören. Auf der anderen Seite des Schlüssellochs werden wir auch Dalila und andere Frauen erspähen, das Ewigweibliche von Don Juan dem Feinschmecker, dem unglücklichen Helden.

Unglücklich?

Gleich wirst du erfahren, warum, wenn du zum nächsten Gang des Menüs kommst, wenn deine Geduld ausreicht und du durch die undankbare Anstrengung, den Körper zu beugen und durch die Ritze zu schauen, die Lust dazu noch nicht verloren hast.

Lucila genügte es, feminin zu sein – für Juan gab es nichts Wichtigeres auf der Welt: so hatte sie Gott erschaffen – und fein: Sie zog Lederschuhe vor, nie zog sie Schuhe mit hohen und dünnen Absätzen an, nie war sie übertrieben geschminkt, sie trug Leinen, immer einfache Schnitte, ohne hohe Taille. Nicht einmal im Spaß wäre es ihr eingefallen, sich mit einer blonden Mähne mit Korkenzieherlocken zu schmücken oder beim Sprechen die Haare zu schütteln. Es kam ihr auch nicht in den Sinn, Plastikfingernägel mit Blumen zu bemalen, noch interessierte es sie, sich mit Liposkulpturen zu quälen, die heutzutage als Pakete angeboten werden; sie verschmähte ohne weiteres eine Therapie mit Laser gegen Zellulitis, die ihr jemand vorgeschlagen hatte. Nicht einmal in ihren schlimmsten Albträumen kam sie auch nur auf die Idee, sich Brustimplantate in den Körper schieben zu lassen: Sie empfand immer, dass sie von schlechtem Geschmack sind. Vielleicht deshalb betrachtete sie mit kalter Distanziertheit die tief ausgeschnittenen Korsetts auf Gummihügeln, die der überaus schlechte Geschmack à la *Playboy* in der Welt verbreitet hatte. Einige lassen sich riesige Titten machen, um die Männer anzulocken; andere, um die Frauen herauszufordern. Dieses *Quidproquo* der nur auf Konsum ausgerichteten Kultur machte ihr keinen Appetit. Noch weniger reizten sie gewisse trendige Männer, die davon besessen waren, ihr körperliches Aussehen zu optimieren: Besuche bei der Maniküre, Epilation oben und unten, Gesichtsmassagen und wer weiß welch anderen Körperkorrekturen.

Die Suche nach dem Glück ist ein vergebliches Unternehmen (sei nicht überrascht, lieber Leser, wenn ich es dir immer wieder sage), aber es weckt die Begierden. Juans Charisma zog sie vom Anfang aller Träume an zu ihm, obwohl seine schlechten Angewohnheiten eines Urtiers sich ihr sofort gezeigt hätten, wenn sich nicht plötzlich die Tragödie ereignet hätte. Im langsamen und unerbittlichen Rhythmus eines Schlangenbeschwörers würde Juan den Charme der Verzauberung verlieren, zumindest den Charme der Gefühle, die beim ersten Mal ausbrechen. Zweifellos hätte sich die Zuneigung frisch erhalten, aber nur dank einer merkwürdigen Großzügigkeit Lucilas und dem Gefühl der Wehrlosigkeit und Traurigkeit, verhüllt hinter dem Glanz eines Ziegenbocks, das sich in seinen beinahe traurigen Augen zeigte. Lucila erkannte nie diesen verworrenen Grund, obwohl sie vielleicht in ihren Nächten gut zubereiteter Abendessen einen Verdacht ausbrütete: Juan suchte sie wegen des Geschmacks auf oder richtiger wegen der Geschmackserlebnisse, die ihre Gegenwart in dem fleischlichsten Winkel seines Gedächtnisses aufrührte. Es war nicht der Rosmarin, erweckt durch die Alchimie des Ofens; noch die legendäre Glut des Knoblauchs, noch die über die Haut irrenden Finger mit ihrer Spur von Zitronenschale, die so schwer zu beseitigen ist. Juan liebte sie wie alle Frauen aus einem anderen Grund: wegen des fernen Geschmacks, den er bei jeder amourösen Erfahrung im Untergrund des Vergessens wiederzuerkennen trachtete, selbst wenn eine solche Rückkehr unmöglich sein sollte. Ihre Treffen waren schweigsam, verloren zwischen Büchern und Rezepten, sie erinnerten sich an die Gerichte, die sie einmal in der Geschichte ihrer gemeinsamen Tage gegessen und gekostet hatten. Die Verabredungen der Liebe verwandelten sich in ein Gericht auf mäßiger Flamme. Lucila merkte es. Ihre Beziehung wurde allmählich mürbe, wie eine Zwiebelschale zwischen den Lippen, bis der Tag anbrach, an dem das beste *Soufflé* verschwindet. Diese kultivierte Frau hätte nie befürchtet, dass ihr Leben in einer Blutlache besiegelt würde. Aber was hatte diese Gefahr mit ihren Büchern mit Liebesrezepten und den Poblanos Paprikaschoten zu tun, die einen gewissen Don Juan ihrer schlaflosen Nächte einschüchterten, den sie am Vorabend ihres Todes zum letzten Mal sah?

Herausforderung für PubliServ

PubliServ. Stolz vor allem.

Kehren wir wieder in die Vergangenheit zurück, einige Jahre zuvor: Schon damals trug sich sein Schöpfer mit dem Mythos von Flor Salvaje.

Wir sehen ihn jetzt in seinem Büro, angespannt, aktiv, das Gehirn aufgrund seiner großen beruflichen Herausforderung kurz davor zu verglühen. Die jetzige Aufgabe ist seines Talents würdig.

Flor Salvaje ist weder nichts noch niemand. Das sagten sie: Sehen Sie, was für eine Frechheit!

Die Ergebnisse waren anfangs nicht perfekt und wir werden bald erfahren, wie sie am Ende sein würden. Flor Salvaje aus dem Nichts zu holen und sie in eine internationale öffentliche Figur zu verwandeln, war eine ernste Herausforderung für PubliServ und würde jede andere Gruppe von Talenten herausfordern. Mit größerer Schnelligkeit stecken die Zauberer auf den Jahrmärkten die Hand in den leeren Zylinder und holen das Kaninchen fest an den Löffeln gepackt heraus. Man braucht viele Instrumente, Mittel und Netzwerke und vor allem kreatives Talent. Seien wir offen, um niemand zu täuschen: Die größte Herausforderung für den Publizisten ist es, jemand ohne eigenen Glanz zum Strahlen zu bringen: so einfach ist es. Es geschieht in der Politik, im Kommerz, sogar in den öffentlichen Institutionen. Das südamerikanische Model hat nichts außer einer sympathischen Art und einer gewissen beunruhigenden Schönheit: sie ist keine Schauspielerin, sie kann nicht tanzen, noch sich ihres Hüftschwungs rühmen, die Stimme taugt nicht einmal dazu, so zu tun, als sänge sie; man kennt auch keinen Vers von ihr und nicht einmal ein von ihrer Hand geschriebenes Gebet an die Jungfrau Maria. Es mangelt ihr an Begabung: sie zeichnet sich nicht in den Künsten aus, noch in Kämpfen irgendeiner Art. Wenn sie wenigstens Umweltschützerin wäre … es wäre ein kleines Übel, leicht zu korrigieren. Wenn sie in die Klauen irgendeiner grausamen

Bande gefallen wäre, hätte das Drama dazu gedient, sie in eine Heldin und ein Opfer zu verwandeln. Ihren Namen verbindet man auch nicht mit unbequemen und talentierten Figuren wie Maradona oder mit Persönlichkeiten wie Chaves, Menem oder Bush, bei deren bloßer Namensnennung sich die Stirne ohne Anstrengung runzelt. Im Falle ihres Märchens wurde der Mythos vom absoluten Nullpunkt aus geschaffen. Oder fast. Juans Stolz misst sich gegenüber Herausforderungen dieser Größe, obwohl er schneller Kaninchen in leeren Zylindern fände und sie an den Löffeln herauszöge. Natürlich erfüllt Flor Salvaje unumgängliche Voraussetzungen: die Größe, die Knochenproportionen, die Struktur des Gesichts, die Haut, die sympathische Art, das sprühende Temperament.

Wie soll er aus ihr etwas Mythisches machen?

Sie sagten auch das.

Trotz der Aktiva zu meinen Gunsten begann Juan, auf einem leeren Papier zu schreiben, das, wie ich sagen hörte, seine Kollegen von Anfang an kommentierten. Schönheiten gibt es im Überfluss, sie sind überall zu finden, das Ewigweibliche zeigt den Triumph der Natur: so sagten die gemeinen Kerle.

Aber was sagte ich?, rief der Publizist mit den Fingern auf den Tisch trommelnd, gespannt aus, da ist die Lösung, das ist sie, und er erklärte sie während der zweiten Arbeitssitzung, kaum gelang es ihm, sie zu formulieren. Seitdem ging er von dem biblischen Prinzip der Publizisten aus:

„Aus dem Nichts kann man jeglichen Mythos schaffen."

Niemand war überrascht, aber sie dankten ihm, weil er ins Schwarze getroffen hatte. Das Leitbild, der Imperativ, die Macht von PubliServ war nie vorher mit klareren Worten ausgesprochen worden. Zwischen diesen vier Wänden existierte die Sünde des Hochmuts nicht.

So sagten sie, wie erzählt wird.

Und Juan sagte es, bevor die erste Minute des *Big Bang* endete: „Die Werbung hat Kräfte, die das Herz nicht versteht."

Die Eingeweihten sagen, dass Juan sogar einige Sekunden länger nachdachte.

„Das Herz kennt die Kunststücke der Vernunft nicht. Und worin bestehen diese Kunststücke? Es ist kein Geheimnis, meine Damen und Herren: Die Vernunft baut präzise Wege zu präzisen Zielen."

Haben Sie es gehört? Beim Sprechen wechselte er zwischen dem hohen Ton des Redners und der tiefen Stimme des intimistischen Dichters.

So sagten sie

„Das Herz wird durch Trugbilder bewegt. Was ist ein *Bestseller*? Wir, die Urheber der Träume, bauen das Irrationale mit den Mitteln der Vernunft. Das Irrationale bewegt die Massen. Sagen Sie mir: Woher kommen die *Topmodels* und (verzeihen Sie) die miesen Sänger, die *Vedetten* und Schauspielerinnen und Schauspieler, die in den Rang von Stars erhoben werden? Und das Ansehen der Politiker? Der Ruhm vieler Künstler und Schriftsteller? Ein Idol ist eine Handvoll Phantasien, die das Herz bedrückt. Wenn sich dieses feminine Trugbild im Bewusstsein der Konsumenten festsetzt (oder im Unbewusstsein, wenn Sie daran glauben), wird die Arbeit beendet und der lateinamerikanische Markt ein Gewimmel von Käufern sein, die durch das Phantom Flor Salvaje zur Seligkeit geführt werden: die Frauen, weil sie sie nachahmen, die Männer, weil sie sie besitzen wollen.

Sie wurde kaltblütig ermordet

Sie wurde kaltblütig ermordet, aber Diana konnte sich während ihrer ersten Ermittlungen nicht viel Klarheit verschaffen. Außer dem Küchenmesser gab es keine Spuren. Es war ganz klar ein Verbrechen. Ein Mord aus Leidenschaft schien von Anfang an außer Betracht zu stehen. Zumindest gab es dafür keinen Beweis, wenn man allein die Technik des Verbrechens untersuchte oder selbst die kriminalistische Literatur zu Rate zog.

Sie hätte in aller Ruhe arbeiten können, aber ihr ständiger Kollege, ein alter Gerichtsbeamter ohne Ehrgeiz, verfolgte sie immer mit dem bösen Blick.

An diesem Nachmittag würde sie sich der zweiten Lektüre von Lucilas Akten widmen und noch einmal den Tatort studieren.

Pedro Blablabla erwähnte ein weiteres Verbrechen

Während die Bar im Merengue-Rhythmus explodierte und die Miserablen sich wegen der Landespolitik das Herz aus dem Leibe rissen, versank Juan am Rande dieser heißen Zone schwitzend in seinen Gedanken. Pedro hatte das Verbrechen erwähnt.

Der Polizei die Stirn zu bieten, stand nicht auf seiner emotionalen Tagesordnung, umso weniger während dieser Tage, an denen ihn außer den Verbrechen die Furcht vor einem Misserfolg umkreiste: Flor Salvaje, seine Glanzidee, verblasste, sogar bevor ihr Stern die Himmel erleuchtete.

Nichts ist elementarer, mein armer Freund: Die ersten Fragen über Lucilas Freundschaften und ihre soziale Umgebung würden genügen, und schon sähe er sich in der peinlichen Lage, sich zu rechtfertigen, obwohl Don Juan der Feinschmecker noch keinen Platz in ihrer öffentlichen Geschichte einnahm. Ihre Beziehung war jüngsten Datums und ziemlich vertraulich, aber die Spuren würden zu ihm führen. Wer sollte daran zweifeln: Schon die Schwäche, Fotos von Freundinnen auf seinem Schreibtisch zur Schau zu stellen, waren ein Beweismittel. Dies war, vergessen wir nicht, es zu sagen, seine einzige Prahlerei, denn, wie der Leser bereits weiß, sprach er nicht von seinen Triumphen und schaffte es, seine Misserfolge hinter einer Farce von endloser Koketterie zu verbergen. Wenn er einmal seine Freundinnen erwähnte, tat er dies, ohne viel Aufhebens zu machen. Er fühlte sich unbehaglich. Jedenfalls hätte jemand, irgendein Kollege, das Mädchen auf der Photographie bemerkt haben und sie jetzt wiedererkennen können. Vielleicht hatte er sie gegen seine Gewohnheit an einem jüngst vergangenen Freitag in der Kneipe erwähnt, jetzt erinnerte er sich nicht daran. Der Verlust schmerzte ihn. Ja, das war es: Er verwechselte den Schmerz mit der Angst vor einer Anklage. Plötzlich fühlte er eine Stichflamme, als er die Obszönität seiner doppelten Moral ahnte, aber er schwieg und beschwichtigte die Erkenntnis.

Mit einer Handbewegung verscheuchte er imaginäre Moskitos vom Gesicht.

Sein Herz verzehrte sich in Sehnsucht, wenn er sich an die Abendessen mit Lucila erinnerte, die wiederbelebten Aromen, die für immer verlorenen Liebesnächte.

Kurioses Menü

Diesen Freitag treffen sie sich in *La Locanda*, dem Haus von Gianni, einem kleinen Restaurant mit dem Namen einer mittelalterlichen Herberge, Nische der Nostalgien und Bar. Beim Überschreiten der Schwelle betreten die Miserablen einen Raum, in dem die Poesie triumphiert, die Erinnerung, sogar in den Augen Pedro Blablablas, des gewöhnlichsten aller Menschen. Ovid lernte den Besitzer vor einigen Jahren kennen. Gianni ist Architekt, aber er hat die Falle vorgezogen, seine Erfahrung dem guten Essen zu weihen. In *La Locanda* ist das Menü kurios: die Gerichte erneuern sich jeden Abend, um den Gaumen dessen zu kitzeln, der den intimen Genuss der Aromen sucht. Gianni kann nicht leben, ohne etwas zu erschaffen. Er erzählt auch Geschichten in seinem sehr spaßigen neapolitanischen Spanisch. Er spricht wenig von sich, aber vor einem Jahr, bevor er die Pazifikküste verließ und in das Viertel Los Yoses umzog, stieß ihm etwas Unerwartetes zu, das er Ovid dem Dichter erzählte.

Warum beginnen Sie nicht in den Kneipen?

Diana hatte Erfahrung mit anonymen Sendungen. In ihrem Büro kam mit der Post ein Umschlag an. Der Absender war nicht angegeben. Sie nahm ihn uninteressiert, fast angeekelt. Sie öffnete den Umschlag und las die zwei Zeilen, die auf einer halben Seite gedruckt waren:
Machen Sie sich auf die Suche!
Warum beginnen Sie nicht in den Kneipen?
Anonyme Sendungen sind feige Handlungen. Sie beschuldigen und verstecken sich. Nur die bösen Geister bedienen sich ihrer, dachte sie, während sie den Brief in einen Plastikumschlag steckte. Gemein und feige, ja, falsche Anzeigen, aber ... und wenn ich mal nachsehe?

Die Literatur ist das Schlüsselloch

An dieser Stelle der Erzählung, lieber Leser, würdest du gern genauere Angaben über die Beziehung von Dulce mit Juan oder, eher noch, von Juan mit Dulce lesen. Da ich ein Mensch bin, der geneigt ist, die menschlichen Schwächen zu untersuchen und mich ihnen gegenüber nachsichtig zu zeigen – denn dadurch lindere ich den Schmerz über meine eigenen Fehler –, lege ich dir nicht zur Last, wenn dich eine krankhafte Neugier und ein gewisses uneingestandenes Vergnügen an boshafter Information dazu anstacheln, vom Erzähler mehr Einzelheiten zu verlangen. Es ist auch nicht überflüssig, einen vertraulichen Satz zu sagen: Uns als Juans Freunde betreffen diese Angelegenheiten und unsere Nachforschung ist gerechtfertigt. Sollte es so sein? An dieser Stelle der Erzählung zerfrisst dir der Drang die Seele, eine obszöne (aber ehrbare) Neugier zu füttern. Ich wiederhole es nicht ohne Scham: Die Literatur *ist* das Schlüsselloch, durch das der Spanner, der in der Seele jedes Lesers kauert, Blicke auf die Intimität auf der anderen Seite der Tür wirft. Meine Pflicht oder besser meine Arbeit als Erzähler besteht darin, dieses Loch soweit wie möglich zu vergrößern, in der Breite, in der Nähe und bei den fernsten Ebenen; das Dunkel mit ein wenig eingegossenem Licht zu durchbrechen und dir zu helfen, die Wand zu durchstoßen. Ich irre mich nicht, wenn ich für dich spreche: Ich weiß schon, dass es dir gefallen würde, die technischen Details der amtlichen Leichenschau zu erfahren, in den Photographien herumzuschnüffeln, die gerichtsmedizinischen Beschreibungen zu analysieren und die Notizen des Erzählers über die Phantasien des Opfers zu lesen, über ihr naturhaftes Entsetzen und ihr Schweigen, wenn sie dem Gesicht des Mörders gegenüberstehen. Zweifellos würdest du eine widrige Faszination empfinden, unerträglich und zugleich magnetisch, wenn ich dir diese Angaben machte und dich mit meinen Worten in die schändlichsten Stadien der Ambiguität zöge. Aber ich werde es nicht tun.

Der Erzähler, dessen Mission es ist, dein boshaftes Interesse zu ködern, könnte dir helfen, ein seltsames Band kennen zu lernen, das auf diesen Seiten bisher unerklärt geblieben und ein wenig mehrdeutig ist: Ich beziehe mich auf die persönliche Beziehung, die Dulce mit Juan verbindet. Für jetzt genüge es zu wissen, dass am folgenden Morgen, bereits ein wenig spät, Dulce Juan zulächelte, der gerade eine unruhige Nacht hinter sich hatte, in der Lucilas Gespenst ihn daran hinderte, Schlaf zu finden.

Orangensaft, Kaffee und noch ein Lächeln schlossen das Kapitel ab.

Jetzt bleibt deine Lust unbefriedigt, die Intimität dieser beiden Wesen zu verletzen, die durch den Zufall ihrer (unwahrscheinlichen?) Beziehungen verbunden sind, aber was kann ich an dieser Stelle der Erzählung tun?

Nacht der Polizisten

Die Miserablen. Ein weiterer großartiger Freitag. Heiliger Trank und Geschwätz über Frauen oder besser gut hydratisiertes Blablabla an den glücklichen Quellen einer Bar in den Bergen, die das freie Spiel der Begierden begünstigte. Dem Himmel sei Dank, dass niemand den Fußball erwähnte, obwohl dies in einem solch profanen Konklave anormal erscheinen mag. Das Ambiente zog die Musen an. Die Konquistadoren träumten inspiriert. Sie fühlten sich brüderlich.

„Vergangene Nacht ist mir etwas Außergewöhnliches passiert", begann der Triste. „Ich möchte, dass ihr mir zuhört, aber vorher stoßen wir auf die Poesie an."

Seit Luzifer auf der Welt umherstreift, ist es ein allgemein bekanntes Laster des Verführers, seine Eroberungen vor die Öffentlichkeit zu bringen und dies zu genießen. Der Triste, genau wie Juan, verachtete diese schlechte Angewohnheit, die er den Lügnern und Dummköpfen zuschrieb; hingegen erzählte er den Miserablen doch die eine oder die andere ungehörige Geschichte, würdig dieses Konklaves, natürlich nur, wenn sie angebracht war und das Ambiente ein pikantes Thema verlangte.

Er schöpfte Atem und sagte:

„Sicher kennt ihr Haydée nicht, die mit den erotischen Versen. Ovid ausgenommen, weil er Dichter ist und sie gelesen hat. Was ich euch erzählen werde, ist mir mit ihr passiert. Am Samstag hielten wir auf einer Abzweigung der Landstraße mit dem Tal im Hintergrund. In der Ferne inspirierten uns die Lichter zu improvisierter Liebe. Haydée ist gerührt und gibt mir zärtliche Küsse auf die Wange. So im Dämmerlicht zu schäkern, mit der schimmernden Stadt im Hintergrund, hat auf dieser und der anderen Welt nicht seinesgleichen; und noch viel weniger, diesem warmen Mund Freiheit zu gewähren. Bei so großer Lust vergaßen wir die Gefahr, wie ihr euch vorstellen könnt, denn allein und ungeschützt dort zu sein, setzte uns irgendeiner bösen Überraschung durch Straßenräuber aus. Wir wussten das seit dem ersten Mal vor mehreren Wochen, als ich ihre brennende Haut zum ersten Mal genoss, aber wir maßen dem Risiko keine Bedeutung bei, und so fuhren wir fort, unsere Liebesutopien am selben Ort zu vereinigen, kaum atmend, durch das ferne Funkeln hypnotisiert, bis die Fenster sich vor Lust beschlugen. Ein Nieselregen fiel. Unförmige Fahrzeuge zeichneten sich verschwommen auf den Fenstern ab. Manchmal verletzte ein Licht die Scheiben und die Windschutzscheibe reflektierte diffuse Lichtstrahlen. Wir unterhielten uns Händchen haltend, uns gestohlene Küsse gebend, und plötzlich warf Haydée einen Blick über meine Schulter und unterdrückte einen Aufschrei.

Jemand hatte leise an das Fenster geklopft.

Ich drehte mich um und sah das blinkende Blaulicht einer Polizeipatrouille. Ich öffne das Fenster, ohne zu zögern. Einer der Polizisten ist ausgestiegen, steht da und schaut mich an.

„Ihre Dokumente, bitte!"

„Alle?"

„Ja, natürlich: Führerschein, Personalausweis, Zulassung. Ich möchte auch die Papiere Ihrer Begleiterin überprüfen."

Während ich die Dokumente suche und Haydée das Gleiche tut, fragt der Polizist:

„Haben Sie Waffen?"

„Naain, sage ich zu ihm, wenn es von mir abhinge, wären sie nicht erfunden worden und die Erfinder wären in der Hölle."

„Wir wurden gerade benachrichtigt, dass man ein verdächtiges Fahrzeug auf dieser Straße gesehen hat."

Der Mann geht mit den Personalausweisen und den anderen Papieren weg. Der Wagen mit Blaulicht ist zurückgefahren und die Patrouille ist dahinter. Dann kommen die beiden Polizisten zusammen zurück: ein offensichtlicher technischer Fehler, wenn es um die Sicherheit geht: Wenn das Auto hinten wartet, müsste einer der beiden Polizisten dort Posten beziehen, um den zu schützen, der vorangeht, um seine Arbeit zu verrichten. Jedenfalls gibt mir der, welcher mit mir gesprochen hat, die Dokumente zurück.

„Ich werde Sie gebührenpflichtig verwarnen müssen."

„Wofür?"

„Für das, was Sie getan haben."

„Was haben wir getan?"

„Das."

„Was ist das?"

„Das fragen Sie mich?"

„Wenn Sie wollen, belegen Sie mich mit einer Geldstrafe, aber das, was ich nicht nennen will, ist nicht gegen das Gesetz."

„Ist in Ordnung", rief er mit einem maliziösen Lächeln aus, „aber suchen Sie sich lieber einen anderen Ort aus."

Als wir uns mit einem Gruß unter Gentlemen verabschiedeten, verstanden wir, warum, bevor die Polizei kam, mit laut heulendem Motor ein Auto gestartet war, das auf derselben Straße wenige Meter hinter uns gestanden hatte. In diesem Augenblick befiel mich die Ahnung, dass uns jemand wie in den Filmen nachspionierte, aber ich maß dem keine Bedeutung bei. Spanner gibt es überall im Überfluss.

Hier endet die Geschichte noch nicht. Der Polizist kam zurück und sagte zu Haydée, indem er den Kopf durch das Fenster steckte:

„Ihr letztes Buch mit Gedichten hat mir oft aus der Verlegenheit geholfen. Es ist ein Handbuch für Notfälle."

Er wandte sich beim Weggehen halb um und sagte:

„Dieser Ort ist gefährlich: Es könnte ein Schwachkopf auftauchen, dem die Poesie nicht gefällt."

Eine Schwäche in Dalilas Stimme

Das Verhalten von Don Juan dem Feinschmecker schrie zum Himmel.
Wieder einmal Dalila.
In der Nacht wurde die Hühnerbrühe auf dem Esszimmertisch kalt. Dulce hatte nicht einmal den Schatten von ihm gesehen und am selben Tag hatte Dalila vergeblich auf seinen Besuch gewartet, die Zeit mit kompromisslosem, liebevollem Warten verschwendet. Juan hatte sich nicht wieder angekündigt, weder auf die Anrufe geantwortet noch auf die Nachrichten auf dem Scheißanrufbeantworter. Ich kenne auch die Mitteilungen nicht, die er Dulce hinterließ. Ja, Juan, hör zu, hör es genau, Juan der Feinschmecker, höre dir Folgendes an: Dulce vernahm die Schwäche einer fauligen Frucht in Dalilas Stimme.
Der Erzähler gibt Dulce recht. Wir haben es ihn schon oft sagen hören. Juan sollte sich entscheiden: Entweder vergaß er Dalila und ihre Restaurantrezepte oder lebte mit ihr zusammen und hörte endlich auf, Wege ohne Tugend zu beschreiten, denn, sagte er ihm, es war nicht gut, in so trüben Wassern zu schwimmen, und es war ratsam, sich nicht mit so vielen Frauen auf einmal abzugeben, noch dazu, weil eine Butter benutzt und die andere Öl, eine mit Honig süßt, die andere mit frischem Saft, oder alle essen wollen, wenn er keinen Hunger hat, selbst wenn man ihm extra vergine auf den Tisch stellt, sagte er zum Schluss zwischen den Zähnen.
Es ist wahr: Das Abenteuer ist ein Käfig, manchmal mit wilden Tieren, manchmal leer. Im zweiten Fall ist es schlimmer, denn der Abenteurer trägt die wilden Tiere in sich.

Die Touristen des Chaos

An jenem Nachmittag plapperte eine Gruppe Touristen auf der Straße nahe dem Nationaltheater. Die Avenida Segunda, welche die Altstadt von Ost nach West durchquert, ist ein weiteres Chaos, ein geradliniges Chaos. Obwohl es ein architektonisches Aufatmen ist, trägt das Nationaltheater, so neoklassisch und unerwartet wie es ist, wenig dazu bei, die Stadtlandschaft von so großer urbaner Verzweiflung zu entlasten. Einer der Touristen macht sehr fröhlich Photographien. Ein gewisses Subjekt, mit dem Gesicht eines übernächtigten Studenten, nähert sich und gibt ungefragt seinen Senf dazu: Ist es der Mühe wert, eine so hässliche Straße zu fotografieren? Der andere antwortet ihm, ohne das Unangebrachte der Frage zu verheimlichen: Sie sehen es bereits, ich benutze die Kamera nur, wenn mich der Gegenstand interessiert.

Einige Schritte von dort ging ein zerstreut aussehender Mann. Der Tourist, der bereits beobachtete, drehte sich mit der Kamera um und schoss ein Dutzend Mal. Zwölf Photographien für sein Archiv. Die anderen plapperten weiter.

Der Mann war Juan.

Die Aromen sind die Zunge, mit der die Wirklichkeit spricht

Die Verwicklung irgendeiner Erzählung zu enträtseln, ist eine Leidenschaft oder eine Widerwärtigkeit, was ganz vom Text abhängt, besonders in unserem Fall, lieber Leser, denn wir haben einen Vertrag über das Schreiben geschlossen, dank dem die Geschichte sich entsprechend den Blicken abspielt, die wir auf das Leben auf der anderen Seite des Türschlosses werfen. Diese enge Form der Beobachtung schafft minimalistische Szenen. Der Rest ist dunkel, er spielt sich an der Peripherie ab, wo Halbdunkel herrscht. Was können wir stattdessen tun? Berücksichtigen wir, dass die Realität nicht existiert: man konstruiert sie; und die Fiktion auch nicht: man muss sie erfinden. Mit anderen Worten, Realität und Fiktion verknüpfend, bleibt uns, dir und mir, nichts anderes übrig, als uns die Leerstellen vorzustellen, die Peripherie, das Unergründliche, die Geschichte selbst. Wir brauchen nicht mehr Gründe, um eine Grenze zu erwägen: Die Erzählung kann nicht beim Leben aller Frauen von Juan innehalten (oder sollte ich sagen: aller Frauen, in deren Küche Juan Deckel von Töpfen abhob und Gewürze mischte?). Wir hätten auch nicht die Kraft, auf der Spur seiner Bankette zu schnüffeln, und die Scham reichte uns nicht aus, auf den weiten Schlachtfeldern seiner Intimitäten herumzustreichen, da es eine langweilige Übung wäre, unnötig und so unerträglich wie die einer gefräßigen Person auferlegte Strafe, welche die Götter zwangen, Tag und Nacht, Nacht und Tag ohne Ruh Sauerkraut zu essen. Aber, was sage ich, lieber Leser, da ich schon, ich weiß nicht wann, eine Art ewiges Verhängnis in Juans Leben erwähnt habe: die Wiederholungen, das Verderben, sich zu wiederholen. Darum spionieren wir beim Spähen auf die andere Seite des Türschlosses nur die Lebensabschnitte des besagten Don Juans des Feinschmeckers aus, die am besten zum Verlauf der Geschichte passen, die wir konstruieren und die du dir vorstellen musst. Aber Vorsicht: Nicht immer ist es ein Glück, dass man dich zum Festessen der Nationen einlädt. Prägen wir uns diesen trefflichen Satz in das träge Material des

Gedächtnisses ein und so werden uns die kommenden Tage nicht überraschen.

Ich spreche von Nationen, denn Juan, ein Kind seiner Zeit, wurde zum gastronomischen Kosmopoliten. Die multikulturellen Zeiten sind die seinigen, ja doch, weil jeder Geschmack auf den Markt kommt; aber seine qualvolle Suche ermuntert ihn auch, sich in den warmen Schoß zu legen, warm und großzügig, den die Küchen nur dann anbieten, wenn sich ihre Türen auf die Intimität der Begierde öffnen. Ein Circulus vitiosus kann zu einem Circulus virtuosus werden: Meinen Sie nicht? So sagt zumindest ein Weiser, der das Laster mehr liebt als die Tugend.

PubliServ lässt ihm nicht viel freie Zeit. Wenn sein Arbeitstag in dem Gebäude der großen Werbekreationen beendet ist, kehrt er nach Hause zurück, plaudert mit Dulce darüber, wie sich die Kokosmilch in die Schmorgerichte inkorporiert, und debattiert mit ihr gründlicher über die Grammatik der Aromen. Er sagt es in geschwollenem Ton, während sie das Gesicht verzieht, um nicht zu lachen. Seine andere Beschäftigung kennen wir schon: Herumziehen, in Initiationsspielen, die Glut anderer Herde schürend. Die schlaflosen Nächte sind sehr produktiv. Er denkt nach, stellt Theorien auf, versenkt sich in die Wurzeln des Seins und der Erkenntnis. Er transpiriert. Seine Studien verraten ihn: Nicht umsonst hat er eine Magisterarbeit über die Psychologie der Dinge geschrieben.

Was er denkt und Dulce erzählt, nur Dulce – obwohl es ihn nicht kümmerte, ob sie ihm in allen Einzelheiten folgte oder ob das Schwätzchen sie interessierte –, verdient einige Zeilen in dieser Erzählung. Juan verficht ein Lebensprinzip, nach dem die Wirklichkeit mittels der Aromen *spricht*. Es ist sehr einfach, sagte er zu ihr; du wirst es besser verstehen, wenn wir es mit den Sprachen vergleichen. Vokale und Konsonanten verknüpfend, ermöglichen die über zwanzig Laute des Alphabets eine unbegrenzte Zahl von Wörtern. Aus den miteinander verbundenen Wörtern entstehen Sätze und in komplexeren Geweben Texte und Bücher und Bücher über Bücher. Die Aromen der physischen Körper gehorchen einer ähnlichen, aber flexibleren Grammatik. So sorgen zum Beispiel die begrenzten Aromen (das Bittere, das Saure, das Süße, der Knoblauchgeschmack, der Orangensaft …), wenn sie in verschiedenen Verhältnissen miteinander vermischt werden, für neue Aromen und vervielfältigen sich, originelle Ergebnisse erzielend: Die Rosenmarmelade schmeckt nach Rosen, aber auch nach etwas mehr, das nicht nur der Zucker ist, ohne an dieser Stelle die Konsistenz zu erwähnen. Um zum Vergleich zurückzukehren, die einzelnen Laute erzeugen Wörter, diese bringen Sätze hervor und aus den Sätzen und Reden entstehen die Erzählungen. Was sind die Kochrezepte? Nichts ist einfacher als das, sagte er zu Dulce, ein handgeschriebenes Album schwenkend, aus dem drei illustrierte Ausschnitte rutschten und schaukelnd zu Boden fielen. Die Rezepte sind die Grammatik der Gerichte, einschließlich der Konsistenz, der Farbe, der Hitze und der Kochtechnik. Juan vergisst ein unvermeidliches Detail nie: Was am Ende Appetit macht, ist die Szene der aufgetragenen Gerichte, der letzte vorbereitende Akt vor dem Kauen. Eines sind die Nahrungsmittel im Garten, auf dem Markt oder im Topf; etwas anderes auf dem Tisch. Dort, bei den Kerzen, auf weißem Porzellan, gehorchen sie einem Ritual, einer Ästhetik. Das mit Rosmarin oder Thymian gewürzte Fleisch, das offen daliegende Fruchtfleisch, die mit Zwiebel und geräuchertem Speck gebratenen Kartoffeln, die mit der Schwärze des Tintenfischs gefärbten Teigwaren, der gallo pinto, der Balsamico-Essig, das Salz und der Pfeffer, die Tortillas, die Béchamelsauce: jede gastronomische Kombination ist eine Erzählung. Die Wirklichkeit erreicht unser Bewusstsein durch die Aromen, sich ordnend, sich unermüdlich und grenzenlos reproduzierend.

Spitze die Ohren, höre gut zu, schaue weiter durch das Auge der Fantasien, indem du dich anstrengst, derart extravagante Theorien zu verstehen, die dazu verurteilt sind, sang- und klanglos zu enden: Die Realität ist die Gesamtheit der Aromen. Dieses Wunder kann auch anders formuliert werden: Sein heißt Geschmackssinn haben. Wenn man sagt, Sein ist wahrgenommen werden, heißt das, meine Lippen geben jedem Geschmack seine Identität; und auch das Gegenteil: das Nicht-Sein ist der Nicht-Geschmack des Lebens. Ich bestehe darauf, neugieriger Leser: das metaphysische Prinzip der Verführer ist darauf gegründet, wie unser Verführer, der Feinschmecker, in einer schlaflosen Nacht, die von schweren Gedanken erschüttert wurde, zu sich selbst sagte.

Du siehst es schon: Juan besetzt das visuelle Zentrum des Schlosses, verkrampft, eine tragische Figur. Bei der Feier der Nationen strebt unser Held danach, das Labyrinth des Geschmacks in umgekehrter Richtung zu durchlaufen, das heißt nach hinten, nach unten, zu den ursprünglichen Aromen, entsprechend den Vokalen und Konsonanten der Sprache; und er träumt von einer Rückkehr durch das Labyrinth, er muss gehen, ja, es ist unvermeidlich, er muss zur Wurzel der Erinnerung gelangen. Sein verliebtes Herumtreiben in den Küchen allerorten stützt sich auf den Pfeiler dieses psychologischen (oder metaphysischen?) Grundes. Der Erzähler würde einen Schlüssel vergessen, das heißt die Motive, die Juans Verhalten erklären, wenn man nicht auf so ungewöhnliche Einzelheiten in seinem Leben zurückginge. Diese Erklärung (etwas sonderbar in der Liebesliteratur) berechtigt mich, es zu sagen: Sein gastronomischer Werdegang gibt den Takt seiner vergangenen Liebschaften an.

Obwohl ich nicht weiß, wie die Geschichte enden wird, wirft die Tatsache, auf das erwähnte Vorleben zurückgegriffen zu haben, vielleicht (wenn es mir gelingt, eine so schwierige Person zu verstehen) Licht auf eine Erzählung, die sich blindlings auf der anderen Seite des Schlosses bewegt.

Ich kaufe dir die Seele ab

Es war ein weiterer durchwachter und verhurter Freitag und zum Teufel gleich bestelle ich noch einen Schnaps.

Die Miserablen leerten ihr zehntes Glas in einem bestimmten Lokal, wo sie bis zum Morgen mit nächtlichem Zeitvertreib und schönen Bürgerinnen durchmachten. Eine leichte Ausdünstung von abgestandenem Bier verbreitete sich nach Belieben. Auf dem Laufsteg kündeten die Jungfrauen, die schon nicht mehr ganz Jungfrauen waren, das Vergnügen an sich auszuziehen, und danach, fast so nackt, wie Gott sie geschaffen hatte, aber weniger weinerlich und fröhlicher, erfanden sie die erotische Gymnastik. Um die Wahrheit zu sagen, in diesem flackernden Licht sahen sie sehr gut aus, schön, jungfräulich, dass man sie anziehen und zur elf-Uhr-Messe begleiten könnte. Danach verschwanden sie hinter roten Vorhängen, nicht ohne vorher eine Pantomime narzisstischer Liebe aufgeführt zu haben, deren Lobreden zu hören ich dir abrate, wenn du gut schlafen willst.

Wer hatte sie an diesem Ort gesehen? Um Mitternacht waren sie da, während der Pause. Zuerst nahm ein Alter Gestalt an; ihm folgte eine Frau. Sie gingen murmelnd von einem Tisch zum anderen, während der Alte Geldscheine gegen nackte Brüste fächelte. Der Salon des angekündigten Todes hatte die Miserablen oft beherbergt, die unersättlich auf der Suche nach unbeschränkten Möglichkeiten waren. Aber es war an jenem frühen Morgen ohne Datum, als sie ihn zum ersten Male sahen. Mager, klein, etwas gebeugt, trug er eine rote Krawatte und einen Anzug, der seit dem unbestimmten Datum seiner Anfertigung nicht gebügelt worden war. Ein Zigarettenstummel hing von seinen Lippen. Die Augen glühten in seinem Gesicht, das von den Lichtkontrasten gezeichnet war. Schlaue Augen aus einer Welt, die nur in den Wandgemälden der byzantinischen Kirchen existiert, auf denen Personen aus dem Jenseits erscheinen. Die bleiche Frau, schön im Blinklicht des Salons, schlank, verursachte Schauder.

Wenn die Membrane, die Fiktion und Realität trennt,

porös ist, sollte uns das nicht schockieren. Es genügt zu sehen, was zwischen dem Alten und der Gruppe der Spitzbuben passierte, die sich in jener Nacht im Nachtlokal befand, zwischen Bierdosen und essbaren Kleinigkeiten, genau definiert in der Enzyklopädie aller Dinge. Die bleiche Frau, die ein wenig hinter dem Mann ging, schwieg. Ihr Blick vereiste den Nacken.

Kaum waren sie an unseren Tisch gekommen, der in der schlimmsten Ecke eingezwängt war, kicherte der Alte mehr durch die Nase als durch den Mund. Er schielte leicht auf dem linken Auge.

Alle hörten ihn mit starkem kastilischem Akzent fragen:

„Wer von euch verkauft seine Seele?"

Pedro Blablabla erblasste.

„Sie, mein Herr? Ihr?"

Mit dem Zeigefinger stach er auf die Brust dessen, den er vor sich hatte.

„Ich kaufe sie euch jetzt gleich ab."

Wir saßen wie angeklebt auf unseren Stühlen, ohne den Mund aufzumachen, und ernster als ein Nuntius in der Totenmesse. Ein halbnacktes Mädchen, das an unserem Tisch tänzelte, tat einen Satz und lief davon, ich weiß nicht, ob sie erschrocken war oder sich über den Alten lustig machte.

„Stören Sie nicht, mein Herr", unterbrach ich ihn, „nur ein Idiot spielt damit."

Ohne auf mich zu achten, wandte sich der Alte an Álvaro und warf ihm an den Kopf:

„Wie viel würden Sie verlangen?"

„Belästigen Sie mich nicht, verdammt noch mal", antwortete der andere mit dem Gesicht eines Verbrechers vor dem Schafott, „niemand verkauft seine Seele dem Teufel, noch an sonst jemand, selbst wenn er ungläubig ist."

„Und für großes Geld, wenn Sie sich auch einbilden, dass der Teufel der Sohn der Angst ist? Nehmen Sie, setzen Sie den Preis fest", sagte er zu ihm, während er ihm gleichzeitig die Geldscheine hinhielt.

„Hier hat keiner eine Seele zu verkaufen."

„Wir sind seelenlos."

„Ihr seid ohne Seelen geblieben oder habt sie schlecht verkauft. Ich hätte euch einen besseren Preis gezahlt als jeder andere Klient."

„Wir verkaufen nichts", sagte Ovid der Dichter ein wenig

stockend, um etwas zu sagen.

„Es gefällt uns, so zu sein", griff Juan mit banalem Ausdruck ein; und nach einem dünkelhaften Seufzer, da er sah, dass niemand ein Sterbenswörtchen sagte, fasste er Mut und fuhr fort: „Der Teufel beherrscht uns, obwohl wir nicht an ihn glauben."

Der Frau glänzten die Augen.

„Ich spreche nicht vom Dämon, noch habe ich große Ambitionen: Ich möchte nur eine Seele. Ich kaufe sie gleich."

Dies war eine Debatte unter Betrunkenen, dachte Juan, voller Reue, dass er den Mund aufgemacht hatte, aber der Alte war nüchtern. Und die Frau auch.

„Sie", knurrte er Ovid mit strengem Blick an, „sagen Sie mir, was werden Sie tun, wenn ich Ihnen vorschlage, den Pakt gleich jetzt zu schließen?"

Ovid der Dichter wollte lächeln, aber er konnte es nicht.

„Nehmen Sie, nehmen Sie so viel Geld, wie Sie wollen, und die Sache ist erledigt. Es gibt nur eine Bedingung: Wenn der Pakt einmal geschlossen ist, kann er nicht mehr rückgängig gemacht werden."

Der Stich des Alten mit dessen Zeigefinger auf der Brust verschlug Ovid den Atem. Der Alte hatte lange Fingernägel.

„Ich spreche im Ernst, es ist ein Geschäft: Verkaufen Sie mir Ihre Seele."

In diesem Augenblick mischte sich eine keineswegs vertrauenswürdige Stimme ein. Der Moderator kündigte durch den Lautsprecher einen Bauchtanz im besten Stil der alten Schulen des Libanons an.

Der Alte, stets mit seinem glücklichen Lachen und der erloschenen Zigarette zwischen den Lippen, krummer als der Rücken einer schwarzen Katze auf Kriegsfuß, drehte auf dem Absatz um und ging.

Die blasse Frau folgte ihm uns ignorierend.

An ihrer Stelle blieb eiskalte Luft zurück.

Die Miserablen fühlten ihre Zunge gelähmt und einen üblen Geschmack, von der Pflicht gequält, die Seele um jeden Preis zu verteidigen. Es blieb ihnen nur die große Komödie der Welt, die nach Bier roch, und die Tänzerin auf der Estrade, die sich kaum den Bauch zu bedecken vermochte.

„Wenn auch heute niemand bei einem inquisitorischen Priester beichtet", rief Ovid der Dichter sehr ernst, „können wir eine moralische Lehre ziehen. Erinnert ihr euch an die Stücke von Bertolt Brecht, ihr Scheißkerle?"

„Schreiben wir zwei moralische Lektionen in die Bücher über das richtige Leben", unterbrach Álvaro, „durch die wir unbezweifelbare Grundlagen für eine Theorie des Glücks schaffen."

„Erste Lektion", sagte Ovid, „mit der Seele spielt man nicht."

„Zweite Lektion", sagte Álvaro, „mit der Lust auch nicht."

Alle stimmten zu, sie umarmten sich, applaudierten, klopften auf den Tisch, sie schüttelten sich den Horror ab, die Seele zu verkaufen, sie stießen gelehrte Verwünschungen aus, und das Bier strömte durch ihre Kehlen, ruhige Gewissen befeuchtend, denn manchmal ist es ein gutes Geschäft, kein Geschäft zu machen.

Sie verknüpften scharfsinnige Überlegungen miteinander, als der Schimmer eine Frau beleuchtete.

Diana.

Ein Lichtblitz beleuchtete Pedro Blablablas impertinentes Lächeln.

Schau, wie du aussähest, wenn man dich schauen sähe

Der Zufall ist ein schlecht erzogener Dämon.

Ich könnte jetzt nicht behaupten, dass sich Juan von Dulces Anregungen inspirieren ließ oder dass es war, weil ein Lucila genanntes Gespenst ihn an diesem kummervollen Morgen mit einem Bier-Nachgeschmack geißeln wollte oder weil die starken und trostlosen Alkoholika, die ihn auf dem Berg von Belo Horizonte im Westen San Josés empfangen würden, ihn wieder von seiner Unruhe befreiten ... sei es aus dem einen oder anderen Grund, Don Juan der Feinschmecker beschloss, die Lippen für diese Nacht zu verfeinern. Er musste sich tagsüber reinigen, ein Wüstenheiliger sein, sittenstreng und enthaltsam, mit Luzifer sprechen, ein Häppchen um ein Uhr Nachmittag essen und einen triumphalen Spaziergang machen; auch einige Konzentrationsübungen würden ihm nicht schlecht bekommen, damit ihm diese Nacht der Mund nach Pfeffer schmecke und der Körper brandgefährlich würde.

Aber die Dinge passen sich nur selten unseren Wünschen an.

Etwas Unerwartetes geschah, während er sich auf ein Treffen mit Dalila vorbereitete. Als er an diesem Tag in wirren Träumen versunken durch die Gassen von Escazú streifte, ging er am Supermarkt vorbei, um Schaumwein zu kaufen, und sah sie. Er musste sie sehen, schuld daran war der Zufall. Und er stürzte sich in die Abgründe.

Archetypische Beine, kastanienbrauner Engel, traurige Augen, rosa Wangen: Schmetterlingsflügel war zart, fast zerbrechlich. Sie trug irdische Nahrungsmittel versteckt unter der Haut. Die Leidenschaft (unerwartet bei Juan?) band ihn in ein unerbittliches Spiel und riss ihn fort und Juan ging hinter der beglückenden Erscheinung her, während er durch die lasterhaften Gänge lief, die getrockneten Aprikosen, die Meeresfrüchte und die Konserven kaum mit dem Blick streifend; er sah sie ein Glas Marmelade hochheben, er ließ sich treiben, der Freiheit beraubt, treuer und dekorativer Hund, während du, lieber Leser, dich zwischen die Schachteln mit Zerealien auf der anderen Seite des Schlosses beugst, um Juan zu sehen, der mit offenem Mund schaute, wo die Bouillon der neuen Liebe sprudelte. Zu schauen, durstig zu schauen, hungrig, mit feuchten Lippen und stockendem Atem zu schauen, ist durch kein Gesetz verboten, aber beobachte dich schauend, lieber Leser, schau, wie du aussähest, wenn man dich schauen sähe, an das Schlüsselloch gelehnt, denn dieses riesige Loch würde dich anklagen, obszöne Blicke auf die Intimität der Anderen zu werfen. Dies passiert dir, Leser, wenn es dazu kommt, dass du dich angeschaut fühlst, weil du den beobachtenden Juan verfolgst, der eine junge Frau verfolgt, die er unverhohlen betrachtet. Aber fühle dich nicht schlecht, ängstlicher Leser, und betrübe dich nicht wegen des Vergnügens, das dir die tragischen Fiktionen bereiten: Die Literatur ist ein schmutziges Spiel, sie bietet dem (guten?) Gewissen ein Alibi, während es sich im Elend der Figuren suhlt. Da bist du nun bei der Verfolgung von Juan: Auf der Erde ist Juan der Feinschmecker ein katzenartiges Tier auf der Lauer, am Himmel ein Raubvogel, der einen günstigen Augenblick erspäht, um im Sturzflug auf die Beute zu fallen. Aber sei nicht böse, lieber Leser, wenn der Erzähler dir das Schlüsselloch verschließt, denn das Unvermeidliche ist geschehen; vergiss also seine Worte und widme dich auf eigene Faust der Vorstellung, wie die Geschichte des verfolgenden Juans weitergeht, dem die neuen Freuden das Gedächtnis zurückgeben werden. Juan weiß nicht, wann er die Flügel des Schmetterlings aus dem Blick verloren hat, vielleicht geschah es, als er blinzelte und sich die Augen befeuchtete, die wegen der vielen pausenlosen Blicke (so sehe ich es) trocken geworden waren, vielleicht ist ihm während dieser sehr kurzen Unaufmerksamkeit die Tätowierung entgangen, die seinen Fantasien die Hoffnung nahm. Da blieb er nüchtern und ein nostalgischer Geschmack brannte in der Glut dieses Nachmittags eines Ziegenbocks. Die Beute verschwand in der Hitzewallung, in einem unzeitigen Lidschlag. Da er sie nicht mit den Augen fressen konnte, konzentrierte er sich auf ihre imaginäre Nachbildung, unterstützt durch eine lange Disziplin in so delikater Materie. Er stellte sich den Geschmack des Pfirsichs vor, die Haut von feinem, liederlichem Flaum geschmückt, den auf den Lippen verströmten Saft, das süße und bissfeste Fleisch der Orangen, die frischen Granatäpfel. Man muss das Feuer entzünden, die Zutaten vorbereiten. Ah, vergessen wir nicht die Gewürze, noch einen bitteren Aperitif. Die Schenkel werden auf dem Grill braun, eine leichte Überschwemmung trockenen Weins penetriert das Gewebe, die kleinen Membranen und Fasern bis auf die Knochen. Für Juan den Feinschmecker wurden die Rezepte des Verlangens zitternd auf die Wangen geschrieben, auf die Brüste, die durch die kurzen Bewegungen der Bluse modelliert werden, wo die Erfindung ihren Höhepunkt erreicht und das Fleisch sein wollüstiges Schweigen herausschreit.

Folgen wir ihm.

Juan geht friedlos. Er drückt ein Murmeln des Verlangens an den Gaumen. Die verlorene Erscheinung ist im Kern seines Verlangens zurückgeblieben, und er kann ihr weder widerstehen noch sie unterdrücken. Er erinnert sich an ihre Schritte, die Geste, mit der sie eine Schachtel Pasta nahe an das Gesicht hielt, den gewandten Sprung, den sie tat, um eine Gruppe Kinder nicht anzurempeln. Die Einzelheiten heften sich stückweise in sein Gedächtnis und darin bleiben die flüchtigen Bilder schweben, die Hirngespinste und ein ambivalentes und verfluchtes Zeichen: die Tätowierung einer Frau mit Schmetterlingsflügeln auf dem linken Schulterblatt. Alles bleibt in seiner Vorstellung haften, Schnaps am Gaumen.

Schmetterlingsflügel.

In den Fantasien des Publikums wäre ich sein Trugbild

Kehren wir in die Vergangenheit zurück: in die Zeit vor zwei Jahren.

Flor Salvaje war ein wenig herausfordernd und irritierend. Juan verpflichtete sich, sie zum Star zu machen. Und er ging eine Verpflichtung ein: den in das Projekt investierten Millionen gerecht zu werden. Das Erste, was er sich fragte, war: Was steht mir zur Verfügung? Seine Fantasie schweifte durch die weiten Reiche der Trugbilder, bis er auf die Geschichte des nackten Königs stieß. Was hältst du davon? Die großen Archive des Wissens werden in den Erzählungen aufbewahrt; er war nicht derjenige, der das bezweifeln würde. Wie die Geschichte erzählt, trug der König einen prächtigen Anzug, der sogar Schmeicheleien auslöste. Einige Hofdamen zum Beispiel lobten seine Stickereien mit Goldfäden und die feinen Filigranarbeiten an den Ärmeln. Der König ist nackt, und dennoch sagen alle, er wäre gut angezogen, und treiben auf der Straße Kult mit ihm und das Volk verstummt von so viel Glanz geblendet.

Juan erinnerte sich auch an den eine-Million-Taler-Schein. Ein Mann ohne Geld fand den Schein irgendwo auf einem Platz. Er war naiv aber nicht dumm, so dass er beschließt, aus dem Glück Gewinn zu ziehen. Zuerst geht er auf den Markt und kauft die besten Stoffe; danach geht er in die Werkstatt des Schneiders und sucht das beste Modell aus; dann kauft er eine Kutsche und lässt sich überallhin von zwei prächtigen Zugpferden fahren, die ein Kutscher mit schwarzem Zylinder vom Kutschbock aus lenkt. Keiner kann die Million Taler wechseln, darum gibt man ihm Kredit und er wird durch das Geld anderer reich wie die Bankiers, denn ein großer Herr mit einer solchen Menge Geld ist unverdächtig.

Lektion: Alles ist möglich.

So sagten sie mir: In den Fantasien des Publikums wäre ich sein Trugbild: Ich musste anlocken, gefallen, rühren und überraschen. Sie sagten mir auch, im Gegensatz zu den Trugbildern musste meine Anwesenheit in der Öffentlichkeit lange währen, so lange wie möglich. Marilyn Monroe ist ein dauerhaftes Trugbild, sagten sie mir. Sie lebt weiter, auch wenn sie dem derzeitigen Geschmack nicht entspricht. Das Trugbild Brigitte Bardot nährt andere zeitgenössische Supermodels, da sie, wenn sie ihr ähnlich sind, den Mythos fortleben lassen.

Die menschlichen Bestien sind so dumm, dass sie Idole erfinden, um vor ihnen niederzuknien und sie anzubeten. So hörte ich sagen. Von diesem Unsinn lebt die Werbung ... um ihn fortzupflanzen.

„Wir haben das Zielpublikum eingegrenzt", fuhr Juan während der Arbeitssitzung, die er in jener Nacht bei PubliServ leitete, sehr zufrieden fort. „Der Konsument reagiert immer auf weibliche Kleidungsstücke. Wir wollen in ihm einen erotischen Traum unter freiem Himmel hervorrufen und ihm gleichzeitig die nötigen Kleidungsstück anbieten, damit er nicht aufwachen will. Aber, meine Damen und Herren", rief er lebhaft aus, „das ist noch nicht alles. Die Unternehmen haben in dieses Geschäft investiert und werden sich schon darum kümmern, die Ergebnisse zu messen, indem sie die Gewinne zusammenzählen. Die Wollust singt beim Klimpern der Münzen."

„Wir träumen, meine Herren, noch träumen wir."

Julius, der Miesmacher bei PubliServ, ist darauf spezialisiert, den Fluss ernster Gedanken zu unterbrechen, indem er ihm Hindernisse in den Weg legt

Aber Juan lässt sich nicht einschüchtern. Er hat das Feuer großer Talente angesichts des Schicksals. Er will dem Miesmacher gerade antworten, aber Lorena mischt sich ein:

„Nein, nein, Julius, lassen wir uns diese Gelegenheit nicht entgehen."

Ich lade dich, Leser, ein, dir diese Versammlung von Köpfen bei der Arbeit vorzustellen. Beobachte: Da ist Juan. Gegenüber Julius. Bei ihnen die Spezialisten für den Erfolg: Psychologen, Designer, Chirurgen, Kosmetologen, Stylisten, Bühnenbildner.

Und Lorena, gesegnet sei sie.

Lorena, die Hexe der Kreativabteilung, verführt durch ihre Intelligenz und verschwendet Sinnlichkeit, wo auch immer sie ihr Naturell zur Schau stellt. Sie macht mich neidisch die total Abgefeimte. Dennoch muss ich auf etwas hinweisen, wenn auch nur nebenher, weil man es mir so erzählt hat: Juan verschwendet nicht einmal einen Gedanken an die Firmenangehörigen, noch treibt er es mit den süßen Mädchen. So hat man es mir gesagt. Lorena assistiert ihm bei den Projekten. Nichts weiter ... obwohl, ich sage das in aller

Offenheit, so wie man sagt und ich es mir vorstellen kann, denn das ist mein Leben und ich bin erprobt im Kampf mit Jägern: Unter anderen Umständen wäre Juan als Erster eingeladen, an den Tisch des exklusiven Banketts mit Lorena zu springen, seinem einzigen Gast.

Aber lassen wir diese kleine Abschweifung in der Vorhölle der schlaflosen Nächte.

Die Fabrikanten der Mythen beugen den Rumpf über den Tisch. Flor Salvaje betrachtet sie von einem Archipel heißer Fotos aus: Flor Salvaje in ehrenhaften oder perversen Posen, angezogen und ausgezogen. Ach, ach ... Lorena und die Herren haben die Bilder schon studiert, fahren fort, sie zu studieren, machen Notizen, schauen sie sich wieder an. Auf einigen Photographien fordert dieses Gesicht den Betrachter heraus; auf anderen flieht der Blick zum Horizont, der Wind bewegt ihre Haare. Flor Salvaje nimmt gefangen. So wiederholten sie es in dieser Nacht. Nach so viel Arbeit gehört diese Frau bereits dem Geschlecht der Sirenen an. Jeder verfällt ihr in ihrer Anwesenheit. Die Bilder eines kurzen Videos zeigen sie nackt, aus dem schäumenden Wasser steigend, während das Meer ihre Haut leckt und sie mit halb geöffneten Lippen in die Ferne blickt.

Die Genies waren zufrieden. Ihr Geschöpf überraschte sie. Um die Vollkommenheit zu erreichen, musste man aber kleine Änderungen vornehmen. Flor Salvaje war ein geschmeidiges Material. Bei PubliServ wussten sie: Mit einigen Korrekturen macht man aus dem Nichts alles Mögliche. Vor allem die Wollust.

Sie sagten es mir und mir blieb kein Ausweg mehr. Sie sagten mir, dass sie bei mir Änderungen machen mussten. Es war ein langer und breiter Weg zwischen Himmel und Hölle. Ohne Vorwarnung sah ich mich in den Klauen von hundert blau gekleideten Fechtmeistern. Sie fotografierten mich, machten Röntgenaufnahmen, auf den Fotos zeichneten sie im Computer die anatomischen Details, die sie neu machen würden. Sie brachten mich von einer Klinik in die andere. Das Erste war, mir die Augen zu vergrößern, um ihnen mehr Ausdruck zu verleihen, aber sie behielten Gott sei Dank die Farbe bei. Dann fuhren sie fort, weitere Teile meines Körpers zu modellieren: Sie schnitten Stücke von meinem Unterleib ab, sie verpflanzten sie in mein Gesäß, sie proportionierten meine Waden, sie veränderten die Stellung der Finger. Sie verbreiterten meinen Mund und machten meine Lippen wulstiger, indem sie diese einen Millimeter nach vorne schoben, damit sie sinnlicher wären. Es vergingen Monate mit Entwurf und Ausführung und am Ende, wenn es denn ein Ende gab, wusste ich nicht mehr, wer ich war. Ich musste über die Sessel der Kie-

ferorthopädie gehen. Die schiefen Zähne wurden gerade, die kleinen wuchsen, die großen verringerten ihre Statur und im ganzen Mund glänzte das Porzellan. Nachdem sie lange darüber nachgedacht hatten, formten sie meine Brüste um, aber ohne sie zu vergrößern, damit niemand Titte mit plastischem Euter verwechsle. Eines Tages schläferten sie mich im Operationssaal ein und, ohne mir etwas davon zu sagen, erhöhten sie den Venushügel. Ich merkte es beim Aufwachen. Sie amputierten mir auch Teile der Schamlippen, damit der Slip feiner und gewölbter aussähe, ohne unnötige Wülste. Im Garten der Wonnen sind die Früchte glatt und rund. Und sie haben keinen Flaum.

Diese Nacht war eine Zeremonie des gegenseitigen Kannibalismus

Dalilas Haus. Die Gärten. Die Milchstraße am Himmel und die moralische Unordnung im Herzen. So war diese Nacht der heraufbeschworenen Erinnerungen in der Küche. Nacht der Wiederbegegnung, nachdem sie Tage mit Schweigen (oder Vernachlässigung?) und unermüdlichen Telefonen verbracht hatten. Juan drehte den Korkenzieher ein und zog den Korken mit einem Ruck heraus. Dann atmete er das Bouquet ein und mit arroganter Ruhe stellte er die Flasche auf das Tischtuch aus Leinen.

Dalila. Die Gärten, die Milchstraße am Himmel und das Paradies des Geschmacks auf dem Tisch.

Die Küche ist der Ort seiner salzigen Dramen. Die Haut sträubt sich. Das Reich der Dinge bebt. Die Gewürzgefäße klirren. Das Öl läuft über und der Geruch nach Lachs weicht dem alchimistischen Krieg im Wirbel von Salz und Pfeffer. Der eine bräunt das Mehl; die andere dreht die Mühle; er löst den Zucker auf, sie prüft die Temperatur des Bratrohrs. Beide träumen davon, zu braten oder zu würzen und ihre Geheimnisse durchzusetzen.

Dalila und Juan: Liebe gegensätzlicher Willen, zunehmende Verwegenheit, Schrei der Aromen im Fleisch.

Diesmal gab es kleine Lachsstücke auf Kirschtomaten mit zerkleinerten Anchovis und gehackten Oliven gebraten. Das Champagnersorbet erfrischte den Gaumen, ließ aber die Schreie des Bauches nicht verstummen.

Einer existierte für den anderen, der eine gegen den anderen.

Über dem Porzellan, zwischen den Gläsern gingen lange Blicke hin und her. Sie kauten, ohne miteinander zu sprechen, die notwendigen Worte aussprechend, um den verlorenen Geschmack zwischen den Zähnen wiederzufinden.

Sie aßen in frischer Milch gekochtes Schweinefleisch mit Streifen von Ingwer und grüner Paprika. Als Beilage wählte Dalila Karotten in Butter mit Thymian.

Der *Bourgogne* fiel mit leisem Murmeln sprudelnd auf das Kristall. Dann befeuchtete das intensive Rot die halb geöffneten Lippen und hinterließ kleine Schatten auf den Rändern der Gläser.

Wenn ich wüsste, was in diesen stürmischen Herzen kochte, würde ich es ohne zu zögern sagen, aber ich weiß es nicht und muss es mir vorstellen und erzählen, lieber Leser: In dieser Nacht sagten sie sich nicht viel, aber sie murmelten einander Küchenaromen bei jedem Atemzug zu, während sie die Mysterien des Gaumens kauten. Sie spielten. Sie sahen sich wieder an. Sie schlürften den Wein mit Trankopfern langsamer Leidenschaft. Sie spielten, ja, sie spielten das Spiel der Macht, auch wenn die Begierden allenthalben überliefen. Die Wollust spross, aber ihre Willen kochten sich nicht so ohne Weiteres, weder in den Armen des einen, noch in der Glut des anderen. Es war keine Wette. Es war ein Paradox. Oder vielleicht wetteten sie doch und beide beurteilten die amouröse Wiederbegegnung nicht auf die gleiche Weise.

Oder war es ein Duell?

Ja, es war ein Duell.

Juan trinkt Dalilas Worte auf der anderen Seite des Tisches, als leckte er einen feuchten und geheimnisvollen Winkel. Dalila reagiert, indem sie seine Macho-Rätsel und seine feuchten Augen ergründet, beleuchtet von dem Schimmer, der von der Terrasse kommt. Dalila lächelt: Juan hat dieses kleine Detail gerade entdeckt. Sie glaubt, sie sei die Herrin meiner Gelüste, sagt er sich, ohne lange nachzudenken.

Dalila beobachtet ihn, sie hat gerade ein Detail entdeckt: Juans Lächeln ist falsch. Er will mit mir machen, wozu er Lust hat, sagt sie sich.

Juan fühlt Dalilas Stärke: Ihre Lieblingsrezepte zuzubereiten, flößt ihr Vertrauen in die Kunst ein, den Männern die Stirn zu bieten.

Dalila nimmt eine kleine Schwäche bei Juan wahr.

Juan fühlt, dass sich Dalila etwas auf ihre eigene Stärke einbildet.

Das Duell geht weiter, während der Wein ihre Lippen befeuchtet.

Dalila denkt, dass Juan leidet. Sollte es ein Zyklus der Hoffnungslosigkeit sein? In den letzten Monaten ist ihr Juan abhanden gekommen.

Juan steht auf und geht in die Küche.
Dalila fühlt seine rohe Kraft.
Es ist heiß. Es ist kalt.
Juan kommt zurück, aber setzt sich nicht. Er geht zurück in die Küche.
Dalila folgt ihm.
Dalila und Juan: Liebe der Willen, zunehmende Verwegenheit, Schrei der Aromen im Fleisch.
Diese Nacht war eine Zeremonie des gegenseitigen Kannibalismus.
Juan und Dalila fanden das gemeinsame Rezept nicht.
Zu viel Öl.
Zu viel Salz.
Viel Salbei.
Jeder quälte sich wegen des Geschmacks des anderen.
Juan sieht sie an: Sie kocht nicht mehr so wie früher, sagt er sich.
Dalila sagt sich, indem sie ihre Lippen befeuchtet: Das Essen hat ihm wieder geschmeckt.
Sollte dies der Konflikt der Liebe sein, lieber Leser? Einer reagiert auf den anderen aufgrund dessen, was er von ihm denkt, und nur aufgrund dessen?
Juan war der einzige Mann, der sie in der Küche besiegen konnte: Das glaubte Juan, nur Juan; Dalila nicht. Dalila vertraute auf ihre Stärke, die noch nie in die Knie gezwungen worden war.
Juan schwieg, kalkulierte, sah die Rätsel der Frau voraus.
Dalila wälzte einen Gedanken: Juan wollte weiter den Verführer mit ihr spielen.
Warum dachte sie das?
Der Magnetismus des Anfangs war erloschen und Juan beschränkte sich jetzt darauf, den auserwählten Mann zu verkörpern, um seine übertriebene Fantasie zu befrieden. In seinen Augen war Juan das einzige Wesen auf der Welt, das fähig war, die Wünsche vorwegzunehmen. Aber Dalila schätzte das Geheimnis der Verführung gering. Dagegen gehörte Juan zur Sippe der Demagogen: Er ließ seine Gesprächspartner glauben, dass er sie für die wichtigsten Personen auf der Welt hielt. Dalila ging auch in die Falle (so dachte Don Juan der Feinschmecker).
Sicher wirst du dich daran erinnern, lieber Leser: An einem Gründungstag in seiner Geschichte beschloss Juan, Frauen zu verführen, mit denen er die elementaren Geschmackserlebnis-

se wiederbeleben könnte. Dalila war keine Hilfe bei seiner Suche und würde nie eine sein, aber zur Stunde der Festessen hatte sie ein Talent aus Tausendundeiner Nacht. Wenn man Don Juan den Feinschmecker an sie erinnerte, brachen Vulkane in seiner Brust aus. Liebe, der es vorherbestimmt war, Archetypen des Geschmacks zu suchen, ergab bei Dalila keinen Sinn, und dennoch fand er sie in seinen Fantastereien und in der törichten Realität. Plötzlich fragte sich Juan beunruhigt: Durchlebte er ein Martyrium? Opferte er sich bei seinen gastronomischen Forschungen? Er rief die Lotusesser in Erinnerung. War es etwa nicht die Faszination durch die Zauberin Circe, welche die Gefährten des Odysseus, des Piraten, in Schweine verwandelte?

Dalila vertraut auf den Erfolg des Fischzugs, aber ... Vorsicht! Piranhas, dachte Juan, als er sich verabschiedete.

Dalila lächelt, das Gesicht abwendend, in das Halbdunkel, während Juan sich entfernt.

Der Samstag der Rezepte endete ohne großen Ruhm für keinen der Duellanten. Sie äußerten nur Trivialitäten. Irgendwann erwähnte Dalila das Verbrechen und Juan durchlief ein Schauder, aber das war alles.

Die Schöne und die Bestie

Gianni erzählte Ovid eine Geschichte ... die nicht erzählt werden kann, wenn der Zuhörer ein Mordsmacho ist. An diesem Freitag, während er in der Küche Artischocken mit Parmesan, Olivenöl und weißen Rosinen zubereitet, gerät der Dichter in Verzückung, wenn er sie heraufbeschwört.

Eines Nachts zu später Stunde, in einer dieser heißen Sommernächte, als Gianni gerade sein Restaurant an den Coco-Stränden schließen wollte, kam eine Frau und setzte sich an den letzten Tisch unter freiem Himmel, den er noch nicht hereingeholt hatte.

Er servierte ihr ein Glas Wein.

Die Frau sah ihm in die Augen und sprach wenig. Sie sagte nur, dass die Sterne funkelten. Der Wein färbte ihre Lippen, die durch den langen Tag farblos geworden waren.

Es war noch keine Woche vorbei, als sie wiederkam und wieder sprachen sie wortlos miteinander. Sie war jung, schön, ihre Augen waren durchsichtig und müde.

In der folgenden Woche, nach dem ersten Schluck Wein, erzählte sie ihm, dass sie Panamaerin war und seit einem Jahr in Costa Rica lebte. Sie wohnte in dem Hotel zwei Schritte von dort.

Die Frau blieb einen Monat lang fern. Dann kam sie wieder, die Augen müde und blau.

Durch den sizilianischen Wein wurden ihre Lippen wieder rot. Dieses Mal lächelte sie. Ihr Lächeln war eine kleine und köstliche Dreistigkeit. Gianni beobachtete sie fasziniert. Die letzten Kunden waren bereits gegangen.

Nachdem er die Lichter gelöscht und die Tür geschlossen hatte, lud er sie ein, ihm zu folgen.

Das kleine Appartement war voller Bücher und Zeitschriften sogar auf dem Fußboden. Da war ein ungemachtes Bett und am Spülbecken hinter einem verschlissenen Vorhang tropfte ein Wasserhahn.

Die Frau zog sich aus, ohne sich mehr als durch den Blick

bitten zu lassen, und sagte zu ihm mit ihrem schönen panamaischen Akzent, nuanciert durch Kadenzen: Ich möchte nur Zärtlichkeit.

Mit in ewiger Klarheit verlorenen Augen deutete Gianni das Lächeln eines Träumers an, er liebkoste sie lange, bis sie die Augen öffnete und sich allmählich aufrichtete, ohne Lust, in diese Welt zurückzukehren. Nach einer weiteren Anstrengung zog sie sich an und gab ihm einen Kuss auf die Wange, um sich zu verabschieden.

Eine Woche später leerten sie den Rest einer Flasche und gingen in das Appartement.

Ich möchte nur Zärtlichkeit, sagte die junge Frau zu ihm.

Während er sie liebkoste, erahnte Gianni einen Funken Lust.

Sie sah ihm in die Augen und sagte zu ihm: Ich liebe dich.

Ich liebe dich, wiederholte sie, aber von dir möchte ich nur Zärtlichkeit. Wir Prostituierte verlangen nichts anderes.

L'amore, rief Gianni, indem er Ovid mit dem Lächeln eines Komplizen in die Augen schaute, *quella putana me l'a fatto scoprire*.

Der göttliche Körper seiner Begierden

Schmetterlingsflügel: So taufte er sie, um weiter in der Vorhölle seiner Verwirrung zu kreisen.
An jenem Tag begann eine vergebliche Verfolgungsjagd.
Seit Schmetterlingsflügel hinter dem Einkaufswagen eines Supermarkts in seine Fantasien eingedrungen war, verfolgten ihn Wahnvorstellungen. Die Tätowierung auf dem Schulterblatt brachte seine Gedanken durcheinander. Es war das erste Mal, am einzigen Tag der Überraschung. Er beschränkte sich darauf, sie anzusehen, und ließ sie gehen: Er war gelähmt. Dann dachte er nach wie der unglückliche Mönch in der Thebais, verführt von Adramelech, dem Dämon: Warum habe ich sie nicht angesprochen?, fragte er sich und warf sich das irreparable Versehen vor. Da er die Beute nicht genießen konnte, widmete er sich dem imaginären Verschlingen von Schmetterlingen mit weiblichem Körper. Dann kam die Träumerei: neue Sphinx der Halluzinationen, Chimären, irreparable Begierden, ja; es blieb aber auch eine Spur, der die Hunde im Dickicht nachspüren. Als Raubtier musste Juan einem Rinnsal von Hormonen folgen ... aber Vorsicht, noch nicht, zuerst muss man sich auf die Lauer legen, die Distanz mit Adleraugen durchdringen, Speichel bildend, den Augenblick des wohltuenden Prankenhiebs vorwegnehmend. Deshalb kehrte er zur gleichen Stunde in den Supermarkt zurück, samstags und auch an anderen Wochentagen zu verschiedenen Zeiten. Er würde nicht vor Sehnsucht sterben. Im Gegenteil: es waren Zeiten der Jagd. Er schlich sacht durch das Dickicht seiner Suche: er spähte, er sah undeutlich, die Augen auf die Dinge geheftet, er erkannte von weitem, er vermutete, er streckte den Hals, den göttlichen Körper seiner Begierden suchend, er schwebte über dem Boden, in den Träumen über trockenes Laub gehend: Bewege das Gestrüpp nicht, damit es nicht knackt, geh langsam, ohne zu atmen, spanne die Muskeln für den siegreichen Sprung an. Es fehlt noch ein wenig, warte, du hast keine Eile, es gibt keine Fährten, es gibt auch keinen Hinweis auf die Spur, du hast

nicht einmal die Haut der Beute berührt. Warum diese rituelle Jagd? Sollten es die Gefühle sein, die in der Erinnerung kauern? Der Jäger weiß: die Beute folgt gewohnten Pfaden wie die Frauen seiner Gelüste. Warten wir ruhig, in tiefem Schweigen, geben wir ihm Zeit, lieber Leser, um in Juan nicht den Verdacht zu wecken, dass wir ihn von dieser Seite des Schlosses aus beobachten (elende *Voyeurs*, die wir sind): Keine Schande ist größer als die des beobachteten Beobachters, obgleich wir ihn vielleicht ertappen, wie er einen katzenhaften Satz tut oder im Sturzflug vom Himmel stürzt, schneller als die Raubvögel, unerbittlich, treffsicher, mit der prästabilierten Harmonie zwischen den Klauen und dem warmen Fleisch, dem vorherbestimmt ist, vor Liebe zerrissen zu werden. Die Brise bringt duftende Windstöße mit sich. Erwartest du etwa den Geschmack der Schmetterlinge kennen zu lernen? Jäger: der Schmetterling ist eine Sphinx. Die Sphinx hat deinen Kopf mit Rätseln gefüllt. Vergiss nicht: bei den Frauen suchst du nur die Alchimie urtümlicher Aromen.

Es geschah eines Nachmittags, an einem Samstag.
Schmetterlingsflügel.
Plötzlich kam die Tätowierung des Unglücks auf die Welt. Warum hatte sie traurige Augen? Sie lief an der Front des Supermarkts vorbei, in Sportkleidung, während du mit dem Einkaufswagen hinter der Kasse Schlange standest. Es war eine Momentaufnahme. Ein Lichtblitz der Einsamkeit. Der Sieg des Zufalls. Sie auf diese Weise zu finden, an der Peripherie des Blickes, war das letzte Hilfsmittel der Zufälligkeit. Du lässt den Einkaufswagen stehen und rennst los, gierig, du fürchtest, die Beute zu verlieren, die Seelenangst erstickt dich, die Hitze, du fühlst ein klebriges Feuer am ganzen Körper, Schmetterlingsflügel, die Automobile brüllen, du läufst aufs Geratewohl, Schmetterlingsflügel, zum hoch gelegenen Teil von Escazú, Schmetterlingsflügel, durch die Straßen, die zur Kirche führen, bergauf, (warum zur Kirche?), bis du die zweite Straße überquerst und sie erblickst, Schmetterlingsflügel.

Jetzt hast du sie. Sie hat aufgehört zu laufen.
Schmetterlingsflügel.
Du verfolgst sie weiter, den Schritt anpassend, gierig keuchend, ein Tier schließlich und endlich, eine elementare Bestie mit der Last der Leidenschaft auf der Suche nach einem verlorenen Geschmack auf den Spuren der Ursprungszeit, in der du

glücklich warst (oder vielleicht nicht?). Es ist eine undeutliche Gestalt in der Entfernung. Du siehst sie ohne Scheu an, ihr nachspürend, betrachtest ihren Gang durch schmutzige Straßen, dann läufst du, läufst, verlangsamst den Schritt und gehst auf ihre linke Seite, schon streifst du fast die Rätsel, aber, erregt durch die Hast, wagst du noch nicht, sie anzusprechen. Es ist der Augenblick, ihre Geheimnisse zu erforschen.

Du murmelst etwas.

Die junge Frau mit dem tätowierten Schmetterling auf dem Schulterblatt sieht dich einen Augenblick an, ja, eine entscheidende Sekunde genügt ihr, ihr Schicksal in deinen Augen zu lesen. Nichts weiter. Die Beute dreht sich auf den Absätzen und kümmert sich nicht mehr um den Jäger.

So verlief die Jagd.

Das Tier ist traurig.

Das Tier leckt die Wunden eines unsinnigen Spiels.

Schmetterlingsflügel hat dich zum Teufel geschickt.

Armer Clown Pedro

Pedro Blablabla unterbricht sein Geschwätz, steht auf und geht hinaus, sehr zu seinem Leidwesen, aber auch seinem Bedürfnis gehorchend, um sich im Urinal von den Leidenschaften zu erleichtern. Der Triste, die übrigen, Bracci, Álvaro, Ovid der Dichter, Albino, der Zorro, die ganze Bar, ihre Trübsal und Phantome bilden einen Schauplatz grotesker Silhouetten, begleitet vom Klirren der Gläser und von Schreien und, um das Delirium zu krönen, dreht ihnen ein nervenzerreißender *Rap* den Hals um. Gott sei Dank wurde nicht mehr vom Fußball gesprochen. Der Club von Puntarenas verbessert seinen Punktestand, wer hätte das gedacht, ein Schrei, Pedro ist zurückgekommen, die Blase leer, und stößt sich das Knie am Tisch, beschissene Nacht, das Mädchen, eh?, sagte Pedro, das Mädchen, das sie bedroht haben, habt ihr die Nachricht gelesen? Es gibt weitere Fälle. Es wird viel Lärm darüber gemacht. Ich verpasse keine Einzelheit. Besser als ein Fernsehfilm. Das Verbrechen von neulich ist immer noch nicht aufgeklärt: Erinnert ihr euch? Glücklicherweise zieht die Skandalchronik die Presse an, wie schön, Blut, Schweinereien, und das Publikum glücklich.

Pedro Blablabla ist die dunkle Seite der Menschheit, dachte Ovid in einer neuen Anwandlung von Hellsichtigkeit, schlecht versteckte Ressentiments bedrücken ihn, die Eifersucht bringt ihn um, er beneidet andere um ihren Erfolg bei den Frauen, armer Clown Pedro, sagte er sich fasziniert und abgestoßen, und er wusste nicht, ob es der Geruch nach gebratener Paprikawurst oder die offensichtliche Obszönität Pedros war, die ihm den Magen umdrehte, aber selbst in diesem Zustand, dachte er weiter an die traurige Menschlichkeit, die wir alle in uns tragen, während er zechte, bis er fast betrunken war. Die Miserablen sagen es hinter seinem Rücken und wiederholen es immer wieder: Pedro Blablabla stößt zu seinem Unglück alle ab, zu denen er spricht, und, was für ein Typ, überlebt kaum die Vergiftung durch sein Missgeschick in der Liebe. Du darfst vermuten, lieber Leser, dass er zu jeder Stunde über Frauen redet und seine Eroberungen beschreibt, ohne anatomische Einzelheiten auszusparen, weder Stöhnen noch Ausrufe, aber er prahlt, ich weise dich darauf hin, und erfindet Liebestrophäen: Er ist ein Macho. Aus ökonomischen Gründen werde ich hier keine dieser Erzählungen wiedergeben. Pedro prahlt damit, indem er sie gegenüber Freunden und Feinden, in Biertränen gebadet, wiederholt. Der Dichter fasste dies so zusammen: Sein amouröser Diskurs ist eine immer wiederkehrende Erzählung von falschen Liebesbeziehungen, von Purzelbäumen eines brünstigen Hundes und eingebildeten Triumphen. So sagte er es seinen Gefährten, sein Glas auf das immerwährende Fest erhebend. Ich nicht. Ich bewahre Schweigen.

(Solche derart direkten Beurteilungen passen auch zum Groschenroman, vergiss es nicht, lieber Leser. Einigen Personen bleibt nichts anderes übrig, als sich den gleichen Überlegungen wie Ovid der Dichter hinzugeben; und der Erzähler ist verpflichtet, jenen intimen Gedanken gegen seinen Willen den Vorrang zu geben).

Die Steinbrecherstimme krächzte über dem Tisch. Der Ceviche war im peruanischen Stil. Pedro Blablabla redete weiter. Die Miserablen öffneten den Mund nur, um Fischstücke zu verschlingen. Es gibt keine Verdächtigen. Die Tageszeitung *La Nación* informiert: „Die mit dem Fall befasste Ermittlerin sitzt auf glühenden Kohlen", mit anderen Worten: hoffnungslos, völlig fehl am Platze. Die Drohungen verfolgen natürlich eine Absicht. Das Messer ist eine wichtige Botschaft, noch wichtiger als die auf dem Papier notierten Wörter. Nicht alle Tage dient ein Küchenmesser dazu, eine Botschaft zu senden, auch wenn man sie dechiffrieren muss, „eine keineswegs leichte Aufgabe für die Ermittlerin", stellte der Journalist Esteban Inocente Mata nicht ohne Ironie fest, um hinzuzufügen: „Es ist der zweite Angriff auf eine schöne Frau, nach dem gleichen Ritual." Pedro Blablabla knebelte seine Stimme einen Augenblick und atmete endlich ein, denn er hatte vergessen, es zu tun, er trank übereilt zwei Schluck Bier und verschluckte sich an der Flüssigkeit (er bestellte jedes Mal zwei Glas Bier auf einmal und tat in das Glas immer eine Prise Salz oder eine Zitronenscheibe); und dann, sich den Mund, die Stirn, den Hals mit einer zusammengeknüllten Papierserviette reinigend, sich den Schweiß abwischend, den die Anstrengung verursachte, pausenlos zu reden, sagte er, um seine Rede zu beenden: Sie ist wunderschön, sie erinnert mich an eine Freundin, die ich letztes Jahr hatte, ich habe es euch erzählt, erinnert ihr euch?, es gefiel ihr, Rumtropfen auf dem Rücken zu fühlen.

Ovid hörte ihm schon nicht mehr zu. Er schlief. Die anderen schon, denn in jener Nacht juckte sie die Neugier. Juan hingegen hatte flexible Grenzen. Manchmal ertrug er diese gemeine Rede nicht; an anderen Tagen hörte er gebannt zu. Pedro öffnete eine Tür auf die dunkle Nacht der Gespenster, die sich jeder weigert, in sich selbst zu erkennen. Pedro Blablabla ist der Spiegel, in dem sich das eitrige Gesicht einer Gattung reflektiert, die Endstation der Generationen, Zerrspiegel, unerträglich, obsessiv. Sollte dies der Grund sein, warum Juan der Feinschmecker dem obszönen Theater der Freitage beiwohnt und am gemeinsamen Ritus teilnimmt? Zweifellos schwächt dieses Übermaß an Müll die Illusionen der menschlichen Größe. Pedro gegenüber fühlt sich Juan erleichtert, trotz der Last seiner Misere.

Angesichts des schonungslosen Machos

Das Bild stürzte mit Flügelschlägen in sein Gedächtnis. Juan warf sich auf das Sofa, um sich Hirngespinsten hinzugeben. Er litt an Schlaflosigkeit, während er an Schmetterlinge und nicht an Hühnerbrühen dachte. Dulce schlief. Sie hatte nicht bei der Brühe seiner schlaflosen Nächte auf ihn gewartet. In dieser Nacht kam er sehr spät nach Hause, wieder zu der Stunde, in der die Bösewichte in die Häuser einbrechen. Ohne Energie auf dem dunklen Sofa hingestreckt, das eine Seite des Wohnzimmers einnahm, erinnerte er sich an die Tätowierung seiner Labyrinthe der Großwildjagd. Mehrmals versuchte er, Schmetterlingsflügel anzusprechen, aber es war vergeblich. Schmetterlingsflügel sah ihn gleichmütig an, fast mit einem Anflug von Traurigkeit oder mit einem kaum angedeuteten spöttischen Lächeln? Sie war ein wilder Vogel. Juan verfolgte ihre Fährte ein ums andere Mal, er machte sich wieder auf die Jagd, der Wolf spritzte Geifer auf die wollüstigen Trampelpfade des Supermarkts, treuer Hund, Raubvogel, imperialer und demütiger Kondor, verfolgte er sie, ihr auf den Fersen bleibend. Er sehnte sich nach ihren feuchten Lippen, wollte sie mit Feuerwasser befeuchten, fühlte ihre Wärme, die Fieberschauer, aber da flog ein Nachgeschmack verpasster Gelegenheiten auf, die Beute wurde unnahbar und die Begierde nahm zu.

Er änderte die Taktik.

Der Jäger wurde zum Sammler. Der Jäger lebt angespannt und wachsam; der Sammler erwartet die Ernte.

Die Frucht würde reifen, das Korn wäre an einem glücklichen Tag reif zur Mahd. Er musste nur durch die Weinberge gehen, die Kakaopflanzungen, die Maisfelder, sich zu den Zuckerrohrfeldern begeben, behutsam zwischen dem blühenden Zuckerrohr in der Brise, die es mit zartem Zittern wiegte. Die purpurrote Sonne eines Ernteabends badete den Horizont mit ihrem erlöschenden Feuer und Juan, hingestreckt auf dem Sofa, betrachtete den letzten Widerschein, absurde Erfahrungen mit seiner Geliebten darüber austauschend, wie man den Geschmack von Fleisch verstärken könne. Dann machte er sich daran, den Tisch zu decken, genau zu dem Zeitpunkt, in dem ihm ein Geklingel meldete, dass das Wasser heiß genug war, um die *Fettuccine* zu kochen, erinnerst du dich an sie? Es war die gleiche Pasta, die jene Hände am ersten Nachmittag deiner Schlaflosigkeit wegen eines Schmetterlings streichelten. Das Wasser ist soweit, Frau, wir können anfangen, die Wasserblasen rufen uns, die Sterne kündigen sich an den Kochbüchern des Himmels an, es ist die Stunde, Ähren zu ernten.

Segnen wir das Brot,
heute ist unser die Nacht
und der Wein wartet;
das Feuer erleuchtet uns, Geliebte,
essen wir in dieser Nacht und leben wir.

Die Vision war ein kleines Rätsel dem Körper folgend, der mit Schmetterlingsflügeln fliegen konnte. Eine sehnsüchtige Leere begann ihn zu erfüllen; ja, dies war ein unvollendetes Spiel, bei dem er die elementaren Aromen der Erinnerung vorausfühlte.

Vielleicht.

Aber nein.

Niemals erfuhr der Held unserer Geschichte eine Einzelheit: Durch Launen des Zufalls kannte Schmetterlingsflügel Don Juan den Feinschmecker sehr gut und besaß glaubwürdige Informationen über seine Liebesabenteuer. Natürlich wusste sie nicht, dass die gastronomischen Liebschaften nur eine archetypische Rückkehr anstrebten (Juan hatte zu niemandem von seinen Leiden gesprochen). Schmetterlingsflügel wollte sich, angesichts des schonungslosen Machos, nicht einer ungenauen Liste der Jagdbeute hinzufügen: Nie würden sie gemeinsam in derselben Küche essen, sagte sie sich und wiederholte sich, um sich zu helfen, die Ausstrahlungen des Vergnügens zu besiegen. Natürlich sehnte sie sich nach einem Schmorgericht zugerichtet mit scharfen Gewürzen und kam sogar dahin, sich in ihrem verfolgten Sinn ein Menü vorzustellen, das für ungesättigte Gaumen reserviert war; aber das Recht auf sich selbst triumphierte und deshalb ließ sie sich verfolgen, damit die Ermüdung diese sinnlose Anstrengung beendige. Sie hatte Juan ganz in ihrer Nähe, sie ahnte das Raubtier, das unfähig ist zu begnadigen, sie erlebte den unwiderstehlichen Strudel aus der Ferne, in ihrem Rücken, an ihrer

Seite, sie hörte seine Mühlsteine, die alle Körner mahlen, und widerstand erbarmungslos dem Angriff lasziver Augen, welche die Tätowierung suchten. Die Tätowierung, ja, sie allein, ersparte ihr eine intensivere Verfolgung: Juan zerstreute sich, sie mit offenem Mund musternd, Insekt dem Feuer gegenüber, geblendet, dem es nichts ausmacht zu sterben. Der Zufall ist absurd. Niemand kannte diese niederträchtige Einzelheit, weder Juan selbst noch Schmetterlingsflügel. Nur dem Erzähler der Geschichte gelang es, sie zu ermitteln, und er macht sich das boshafte Vergnügen, sie dem Leser zu erzählen, bevor er den Schlusspunkt unter den Absatz setzt, den du gerade zu Ende gelesen hast.

Schmetterlingsflügel.

Juan kam nach einer Nacht der Bars und des Geredes von Pedro Blablabla nach Hause. Er war voller Seelenpein. Seine Seele war ein zerrütteter und schmerzhafter Schatten. Er war auf dem Sofa eingeschlafen. Als er aufwachte und die Brühe sah, dachte er an Dulce, die Küche des Vergessens.

Könnte das Raubtier von seinen Wunden genesen?

Malpaís wäre das Land des Bösen

Die Miserablen hatten sich noch nicht richtig hingesetzt, als den Triste die Lust ankam, eine maliziöse Geschichte zu erzählen.

„Mein Freund Coqui hat sie mir erzählt, vor einigen Tagen, während wir Kaffee in einem Kaufhaus tranken, bei den Dummköpfen, die schauen, mit welchem unnützen Zeug, das in den Schaufenstern hängt, sie noch mehr verdummen. Kennt ihr Malpaís?"

Er machte eine Pause, um die Wirkung abzuschätzen.

„Malpaís war der Ort am Pazifik, wo die Geschichte endete. Aber die Geschichte, die ich euch erzählen werde, begann in Cartago, dem loyalen, dem noblen, dem nebligen Cartago, so nahe bei den Göttern und dem Vulkan. Eines Tages beschloss der Rapaz, ein sublimes Fest am Meer zu veranstalten, um sich die feurigen Abenddämmerungen zu Nutze zu machen. Und so geschah es: An jenem Wochenende, das am Mittwoch begann, durchstreifte er, von köstlichen Erwartungen entflammt, das sündige San José und rekrutierte Mädchen mit roten Mündchen, die ihren überaus würdigen Körpern dazu dienten, um zu sprechen und zu trinken und wer weiß zu welch süßeren Beschäftigungen, die ihren launischen Gästen anscheinend nicht missfielen. Einige loyale und noble Mitbürger sahen ihn Cartago in einem Kleinbus verlassen und dann sahen sie ihn San José durchqueren, eskortiert von zwei weiteren Kleinbussen, in denen die Herren sehr seriös schienen und die Frauen nicht so sehr. Viele Stunden später, in Malpaís angekommen, war ihnen heiß und sie bekamen großen Durst und das Fest ging in einer geräumigen alten Villa weiter, mit Schwimmbecken und vielfältigen Zufluchtsorten, wo niemand die Gebetsstunde zu feiern pflegte. Die flüchtige Zeit der Glückseligkeit folgte ihrem unerbittlichen Lauf, bis die Geschichte einen unvorhergesehenen Bruch erlitt, wie es sich für die guten Erzählungen und die guten Familien ziemt. Jener dem Hause treue und diskrete Diener, dem alle vertrauten, hatte der schönen

Aureliana die Streiche ihres Ehemannes verraten: der Rapaz war verreist, nicht nach Panama und mit auf die Geschäfte gerichteten Gedanken, wie er vergangene Woche während des Frühstücks angekündet hatte, sondern nach Malpaís, den Unterleib mit wohltuenden Fantasien scharf gewürzt. Der sehr Diskrete sagte ihr auch, was man ihm gesagt hatte. In der Geschichte wird konstatiert, dass der Rapaz selbst die Mutter aller Feste organisierte.

Aureliana blieb der Mund offen stehen.

Aber dann schloss sie ihn wieder, atmete tief, hob die Matratze hoch und holte die Pistole hervor, die auf ihre Chance wartete: wenn die Vergewaltiger kommen oder ihr Mann sie betrügen würde.

Malpaís wäre das Land des Bösen.

Sie startete den Motor, durchquerte die Stadt und fuhr auf der Landstraße, Tränen vergießend, während an den Fenstern die Gebäude vorbeiliefen, die Berge, die Flüsse, die trockene und faszinierende Savanne und der purpurrote Sonnenuntergang, bis sie zum Inferno am Meer kam.

In diesem Augenblick machte Pedro Blablabla eine abrupte Bewegung und zerbrach das Weinglas. Die Miserablen wollten ihn schon erwürgen, weil er die Erzählung unterbrochen hatte, aber sie besaßen genügend moralisches Gleichgewicht, um sich mit einem schlecht gelaunten *Schschsch, sei still, du Arschloch* zu begnügen.

Der Triste fuhr in der Erzählung fort.

„Mein Freund Coqui sagt, dass Aureliana einige Meter davor ausstieg. Im Halbschatten schleichend und ohne das geringste Geräusch öffnete sie das Tor, das nicht abgeschlossen war, und von dort aus beobachtete sie, was sie beobachten konnte; es wurden ihr Dinge enthüllt, wie sie dem Teufel gefallen; sie sah Körper im Schwimmbecken, im Garten, bei den Baumstämmen auf Matten aus Palmfasern: Dieser machte jenes, die anderen Frauen spielten mit dem langhaarigen Herrn, auch der melancholische Dichter fehlte nicht, noch diejenigen, die verschlungener waren als die Wurzel aus 7; jene erstickte aus Sauerstoffmangel, denn sie hatte die Gewohnheit, nicht zu atmen, wenn sie die Inspiration überkam, dieser strengte sich an, um den letzten Seufzer auszustoßen, zwei Kavaliere stritten sich um die Details einer Dame, drei sehr schöne Frauen tanzten unter einem Mandelbaum, miteinander verflochten wie Der Frühling von Botticelli, während sie wer weiß welche Dinge gesehen hätte, wenn ihre Kräfte ausgereicht hätten, durch die Ritzen zu schauen wie der Erzähler von Romanen.

Aureliana, erregt von so vielen Verwicklungen im Garten der Lüste, ging hinein, ohne sich zu verbergen, und näherte sich, entlang des Hauses gehend, mit dem Schritt einer sich bäumenden Stute dem Schwimmbecken. Ein ausgewachsenes Chaos schmückte den bestirnten Himmel.

Die Festgäste hörten einen Schuss. Das Licht des Schwimmbeckens beleuchtete eine Frau. Die Frau streckte den Arm aus und schoss wieder. Alle sahen sie. In einer Sekunde verschwanden fünf Gäste, mehrere Jungfrauen wurden im Wasser bewegungsunfähig und zogen es vor zu ertrinken, diejenige, die nicht geatmet hatte, atmete, die von der Wurzel aus 7 wussten nicht wie sie das Knäuel entwirren sollten und der Rapaz erkannte Aureliana in der Ferne mit der rauchenden Pistole in der Hand, mit der sie auf ihn zielte. Er musste sie sehen und das Schicksal gab ihm nicht die Zeit, sich zur Seite zu werfen.

„Ich werde dich töten, Hurensohn."

Und sie schoss auf seinen Körper, aber die Kugel ging weit vorbei.

Da ging der Rapaz auf sie zu. Aureliana beruhigte ihre Hand und spannte ihren Zeigefinger um den Abzugshahn. Es erzählen die, welche das Drama gesehen haben, dass die Frau auf ihren Ehemann zielte, dass der Ehemann rannte, dass sie rannte, dass beide rannten und aufeinander trafen und dass die Frau ohne Vorwarnung die Pistole in das Schwimmbecken warf, um sich dem Lügner der Liebeslügen in einer unsterblichen Umarmung hinzugeben.

Aureliana wollte, dass die Festgäste sie sähen und hörten:
„Lernt, ihr Hurensöhne."

Sie zog sich nackt aus und umklammerte den Körper des Rapaz, indem sie den Damen und Herren zuschrie:
„Lernt, ihr Arschlöcher: schaut zu und lernt."

Armer Erzähler

Malpaís gehört der Vergangenheit an. Was folgt jetzt? Was hätte der Leser gesagt, wenn er Juan unter den Gästen begegnet wäre? Oder Dalila? Oder seinem Nachbarn?
Meine Aufgabe ist es, die andere Seite des Türschlosses zu rekonstruieren.
Und ich sehe nur Finsternisse.
Sollte ich hier abschweifen, um dich mit der harten und elenden Praxis des Spanners zu unterhalten? Sei nicht überrascht, lieber Leser, wenn ich mein Unwissen in Detailfragen zugeben muss. Überall erahne ich dunkle Episoden, fast alle unabgeschlossen oder ohne Lösung. Manchmal höre ich Juan sprechen, die Miserablen oder Diana und nehme es zur Kenntnis. Ich transkribiere oder, genauer gesagt, wiederhole sehr verkürzt das Geschwätz von Pedro Blablabla, sammle Information, frage, ermittle, transkribiere Hinweise und durch die Ritzen beobachte ich die andere Seite dieser Welt in der ehrlichen Absicht, die Personen und ihre Leidenschaften darzustellen. Jeder richtet sich darauf ein, die Last der Dinge zu ertragen und uns das Erbarmen und das Mitleid zu erlauben, die durch das Schlüsselloch der Kunst sichtbar sind.
Du weißt es bereits: jeder Erzähler ist ein Spanner, selbst wenn wir durch die Ritzen nur mit einem Auge sehen und nicht räumlich. Macht nichts: dieses Verhängnis wird durch Erfindung aufgewogen. Die Arbeit des Erzählers besteht darin, Licht in die Finsternisse zu bringen. Indem du ihn liest, vergnügter Leser, hilfst du ihm bei seiner Erfindertätigkeit.

Wenn Flor Salvaje nicht sprechen lernt

Die Zeit blieb bei PubliServ nicht stehen. Die Lichter erloschen erst, als die glatte und runde Frucht zu reifen begann. Natürlich musste der Plan methodisch sein. Man durfte kein einziges Detail vergessen. Etwas juckte sie in ihrem Inneren und Lorena sagte es ohne Umschweife:

„Meine Herren, wir werden Wunder vollbringen, aber ich möchte sie auf einen Vorbehalt hinweisen."

Gleich können Sie sehen, wie sie ist, meine Herren.

Sie steht vom Stuhl auf, geht um den Tisch herum und geht zum Regal mit den elektronischen Geräten, drückt auf einen Knopf und es erklingt in voller Lautstärke die geheime Aufnahme der Gespräche mit Flor Salvaje. Außer der Koketterie gab es bei den Plaudereien nichts Besonderes.

So sagten die Kretins. Gut, na ja, um großzügig zu sein, sagten sie, meine Stimme habe ein angenehmes Timbre, und verzeihen Sie mir, einen starken lokalen Akzent.

„Haben Sie gehört?", fragte die pingelige Lorena.

Juan merkte es, aber er hielt den Schnabel.

Lorena ließ niemanden reden.

„Es gibt unwichtige Details", sagte sie. „Zum Beispiel hat die Schönheitschirurgie es übernommen, kleinere anatomische Defekte zu korrigieren (*Betrachten Sie mich, meine Herren, und Sie werden sehen, ob sie recht hat*). So macht man es ausnahmslos mit allen Models und auch mit einigen Models, die große Machos sind."

Sie lehrten mich zu gehen, mit der Anmut eines unschuldigen Mädchens zu stehen, zu schauen, ohne zu beleidigen oder um mich einzuschmeicheln, zu lächeln, mich zu empören, mich auszuziehen, mich anzuziehen, mich anzubieten, mich zu verweigern. Ich kann fromm und sinnlich sein. Dank Ausbildern im Theater und erfahrenen Choreographen lernte ich die Einzelheiten des Handwerks ohne große Schwierigkeiten. Ich bin geschickt in diesem und jenem, ich habe ein gutes Gedächtnis, inklusive emotionaler Intelligenz, wie so ein Neunmalkluger dort sagte, einer von denen, die sich zu teuer verkaufen.

„Meine Herren", sagte Lorena alarmiert, „die Psychologen haben etwas Extravagantes erreicht: Flor Salvaje glaubt an ihre Rolle. Sie spielt bereits nicht mehr. Flor Salvaje *ist.* Sie ist, was sie spielt. So viel haben wir nicht erwartet. Verstehen Sie mich? Sie kann sich den verschiedensten Kontexten anpassen, in hohen sozialen Schichten verkehren, in politischen Kreisen und auf Augenhöhe mit Erzbischöfen sprechen; in kurzer Zeit wird sie die Volksmassen betören, ja, allmählich wird Flor Salvaje der Mythos sein, den wir zusammenzubauen trachteten, die sublime Begegnung von Illusionen und verwirklichten Wünschen, ein großes, nicht zu übertreffendes Geschäft, aber es gibt eine Klippe, meine Herren, hören Sie mir gut zu *(so sagte es die große Furzerin)*, es gibt eine einzige Klippe: Der chilenische Akzent ist nicht erotisch, er taugt nicht dazu, von ihr zu träumen."

Lorena gab ihr Gutachten ab *(so haben sie es mir erzählt)*: „Wenn Flor Salvaje nicht mit der Standardintonation sprechen lernt, ohne dialektale Abweichungen, ist unsere Mission gescheitert."

Der Körper von Marilis entfernt sich

Langer und stummer Schatten, der Körper von Marilis entfernt sich gegen den von den Möwen verwundeten Horizont. Wenn sie kommt, verschwinden die Krabben im Sand. Das Meer ist etwas Seltsames und Persönliches. Juan und Marilis. Der Schaum hinterlässt flüchtige Klöppelspitzen. Juan fühlt eine Invasion des Salzes in seinem Gaumen. Die Wellen brechen sich mit prähistorischem Brausen an den Felsen. Sie versprachen einander, in dieser Nacht das salzige Meer zu kosten, den Tisch über den Wassern zu decken und die marinen Leidenschaften zu absorbieren. Fische mit glattem Fleisch, Mollusken, Korallenreste, Seesterne und diesen Abstieg auf den Grund der warmen Gewässer, um kleine Tiere des Vergnügens zu suchen, feucht und unehrerbietig. Sie gehen Hand in Hand, die Karibik gewürzt in einem einzigen Gericht aufnehmend, subtil, sehnsüchtig, Wellenschlag der ersten Begegnungen. Ich kenne die Rezepte nicht, ich weiß nicht, wie die milden Gewürze mit dem Pfeffer ins Gleichgewicht kamen, ich vermag nicht zu sagen, ob in dieser Küche der Karibik die Gerichte wenig oder zu stark gewürzt wurden. Es genügte, dass das gemeinsame Mahl erlaubte, die Aromen zu entdecken, auf deren Spur Don Juan der Feinschmecker in allen Schlupfwinkeln der Liebe scharrte.

Wenn dir der Knoblauch schmeckt

Wieder einmal war Pedro Blablabla voller Schadenfreude, als er den Miserablen einen Vorfall auftischte, über den die Nachrichtensendungen wiederholt berichtet hatten. Zum ersten Mal erwähnten ihn die Radiosendungen um sechs Uhr Morgen, an diesem Freitag, unter Nachrichten, tausenden Meldungen und Ankündigungen von Begräbnissen. Kurz vor dem Ave Maria, zur Stunde, in der die städtische Umweltverschmutzung beginnt, wurde über eine gewisse sehr schöne junge Frau informiert (dies wurde besonders betont), die bedroht worden war, indem man ihr ein Küchenmesser auf dem Scheibenwischer der Windschutzscheibe hinterlassen hatte. Ihr Automobil stand nicht weit von einer der vielen schlechten Privatuniversitäten, die sich heutzutage wie Stechmücken vermehren. Es gab auch diese Botschaft, die auf einer schmutzigen Serviette in Druckschrift geschrieben war:

Wenn dir der Knoblauch schmeckt,
wird dein Atem riechen.

Pedro erinnerte an den Vorfall *urbi et orbi*, aber gleich darauf kümmerte er sich nicht mehr um die Angelegenheit und wandte sich an den Triste, um ihm Mitteilungen in Liebesdingen anzuvertrauen, gut gewürzt durch seinen keuschen Atem. Juan kam wenig später. Nichts Neues: In dieser Nacht töteten die Miserablen ihre Langeweile, indem sie ihre Bäuche mit Paprikawürsten und Bieren töteten und verwickelten sich in chaotische Diskussionen, gut beleuchtet durch den Schimmer eines Fernsehers, der dank dem Wunder eines technischen Defekts verstummt war.

Bei PubliServ hatte Juan einen unruhigen Tag verbracht, aber keinen außergewöhnlichen, wenn man den Wirbel genau betrachtet, der die Tür seiner Routine während der letzten Monate eindrückte. Oft ist es gut und weise zu vergessen, an nichts zu denken und sich jenseits dieser Welt zu flüchten, wohin auch immer, wie der Dichter Baudelaire sagte und andere sagen, die nie Dichter sein werden. Wenn es kein warmer Schoß ist, gibt es diesen anderen Ort: Es ist die Bar, der einzigartige Ort, die irreale Atmosphäre um die Ecke, in diesem oder jenem Viertel. Wenn man einmal drin ist, betritt man einen geschlossenen Bereich: Die Luft ist dick, sie kann mit dem Messer geschnitten werden, die Musik hemmt die Gedanken und die Schuld; es ist nicht nötig, sich mit sich selbst zu beschäftigen; die anderen hört man kaum und dennoch reden alle, ohne sich zu fragen, ob man ihnen zuhört. Lärm, Rufe, Schreie, Aneinanderstoßen von Flaschen, alle Rhythmen, Hin und Her, Ausdünstungen, Hupen von der Straße, Fernsehen, Bildschirme bis zum Erbrechen. In einigen Bars verschlechtert der Zigarettenrauch die Sicht. Während die Kellnerinnen und der Kneipenwirt ihrer Arbeit mit wohltuenden Gesten nachgehen, schmilzt die Welt in einem Kataklysmus der Sinne. In solch einem großen Krieg gegen den Nächsten zermalmt und zerkratzt der Steinbrecher von Pedro Wörter und quatscht und predigt die ganze Zeit und, wenn er nicht redet, trällert er Bruchstücke von Liedern, die in der Weltkultur bereits nach Kampfer riechen: *Die Laus und der Floh werden heiraten* ... Und dann fährt er wie Kraut und Rüben durcheinander fort, denn als der Ehemann kam, sprang der Typ schneller, als eine Hure mit einer Flasche zuschlägt, Sie sollen eines wissen, meine Herren, nicht alles ist so gut wie die Kühe, die von einer behaarten Haut umhüllt sind und Milch in ihrem Inneren tragen, erinnern Sie sich an den Sonso? Der Hurensohn lässt keine scharfe Patrone im Lauf, aber er trifft nie, ein Weiser hat es schon gesagt und, wenn er es nicht gesagt hat, wird er es sagen: Der Schwanz ist so krumm, dass nicht einmal seine Frau die Beine für ihn breit macht. Ich erzähle Ihnen, was mir eine Freundin meiner Freundin erzählt hat, erinnern Sie sich?, die Rothaarige: Gestern ging ich zu meiner Fitnesstrainingsstunde und stieß auf einen Überraschungstag. Zuerst sah ich den leeren Saal. Man hatte die Foltermaschinen weggeräumt und dort, vor dem großen Spiegel, ließ mir ein apollinischer Schwarzer das Herz bis zum Hals schlagen; aber nein, mein Gott, es war nicht einer, es waren zwei, denn sein Bild vervielfältigte des Erbeben der Welt. Er hatte riesige grüne Augen (natürliche, kein Kunststoffschälchen auf der Iris), vollkommene Zähne, kitschige Perlen der Dichter, einen wohlgeformten Körper, eine wirkliche Skulptur, nicht wie diese wertlosen Figuren, von denen man nicht weiß, ob sie den Papst oder einen Frosch darstellen mit unterwürfigen Frauen an ihrer Seite. Als er uns sah, lächelte er uns zu und hätte es lieber nicht tun sollen. Die Überraschung war, dass dieser Gott, ein Geschenk der süßesten aller Nächte, gekommen war, um uns das Tanzen nach volkstümlichen Rhythmen beizubringen. Der Geist aus Ebenholz, der Gott, ganz schwarz, absolutes Schwarz, eng anliegendes T-Shirt ohne Ärmel und Goldkettchen, hoch aufgerichtet vor dem Spiegel, begann, sich in einem tropischen Rhythmus zu winden, und uns Frauen riss der Wirbel mit: zwanzigjährige Mädchen mit vollkommenen Hintern, vier oder fünf alte Schachteln, einige von gutem Aussehen, andere unattraktiv, fingen an, in dem schneller werdenden Rhythmus eines Nachtlokals zu vibrieren, verzückt, bis wir willig in den Wirbel eines unmöglichen Tanzes gerieten, seinen Bewegungen nur halb folgend, die verzweifelten Augen auf seinen Körper gerichtet, um ihm Tribut zu zollen. An der weiblichen Fauna bewegte sich alles oder fast alles, Protuberanzen aus Kunststoff und gut geformte Muskeln. Einige Titten waren künstlich, andere durch den Chirurgen korrigiert und in illustrer Dekadenz. Der Spiegel war Komplize einiger und Feind anderer, denn mit der Rohheit und Ehrlichkeit, die ihn seit seiner Erfindung durch einen Spaßvogel charakterisieren, warf er uns unsere Bewegungen zurück. Das einzige Mittel, um sich zu retten? Hinter einer jungen Kollegin zu tanzen, wo mich der schaulustige Spiegel nicht erreichte.

 Die Schreie mischen sich mit anderen Geräuschen in der Kneipe. Die Qual der Kumpel ist schlimmer, wenn jemand über die Schreibtische wandert, seine erfundenen Liebesgeschichten verbreitet und darüber murrt, wie schlecht alles läuft. Im Gegensatz zu dem über Bars und schonungslose Atmosphären Gesagte fiel ihnen an diesem Freitag ein gut ventilierter Tisch zu und sie gingen dort vor Anker. Der Teufel erhörte sie: Bis zu ihnen gelangten die Harngerüche nicht, die sie in schlecht beleumdeten Kantinen verfolgen.

 Juan hatte sich kaum gesetzt, da rief Pedro, ohne weitere Einzelheiten zu nennen: Sie hat eine Tätowierung auf dem Schulterblatt. Wie?, fragte der Triste desorientiert. Pedro wartete einige Sekunden, streifte die Versammlung mit einem Blick, mit erhobener Nase und hochgezogenen Brauen, und sagte endlich, dass die mit einem Küchenmesser bedrohte junge Frau eine Tätowierung auf dem Schulterblatt hatte. Es machte ihm Spaß, die

Informationen tropfenweise mitzuteilen. Juan brannte das Herz. Pedro: Die Frauen provozieren, sie proo-voo-zieren, haben Sie mich gehört?, deshalb werden sie von den Männern verfolgt. Was wäre das für ein Zoo, wenn alle das elfte Gebot befolgten: Liebe die Frau deines Nächsten wie dich selbst. Aber der misstrauische Triste konnte nicht widerstehen und schnitt ihm das Wort ab: Lass diese Sauereien, Pedro, denk an wichtige Dinge, weil es nicht gerecht ist, nein, es ist schon ungerecht, das Land geht zum Teufel, der es geschaffen hat, und uns lassen sie wie die Babys den Daumen lutschen, heute gilt nur noch ein Gebot: Gewinne und lass den anderen zum Teufel gehen. Was sagen Sie dazu, meine Herren? Es ist nicht gerecht, nein, nein und nochmals nein, hier töten sie dich, um dir ein gebrauchtes Kondom zu rauben, aber das Land wird für nichts versteigert ... Jaaaaaaa, ja, es ist richtig, unterbrach ihn Pedro Blablabla, es ist richtig, und wenn du ein Auge auf die Kollegin wirfst, wirst du wegen sexueller Belästigung angeklagt. Erst gestern hat die Polizei eine Razzia bei den Huren gemacht, aber na ja, arme, traurige Huren, wenigstens stehlen sie die Steuergelder nicht, wer weiß, wie viele dies mit der größten Unverfrorenheit tun, noch ein Bier, Chef?, ja, bring einige Häppchen Ceviche und denk daran, dass du uns noch die weißen Bohnen mit Schale schuldig bist, eine Frau mit Schmetterlingsflügeln, sie hatte die Tätowierung auf dem Schulterblatt, und wenn der Typ Schmetterlinge sammelt? Mein Gott, liebe die Frau deines Nächsten wie dich selbst. Es wird gesagt, dass niemand weiß, wo das Mädchen ist, denn die Drohungen erschreckten sie. Sie hat auch Telefonanrufe erhalten, mein Gott, dieses Land geht zum Teufel.

Der Teufel würfelt, sooft er die Sterblichen zusammenbringt

Ich verstehe deine Zweifel, lieber Leser, aber es gibt nur eine Gewissheit in unserem Scheißleben: Der Teufel würfelt, wenn er die Sterblichen zusammenbringt.

Wir sind in Juans Haus.

Das Schicksal pflegt, Fallen aufzustellen, niemand weiß warum. Dulce und Juan sehen sich an. Ihre Beziehung ist unwahrscheinlich. Sie weben ein anormales Band. Eine in keinem Vertrag festgelegte Strömung der Treue nähert sie einander an. Diese Treue geht auf ihr zügelloses Interesse an der Magie des Herdes zurück, nur bezüglich der Hühnerbrühe gab es eine unangenehme Verstimmung. Sie begegneten einander in einer von der Vorsehung bestimmten Situation. Dulce trat in Juans Leben, um zu überleben, und Juan überlebt dank Dulce. Jeder versteht das auf seine Weise, weil beide die Schiffbrüche überstanden haben. Die Flamme der großen Zufälle kochte zwischen ihnen eine scharfe Brühe gegenseitiger Abhängigkeit. Sie verstehen sich, sie sind ein Liebespaar, ohne es zu sein. Sie selbst wissen nicht, was sie anzieht, ich weiß es auch nicht, aber beide brauchen sich, leidenschaftlich und gleichgültig; sie kosten dasselbe Gericht und zusammen laufen sie Gefahr, einander nahe zu bleiben. Auf dem Grund dieses Ritus spannt sich eine Kette oder besser ein Netz von Aromen und Wünschen immer am Rand der Katastrophe. Aber die Konsequenzen einer schlecht bewältigten Herausforderung erreichen sie nicht. Sie machen einfach weiter. Vielleicht erklärt die fortwährende Alchimie, durch die sich Aromen und Wünsche verbinden, das Paradox ihrer Begegnung. Juans Gefühlschaos und Dulces Verärgerungen sind keine Bagatellen und dennoch haben beide das Spiel gegen die Konflikte gewonnen.

Wenige Dinge sind nach unserem Geschmack, wenn der Teufel würfelt.

Aber der Teufel zwinkert.

Du hast es bereits gelesen: Dulce ist eine unwahrscheinliche Figur.

Diese junge Frau, schöne Göttin der Schokolade, im Dienste eines unerbittlichen Verführers, könnte nie Gefühle erwecken, die zu ernsten Beziehungen führen; und wie in einer alten Seifenoper sogar noch unwahrscheinlicher deshalb, weil sie die Aura frischen Gemüses hat und mit den Begonien spricht und mit der köstlichen Gedankenlosigkeit kocht, die nur in der Fiktion der illustrierten Kochbücher existiert. Vade retro. Unmöglich, billiger Groschenroman, es ist zu leicht, sich solche Figuren auszudenken, kein Leser würde diese literarische Naivität erlauben: Wer würde eine solche Lüge selbst in einer kitschigen Erzählung schlucken?

Auch Tolstois naive Erzählung *Herr und Knecht* ist nicht so irreal, wenn sich der Herr opfert und erfriert, um den Bauern mitten in einem plötzlich auftretenden Schneesturm zu retten. Dieses wohltätige Band hat in keiner Fabel einen Platz, nicht einmal in der Theorie von Herr und Knecht jenes nebulösen Denkers, gestorben im Jahr der Cholera in Berlin, desselben wahnsinnigen Autors, für den der Geist Gottes über die Schlachtfelder Europas auf dem Pferd Napoleons ritt, und alle stimmten zu und viele Generationen weiser und überheblicher Leser glaubten es ihm und machten ihn beschwörend Revolutionen. Nein, nein, unmöglich, kein vernünftiger Erzähler würde es wagen, eine Geschichte (nur zum Spaß?) mit irrealen Zügen zu schreiben, die von den undenkbaren Beziehungen zwischen Juan und Dulce inspiriert ist. Es gibt glaubwürdigere Geschichten: die größten Lügen, den Pakt eines verwirrten Gelehrten mit dem Teufel. Man kann an den sevillaner Mörder und Vergewaltiger Juan Tenorio und die Liebe der keuschen Donna Inés glauben, warum nicht? Und an den Wahnsinn der roten Laternen? Ich beziehe mich auf eine bestürzende kinematographische Erzählung. Am Ort der Handlung wird die Welt nach dem Willen des Hausherrn neu erschaffen, alles ordnet sich ihm unter: der Rhythmus des Lebens und des Todes, die vier Konkubinen, die Dienerinnen, die Liebe und, wenn es möglich wäre, die Zahl der Sterne. In diesem düsteren China zählt nur der Herr, was seine Stimme und Launen auferlegen, bis eine Konkubine die Regeln bricht, indem sie sich in heiliger Liebe einem anderen Mann hingibt. Vom Anfang des Filmes an fokussiert eine warnende Linse das verbotene Zimmer auf dem Dach. Die intensivste Minute spielt sich dort ab, an dem rätselhaften Ort der Strafen, wo die Wachhunde die Gesetzesbrecherin exekutieren und dem Zuschauer das Unglück anderer Frauen enthüllen, die zum Tode verurteilt wurden, weil sie sich gegen die patriarchalische Ordnung verschworen haben. Die vierte Konkubine, welche die unsinnige Liebe verraten hatte, wird wahnsinnig. In seinem geschlossenen Reich tyrannisiert der Herr sogar die Albträume. Was bleibt uns, unbeschäftigter Leser? Die Geschichte des blutigen Gottes allgegenwärtig im Schicksal eines hoffnungslosen Hauses ist wahrscheinlich, ja, einverstanden, sie sollte es sein; aber die Begegnung von Dulce und Juan nicht, sie wird es niemals sein; und ich, maßloser Erzähler, behaupte weiterhin, dass ihre einzigartige Beziehung wahr ist, ohne dass ihm der Dämom Ratschläge oder Fantasien ins Ohr bläst. Ihre gegenseitige Abhängigkeit existiert nur in der Erzählung, die du bis hierher gelesen hast, weiter nichts; und gib dich damit zufrieden, neugieriger Leser: Du wirst es schon bemerkt haben, ich wiederhole es, weil hier die Würfel gefallen sind: Dulce und Juan verdanken ihre Nähe der kulinarischen Leidenschaft.

Dieses Band zwischen zwei Personen ist weniger glaubwürdig als der Film von der Macht über Leben und Tod und als Erzähler, der dir in die Augen schaut, verlange ich, dass wir die Unwahrscheinlichkeit der glücklichen Beziehung von Dulce und Juan feiern. Zwei so verbundene Seelen sind etwas Seltenes im Leben und noch viel seltener in den Phantasmagorien der Kunst. In der Kunst sind glückliche Begegnungen langweilig; und im Leben flüchtig wie ein gutes *Soufflé*. Nachdem dies gesagt wurde, geht der Erzähler der Geschichte davon aus, dass der Leser seine Argumente beherzigt, und preist schon jetzt seine Neugier zu erfahren, was ihn erwartet, wenn er das Buch nicht an dieser Stelle schließt.

Der einzige Grund der Verstimmung ist die Hühnerbrühe gewesen. Ich habe es bereits gesagt. Eine weitere Absurdität. Juan hat es sich selbst nicht ohne Knebel erzählt. Dulce ahnt es. Es ist ein Fleck am transparenten Himmel, eine Begrenzung des Glücks. Alle anderen Rezepte sind Orte der Begegnung. Sie kommunizieren so, verbunden durch den Geruch des Brotes im Rohr kurz vor dem Bräunen, zusammen im gleichen Rhythmus kauend, die Verzweiflung des in die Pfanne geschütteten Öls hörend und selbst dann, wenn Juan Eier in Ahornsirup nach dem Rezept von Danièle brät, der wilden Dame aus Montreal, die Lyrik und Kriegsgeschichten schreibt. Manchmal bereiten sie karibische Gerichte zu. Am zweiten Samstag nach ihrem Eintritt in Juans

Welt führte ihn Dulce in die karibische Küche ein. Dulce und Juan kommunizieren miteinander dank der heiligen Kombinatorik, die den Herd in einen Voodoo-Altar verwandelt; sie fordern sich mit unerklärlichen Mischungen heraus; sie streiten sich über die Menge Ingwer. Dulce wurde für die Küche geboren und Juan überlebt auf der Suche nach dem Stein der Weisen der Aromen. Ihre Begegnung war eine alchimistische Verschwörung, eine geheime Retorte, deren Rezepte aufzuzeichnen, zu verstehen und in die Praxis umzusetzen, nur sie sich auserwählt fühlten. Nur sie? Nein, sicher nicht. Auch du, Leser, bist im Spiel, zumal du es nicht vermeiden konntest, denn du fährst fort, durch das Schlüsselloch zu spähen, das dir der Erzähler mit dem Zwinkern eines Komplizen leiht, und so erwartest du sprachlos jenes Ritual der Sinne in Juans Haus, in dessen Küche des Genusses die Engel herabstiegen, um Kaffee aufzugießen.

Aber das Schicksal ist launisch. Oder der Teufel würfelt.

Es stand nicht in der Rezeptsammlung seines Lebens geschrieben, dass der Zugang zu einem unmöglichen Geschmack und das Verschwinden der jungen Frau mit Schmetterlingsflügeln ihn rastlos quälen würden, aber so war es. Die folgenden Tage sahen ihn neue Ereignisse erleben, die hier berichtet werden, wie die Geschichte erzählt (wirklich?).

Ein neues Verbrechen verschlimmerte seine Besorgnisse.

Lucilas Telefon klingelt

Lucila lebte in seinem Fleisch. Juan erinnerte sich wieder einmal an sie und ahnte ihre weit geöffneten Augen. Das abgefüllte Wasser rief einen unstillbaren Durst in ihm hervor. Es war wieder die Meldung, abgefeuert aus unmittelbarer Nähe von dem Schirm des schändlichen Altars unserer Zeit, der sie an der Wand ihnen gegenüber hängend bedrohte. Pedro Blablabla stieß Rauch wie ein alles verzehrender Brand aus und der verbrannte Tabak fiel auf die harte Realität. Schreie, leere Gläser, schlechte Luft, alkoholische Bitterkeit beim Triste, lockeres Mundwerk, Possen und dieses Jaulen aller durch den Skandal verwundeten Stimmen. Lucila. Eine Rauchwolke mit Geruch nach Pedro verschlug ihm den Atem. *Das Telefon klingelt nachts auf ihrem Nachttisch, Lucila antwortet, aber niemand meldet sich, Schweigen, stumme Anrufe und der Verdacht auf einen tiefen Atem, langsam, Unheil verkündend, am anderen Ende der Linie, langes Schweigen, unerbittlich.* Draußen drückt ein Taxifahrer auf die Hupe, die Straße ist ein Irrenhaus voller Autos, jemand kreischt, die Gläser stoßen gegeneinander, *das Telefon klingelt unaufhörlich.* Jetzt schreien Pedro und der Triste und *die obsessive Wiederholung schlafloser Nächte geht weiter,* der Dicke der Gruppe stimmt ihnen bei: Sie sprechen miteinander, sie planen über alle hinweg mit ihrem Schwall von Worten, wie Raubvögel über den Köpfen hin und her schwebend, Gebet von Alkoholikern und gesegneter Sabber, das Taxi, obszöne Wörter und *der Verdacht eines schweren Atems am anderen Ende der Linie,* meine Herren, möchten Sie noch ein Bier?, eine schlechte Idee zu dieser Stunde, ein Geruch nach gebratenem Fisch, verborgen unter menschlichen Ausdünstungen, flieht weiterhin aus der Küche, die Motoren, hören Sie? Zu viele alkoholische Getränke und Fußball, Fußball, noch einmal Fußball, Stimmen, illustrer Wortschwall, Fußball, Fußball, die absolute Leere der Unterhaltung, Fußball, Ovid der Dichter erhob die Stimme, auf das Plasma des Bildschirms zeigend: hören Sie den Quatsch, den dieses Pack von sich gibt?, wie kann ein dezenter Mensch Anhänger dieser Mannschaft sein, mein Gott?

Lucila ...

Pedro Blablabla steigt der Tequila zu Kopf. Und in diesem Zustand eines alkoholisierten Hochgefühls betritt er die Hölle einer Lyrik des Schweinestalls, die wer weiß wem gefällt. Weil man jetzt auf der Straße umgebracht wird, murmelt er zwischen den Zähnen, und niemand einen Finger bewegt, niemand, nicht einmal die Hure, die dich geboren hat, so ist dieses Land, früher war es nicht so, aber jetzt schon, Scheißkerl, und wir wissen nicht mehr, was wir tun sollen bei so vielen Korrupten, die kommen und gehen, und schließlich, wer untersucht, was sie tun und was sie einstecken, ich sage es dir, ich Pedro, ich kündige euch heute Nacht an, dass uns der Teufel holen wird.

Lucila, ich möchte die Zunge versenken, die Lippen in dem feuchten Fruchtfleisch verlieren, fühlen, dass sich der Körper hingibt, um die Samen der Begierde zu öffnen. Lieben wir uns, Lucila, genießen wir die Leckerbissen heute Nacht. Darf ich dir ins Ohr flüstern und dich weiterhin an den Fingerkuppen neu erschaffen? Die Brise ist warm, es gibt Früchte im Garten.

Der Triste fühlte sich herausgefordert, Pedro animierte ihn immer und er konnte nicht schweigen.

„Politiker sind sie nur zum Spaß", rief ein trauriger Triste melodramatisch aus, „sie scheißen auf alles und wir lecken uns die Finger ab, Suppe, nein, keine Suppe, Wasser, das ist es, sie halten uns zum Narren mit schmutzigem Wasser und wir ... lecken, verdammt, ja, weil nichts dagegen hilft, was sagen Sie zur Wirtschaft und zu unseren Städten, die das Chaos neu erfunden haben? In eines von fünf Automobilen setzt sich ein Alkoholiker oder ein Verbrecher, die Berge rollen in Lawinen zu Tal, wenn du Fisch aus dem Golf isst, schluckst du Quecksilber, in den Krankenhäusern kann dich jeder Beliebige für immer aufschneiden und die Chefs verstecken die Scheiße wie die Katzen."

Schau mich an im Licht des Gartens, träumend an deiner Seite, Lucila, während ich Feuerlocken auf deinem Kopf zerzause, ich möchte dir Buchstaben auf den Rücken zeichnen, wende dich mir zu, dreh dich um, ich bitte dich, mach eine Geste des der Brise hingegebenes Blattes.

„Denn sehen Sie, diese Mädchen wurden ermordet und niemand untersucht etwas, ich schwöre es bei meiner Mutter, dass niemand etwas untersucht, ich sage Ihnen, in den nächsten Tagen wird eine weitere einsame Frau ermordet werden und der Hurensohn, der sie ermordet hat, wird glücklich weiterleben, man müsste Scotland Yard holen, wen zum Teufel kümmert es, wenn dich ein Lastwagen zerquetscht, die Institutionen verkommen, wir haben schon auf die Flüsse geschissen, wir scheißen jetzt auf die Wälder und die Strände, die Unfähigen, die uns regieren, trösten nur ihren Narzissmus, sie halten uns zum Narren und unsereiner hat es zu ertragen, verdammt nochmal, alle vier Jahre wählen und vier weitere Marionetten wie diese auf dieselben Stühle setzen? Eine Sisyphusarbeit."

Heute werde ich dir meine Erfindungen zeigen, ich lade dich ein, die Geheimnisse der Zunge zu trinken, wenn ich deine Brustwarzen streife, ich möchte in das grenzenlose Land deines Fleisches eingehen, Lucila, leben wir die Zeit rückwärts, ah dein warmer Schoß.

„Habt ihr das Sonntagsspiel gesehen?", fragte der Dicke. „Meiner Nachbarin hat ihr Mann die Seele zerrissen und die Rotznasen beschimpft, weil Heredia verloren hat, Scheißleben, in diesem Land nimmt montags das familiäre Chaos zu; und alles wegen unseres Fußballs von ich passe den Ball zu dir, mal sehen, ob er ankommt."

„Was willst du?", fragte der Dichter Ovid, die Silben akzentuierend. „Der Fußball ist die Zerstreuung von Huren, Klub von Unfähigen, trotz der Spieler, von denen es gute gibt. Das Stadion dient nur dazu, sich zu ärgern und der Familie auf die Nerven zu gehen. Und vor allem dazu, in der Illusion zu leben, dass ein guter Spielzug dich von den Sünden reinigt."

„Die Politik: wozu?", unterbrach der Triste wieder, „damit sie dich und deine ganze Familie zum Teufel schicken, wen interessiert dieses Land von Spielzeugherstellern einen Pfifferling? Die Devise der Politiker ist: Wenn du die Ungeschicklichkeit begehst zu diskutieren, tue es mit jemand Intelligentem: Vielleicht merken die anderen den Unterschied nicht. Wussten Sie, dass die mittelamerikanische Schweiz so schmutzig ist wie die Schweiz? Kennen Sie den Unterschied? Er ist ganz einfach: Die Schweizer verstecken die Schweinerei wie die Katzen und wir stellen sie wie die Hunde aus. Der Himmel hat uns etwas Wertvolles durch das Fenster dieses Karnevalsvereins geworfen, denn wir sind dezenter als die Schweizer: sie mit sauberen Straßen und der ganzen Scheiße der Welt in den Banken, wir mit schmutzigen Straßen und sauberen? Banken."

„Erzähl keinen Scheiß", sagte Ovid der Dichter vom Triste und seinen plötzlichen Wutanfällen gereizt, „die Schweizer verstehen es, mit Schönen und Hässlichen zu tanzen. Lernen wir, das Talent zu benutzen, verdammt nochmal. Wenn wir das Land weiter versauen, wird uns eines Tages ein kleiner tropischer Kazike hinterrücks unterwerfen."

Pedro Blablabla wollte etwas sagen, aber Álvaro hielt ihm den Mund zu.

Lucila ...

Das Telefon klingelt nachts von ihrem Nachttisch aus.

Du träumst wieder, Juan, du erinnerst dich, du träumst und ein Schauer des Entsetzens erschüttert dich.

Lucila ...

Du bist hier, Lucila, vor meinen Augen, ich vor deinen, den elementaren Genuss austauschend. Die Bilder vergehen, sie verschwimmen, nur um wiederzukehren, die ferne Lust herbeisehnend. Werde ich diese Bitterkeit der Nächte besänftigen können? Heute ist alles Abgrund, Brände, Hitze deiner brandstiftenden Hand.

Juan seufzte traumverloren.

„Wie beschissen ist dieses Land und wie schön", seufzte der Triste mit einem Anflug von Melancholie.

Du siehst aus wie ein Engel mit Regenschirmflügeln

War es eine andere Art, sich selbst zu erkennen? Don Juan der Feinschmecker musste Pedro Blablabla wieder einmal zuhören. Eine unerklärliche Trägheit ermunterte ihn, an den seelenlosen Freitagen das Glück zusammen mit dieser so uneinheitlichen Bande der Bars zu suchen. Da wir davon gesprochen haben, will ich nicht auf einer derart heiklen Angelegenheit beharren. Sicher ist, dass Juan zur Agora der Miserablen kam, sich dem Durcheinander hingab, hörte, schrie, um sich Gehör zu verschaffen, die nutzlosen Stunden vergeudete, bis er sich in seiner alkoholischen Ermattung dem Vergessen anheimgab. Seltsam, nicht?, aber so war es, was sollen wir dagegen tun? In den Zeiten globaler Unternehmen, zum Gipfel der Publizistik aufgestiegen dank seinem Talent, seiner Disziplin und seiner Ausbildung in verschiedenen psychologischen Schulen, nach einem kurzen Abstecher auf das Festland der Bürokratie, konnte er sich nicht enthalten, alte Zeiten undisziplinierter Befriedigung anzurufen. Um es ohne Dekorum zu sagen: Er liebte das wiederbelebte Chaos dieser Treffen, in dem der kosmische Mythus der ewigen Wiederkehr des Gleichen erfüllt wurde, das Vergnügen der Wiederholung: Bier, Whisky, spezieller alter Rum, Zigarettenrauch, derselbe Scheißfernseher, der überall läuft und Detritus über Bord wirft, Worte des großen modernen Haruspex, die Stimme, die bis in die Eingeweide gelangt, um das Wahre und das Falsche zu konstruieren, und auch das Radio, ja, noch einmal die ewige Wiederkehr, hitzige und inhaltsleere Gespräche über Sport, Politik natürlich, große und kleine Politik, die Politik des revolutionären kleinen Cafés, die ständigen Intrigen, und um Eulen nach Athen zu tragen, intelligente Reden über Fußball und Filmstars, um die herum die Heiligenscheine glänzen. Die Leser haben die Freiheit, mir zu verzeihen oder mich direkt zum Teufel zu schicken, wenn ich mich hier mit einem etwas naturalistischen Geschmack auf die Figuren beziehe. Zweifellos verleiht die Erwähnung von Plattitüden der Erzählung einen vulgären Anstrich; vielleicht argwöhnt der Leser, dass ich eine bestimmte Typologie der Mittelschichten verfälsche, die durch eine Identitätskrise am Anfang des Jahrhunderts desorientiert wurde und mehr als je zuvor den Schrecken der verlorenen Privilegien oder die Lüsternheit der in ihrem Schoß neu Angekommenen empfindet. Da ich fortfahren werde, auf den noch zu schreibenden Seiten von ihnen zu sprechen, schlage ich vor, uns nicht durch das lächerliche Theater einiger Subjekte einschüchtern zu lassen, angsterfüllt und nach Bier stinkend, damit beschäftigt, mit Mühe und Not die auf den Teller geworfenen Überbleibsel zu verdauen, die ihren Durst stimulieren sollen. Die Miserablen verlangten die schnelle lokale Kost und nur durch höhere Gewalt verschlangen sie das *Fast-Food-* Menü der Ersten Welt: Fett, Knorpel, Haut, Mehl und wer weiß welch andere, als Fleisch in Würsten und Frikadellen getarnte, versteckte Gewebe. Einige dieser Personen stiegen zu den Gipfeln des Weltmarkts auf, nahmen neue Gewohnheiten an, konsumierten die transnationale Kultur in ihren Erzeugnissen und atmeten neue Lüfte, aber andere verblieben in der alten bürokratischen Ruhe. Nehmen wir es nicht übel, lieber Leser, denn in dem Maß, wie wir die Ereignisse auf der anderen Seite des Türschlosses auspähen, wird der Roman seine Quellen in den Schwächen des menschlichen Geschlechts suchen und nicht so sehr in seiner Größe. Zum Unglück sind die Tugenden selten und die Laster grenzenlos, aber wir müssen diesen mehr als jenen für die Möglichkeit der schönen Literatur selbst danken. Die großen Erzählungen (und die kleinen wie Don Juan der Feinschmecker) steigen bis zu den Höllenkreisen hinab und, wenn sie aufsteigen, kommen sie mit Müh und Not durch das Fegefeuer. Dem Voyeur gefallen die Schwächen, die Niederträchtigkeiten, die Verworfenheit. Ich biete dir, lieber Leser, ein Beispiel in der Bar der Miserablen an. Der Tisch der Trinker hat sich in ein Reich der Sehnsucht verwandelt, Ausfluss alter Schweinereien, die in der Erinnerung haften. Der öffentliche Dienst ekelt einen an, rief Pedro Blablabla aus. Dein Schreibtisch füllt sich mit Papieren, die kommen und gehen. Den ganzen Tag muss man Klagen hören, Forderungen die Stirn bieten, nein sagen, denn dazu bedient man das Publikum, nein, es geht nicht, meine Dame. Aber was sagst du da?, unterbrach ihn der Triste mit einem kleinen Brüller und die Zähne zeigend, hier ist der Bürger unterwürfig dem Beamten gegenüber. Wenn er sich beklagt und Forderungen erhebt, ignoriert ihn der Beamte und noch schlimmer: mit dem allergrößten Vergnügen wird er die Papiere in die Toilette werfen. Der Triste stand auf, nahm sein Glas, um anzustoßen, und fuhr mehr im Spaß als im Ernst zu reden fort. Wisst ihr, welches die Gebote des Bürgers dem Beamten gegenüber sind? Hört, ihr Ignoranten:

Erstes Gebot: Du sollst den Angestellten im öffentlichen Dienst mehr lieben als dich selbst.

Zweites Gebot: Du sollst in den staatlichen Dienststellen andächtig sein.

Drittes Gebot: Du sollst nachgiebig und ein Märtyrer sein.

Viertes Gebot: Du sollst ihn um Verzeihung dafür bitten, dass du seine Dienste in Anspruch nimmst, denn der Beamten, gesegnet seien sie, ist das Himmelreich.

Der Triste gestikulierte und grunzte unter Kichern.

Pedro Blablabla begann zu applaudieren. Und plötzlich wurde er ernst: „Habt ihr es bemerkt?", kreischte er mit einer dramatischen Wendung auf den Tisch sabbernd. „Costa Rica ist das einzige Land auf der Welt, in dem einem Funktionär durch bezahlte Anzeigen in der Presse dafür gedankt wird, dass er seine Pflicht getan hat, und er riskiert sogar, zum verdienstvollen Bürger des Vaterlandes ernannt zu werden. In vielen Ländern schmälert Stehlen niemandes Verdienste; auch hier nicht, wie könnten wir da zurückbleiben, was zählt, ist, dass der Dieb nicht erwischt wird, damit er Verdienste erwirbt."

„Die schlechten Menschen, wenn sie gerissen sind, belohnt sogar Gott", rief der Triste.

„Sag das nicht", sagte der Dichter mit einer leichten Öffnung der Lippen, die versuchte, ein Lächeln zu sein, „denn was kann der Esel tun außer zu schreien?"

„Hier werden Löcher im Auftrag gemacht."

„Übertreibt nicht, ihr Scheißkerle, seid nicht unverschämt", rief Álvaro irritiert.

Einer verführerischen Kellnerin, die gekommen war, um die leeren Flaschen zu holen, gelang es, die ach so intellektuelle Debatte zu unterbrechen, während sie sich, die Hüften schwingend, entfernte, wohlgebaut von der weisen Natur, der Hure, die sie geboren hat, meine Herren, fuhr Pedro Blablabla fort, ich rede viel, ich rede mehr als gehörig, statt mich an den schönen Dingen zu erfreuen, kritisieren Sie, wozu Sie Lust haben, verdammt, aber hören Sie mir gut zu, ich weiß, was ich tue, in den Kneipen löst sich mir die Zunge, Juancito, und es geht mir schlechter, wenn Rafa in der Bar erscheint und sich setzt, um dummes Zeug mit uns zu reden, haben Sie es gemerkt?, er hebt die Schultern, wenn ich ihm sage: komm, komm, Alter, trink einen Schluck und höre, wozu du Lust hast, da wendet er sich ab und tut, als höre er nicht, aber er hört, der Schwindler, was für ein Scheißkerl, er sieht aus wie ein Komet mit einem Stoffschweif, Rafin, wie der prominente Bracci zu dir sagt, du siehst aus wie ein Engel mit Regenschirmflügeln, der durch diese Welt des Scheißlebens streift, heute ist er wieder nicht gekommen, wer könnte ihn am Hals gepackt haben? Pedro lachte mit einem boshaften Kichern, hören Sie mir gut zu, man braucht sich keine Sorgen zu machen, Rafa der Engel irrt durch die Bar, wie schon ein anderer gesagt hat, die Toten, die ihr tötet, erfreuen sich guter Gesundheit, letzten Endes, meine Herren, irren sich die Schreibenden fürchterlich, sehen Sie, der Scheißkerl verformt, was er hier im Flug aufschnappt. Haben Sie es gemerkt?, die Schriftsteller sind öffentliche Diener, sie schneiden dem Leser Grimassen, sie zwingen ihn zu warten, sie verstecken Information vor ihm oder übersättigen ihn mit Daten, sie verlangen von ihm, an einem anderen Tag wiederzukommen, und außerdem glauben Sie, großen Dank zu verdienen, noch ein Bier, Kellnerin, und erinnern Sie sich an die weißen Böhnchen mit Schale, die Sie mit versprochen haben. Was ich im Büro am schlechtesten ertrage, ist der Kollege, der befördert wird und den das Schrittchen hinauf schwindlig macht, man muss sehen, wie sich der Typ verändert, der Arsch steigt ihm zu Kopf, er ist ein Radfahrer: er beugt sich nach vorn und tritt nach unten, das wird mir nicht passieren, ich werde nie befördert werden. Pedro Blablabla stützt sich auf den Tisch und verbreitet mit Vitriolblick weiterhin Schweinereien, man braucht keinerlei Leistung, um aufzusteigen, verdammt nochmal, es reicht und ist mehr als genug, dem Chef in den Arsch zu kriechen, du neigst dich mit einer Verbeugung nach vorn und da steigst du auf und trittst, ich trete nicht und steige nicht auf, ich rede, rede und zum Teufel alles, denn in einer Kneipe des Abschaums zu reden lässt niemand auf- oder absteigen, ich bin fertig, ich kann schon nicht mehr aufstehen, unser armes Land, wie haben es die Politiker zu Grunde gerichtet, es war so schön, entschuldige, Juancito, aber manchmal werde ich trauriger als der Triste und nie werde ich so fröhlich sein wie Lara mit dem Gesicht eines Cherubs, den man lächelnd aus einem Wolkenbruch an der Karibik geholt hat, manchmal kommt er und spricht nicht, er setzt sich und dem vollkommen Glücklichen sprühen die Augen beim Anblick der Mädchen, aber bei anderen Gelegenheiten lässt er uns nicht zu Wort kommen. *Ich bin ernst beim Lachen, ich lächle den Frauen zu, ich verschwende Worte wie Hallo, wie geht's und träume von dem Mädchen vor dem Frühstück mit Kaffee und Sardinen* ... Seht, ihr Scheißkerle: Ich schreibe moderne Poesie.

Ich bin, beschäftigter Leser, nicht fähig, fortzufahren und diese Szene ganz zu beschreiben noch ihre Diskurse ohne Kurs; aber ich möchte dir doch berichten, dass die vulgäre Glückseligkeit der Freitage in dieser Nacht unter die Räder kam, als Pedro Blablabla mit der Nachricht des neuen Verbrechens herausrückte. Im günstigen Augenblick. Hinterlistig. Den Streich berechnend. Zu diesem Zeitpunkt war ich schon eingetroffen und sah und hörte ihn.

Wieder einmal muss ich, um deine Geduld nicht zu strapazieren, die Information beschränken, hier weglassen, dort kürzen, einigen Unsinn wiedergeben. Jemand mag sich über den mehr oder weniger verdeckten Zeugen an dem Tisch eines Trinkgelages lustig machen, wo sich zur Feier der Zeremonie des Branntweins die alten Bürokraten und das neue stolze und noch konfuse Geschlecht von transnationalen Angestellten und Unternehmeranwärtern versammeln. Zu allem Übel existiert das kriminelle Problem und man muss darauf zurückkommen, denn es spielt sich auch auf dem Schauplatz auf der anderen Seite des Türschlosses ab.

Die Taten von Don Juan dem Feinschmecker und seine Obsessionen, die Erinnerung im Geschmack der Frauen wiederzuerlangen, können dieser Chronik auch nicht zu viel Platz einräumen, außer, wenn die Staatsanwaltschaft beweist, dass Juan einerseits und die Verbrechen andererseits der Leitfaden der Geschichte seien, die beide übersteigt. Wenn sich nichts ereignet, kommt keine Erzählung voran; wenn es Juan nicht gelingt zu verführen oder wenn er scheitert, verarmt die Handlung; durch die Verbrechen wird die Intrige weitergeführt, sie beschleunigt sich; aber Vorsicht, lauf nicht zu schnell, weil uns sonst das Ende über den Haufen rennt. Wenn du jetzt auch keinen jener Wälzer liest, die von den Verlegern so geliebt werden, dieser Roman, lieber Leser, ist auch keine Kurzgeschichte.

Pedro Blablabla macht es sich auf dem Stuhl bequem, blickt die aufgedunsenen Gesichter um den Tisch an, wägt das Gewicht der Worte ab und lässt sie fallen, als bestellte er ein Bier: „Noch ein Verbrechen."
Der Fernseher hatte ein Blackout, oder so schien es ihnen. „Habe ich es ihnen erzählt? Es war in Cahuita, am Meer, im Wald. Am Anfang wurde Puerto Viejo erwähnt, aber es war nicht dort. Sie wurde erstochen. Es gibt auch keine Spuren oder, besser, doch: ein Küchenmesser. Juan, Juancito, schrie Pedro, tut es dir nicht weh? Es ist eine Verschwendung. Eine Kalamität. Es ist Mode geworden, schöne Frauen mit Küchenmessern zu töten. Meinen Sie nicht auch? Ich hätte sie gerne kennen gelernt. Das Messer ist ein schlechter Scherz, da bin ich sicher. (Wenn der Leser will, kann er die letzten Wörter unterstreichen). Pedro sah erschöpft aus, kurz davor, über dem ranzigen Fisch zusammenzubrechen. In jener Nacht war er am Anfang des Festes aufgeregt und schaute, immer musste er mit obsessiver Fixierung die Person neben ihm anschauen, er drehte sich bei jedem Satz und spuckte beim Sprechen. In jener Nacht war der Zorro der auf dem Stuhl links, ein gelegentlicher Miserabler, der jetzt häufiger erschien, welcher den großzügigen Atem Pedros empfing, den Brodem unverdauten Knoblauchs, den verbrannten Tabak, das Geschwätz eines gestürzten Diktators. Vor einem Jahr hatte er Juan schon einmal einen *Mojito* auf die Markenhose geschüttet, ach, Pedro Blablabla … und dabei hatten ihn seine Eltern bei einem, ich weiß nicht welchem, religiösen Orden studieren lassen, aber er hielt den Kampf nicht aus; und dann träumte er davon, Universitätsprofessor zu werden, armer Pedro Blablala, der mit dem schönen Gesicht und ein Idiot.

Es war schon nicht mehr sie, es war nur noch ein lebloser Körper

Ohne Energie, innerlich leer, der eitlen Welt entschlüpfend, war Juan aufgestanden, bevor die Miserablen wegtraten, und schlich sich durch den Lärm der Kneipe zum Ausgang. Wenn er die Bars mit seinen guten Freunden besuchte, ließ er das Auto zu Hause. Er zog die Taxis vor. Eine im Übrigen ausgezeichnete Idee. Der Taxifahrer – Augen und Ohren der Welt wie alle anderen – , ein skrupelloses Plappermaul, ergötzte sich an dem Verbrechen. Über dem Lenkrad hing ein kleiner eingeschalteter Fernseher. Er durchquerte die Stadt auf dem Paso de la vaca, bei Rot über die Kreuzungen fahrend, redend, gestikulierend, diesen und jenen Fußballspieler übel beschimpfend. Auf den Straßen lag so viel Müll, dass ein Bettler seinen Rausch auf einem plattgedrückten Karton zwischen Tüten und verfaultem Gemüse ausschlief.

Es wird gesagt, sagte der Taxifahrer, dass die Polizei nichts sagt, aber nicht jedermann sagt das: Diana, die mit dem Fall befasste Staatsanwältin, verfolgt die Spur des Mörders, der auch die anderen Frauen getötet hat. Erinnern Sie sich? Er sprach mit einem obszönen Ton in der Stimme. Er wurde noch nicht verhaftet, sie sammeln Beweise, die Detektive haben Informationen und sie können jeden Augenblick die Klauen in den Hurensohn schlagen, eine meiner Kundinnen hat es mir verraten, eine Justizangestellte hat es ihr erzählt, eine Freundin des Boten, der für Dianas Büro arbeitet, der Staatsanwältin, die mit dem Fall befasst ist. Ich sage Ihnen, mein Freund: Diese Frau ist ein Polizeihund, ihr entkommt niemand.

Das Chaos dringt mit einem plötzlichen Fäulnisgestank durch das Fenster des Taxis. Bestimmte Straßen San Josés fühlen sich zu dieser Stunde traurig an, trauriger als je zuvor. Tagsüber sind sie schmutzig und chaotisch; in der Nacht verlieren sie die Scham und überall tritt eine schlüpfrige Atmosphäre zutage. In San José ist die Frechheit die Mutter des ungehörigen Benehmens.

Don Juan der Feinschmecker war verstört. Die jungen

Frauen begleiteten seine Wünsche, in gewisser Weise gehörten sie ihm an, hatten Anteil an seinen Träumereien. Das Schicksal verabreichte auch ihm einen Schlag. Mit ihnen, mit ihren Phantomen und ihrem Geschmack hatte er das Glück wiederfinden wollen, das vielleicht einmal in der Vorgeschichte seiner Erinnerungen existierte. Niemand kann in der Seele die Gewalt ohne Begründung ertragen, auch wenn die Begründung falsch ist. Er denkt an Marilis. Die unergründlichen grünen Augen, das Haar aus hellen Maisfäden und diese rätselhafte Gleichgültigkeit im Gesicht verliehen ihr eine mit keiner anderen Frau vergleichbare Anziehungskraft; aber nicht nur diese verstörenden Züge bestimmten seine Fantasien. Durch die Begegnung mit ihr kehrte er zu den Quellen des Salzwassers zurück; sie zu begehren, war, musste ein Bad in der Alchimie des Meeres sein, ein bestimmtes wiederholtes und tumultuöses Kommen und Gehen und mehr noch der verzweifelte Ritus, um die Formel der ursprünglichen Liebe zu finden. Die Lust wurde an der Karibik gekocht, bewacht durch die in den Bergen sterbende Sonne. Danach öffneten sie gemeinsam die Seiten eines glühend heißen Buches, um Rezepte für saftiges Fruchtfleisch zu suchen. Zum Unglück blieb von dieser unmöglichen Begegnung mit Marilis nur die unvollständige Rückkehr zu den Quellen, die elementare Kostprobe des Kochens. Marilis hatte sich mit einem Messer im eigentlichen Zentrum seiner Wünsche verunstaltet. Sie wurde am Morgen gefunden, aber es war schon nicht mehr sie, es war nur ein lebloser Körper.

Juan bat den Taxifahrer, die Route zu ändern und auf den Berg zu fahren. Als er das Zimmer betrat, erschrak Dalila, aber sie schlief weiter. Ihr Dornröschenlächeln zeigte einen unergründlichen Willen.

Diana und das absolute Böse

Sollte es möglich sein, das Böse zu erklären? Diana war unbeugsam in ihrem Reich der Ungewissheit. Wenn sie einen Fall untersuchte, beharrte sie darauf, ihn zu verstehen, will sagen, sich nach dem Verbrechen und dessen Natur zu fragen. Zweifellos hieß, sich durch solche Rätsel zu zerstreuen, mit dem Kopf gegen eine Wand zu stoßen, aber sie war immer hartnäckig und natürlich hinderte sie niemand daran, sich bei ihrer Arbeit mit metaphysischen Fragen zu zerstreuen. Auch wenn sie spöttisches Lächeln hervorrief, wich sie nicht zurück. Wenn das Thema unter Kollegen der Justizbehörde auftauchte und wer weiß wo sonst noch, sagte sie: Das Böse existiert, aber wir kennen es nicht. Im Grunde sträubte sie sich dagegen zu akzeptieren, dass nur die Götter das Böse verstünden, wie sie ihrem Assistenten mit einer religiösen Anspielung sagte, die ihr gelegen kam, um ihren kritischen Instinkt zu beschwichtigen, wenn auch nur, um sich bisweilen zu beruhigen. Sicher hatte sie bereits das Geschwätz eines Kollegen gehört: Warum vergeudete sie die Zeit mit so absurden Fragen, wo doch ihre berufliche Pflicht das Irdischste auf der Welt war? Während sie ihre Arbeit machte, wandelte sie auf derselben Erde, auf der die Mörder kommen und gehen, sagte ihr der Kollege. Niemand zahlte ihr ein Gehalt, um die Zeit mit Themen der Kirche zu verschwenden. Trotz des Spotts verfolgte Diana weiter ihren Weg; sie konnte und wollte es nicht anders. Hätte sie es gewusst, hätte Diana zwei Seiten darüber gelesen, hätte sie sich von einem über jeden Zweifel erhabenen Sünder begleitet gefühlt, der ihr in ihren Ängsten voranging: Auch Augustinus, der afrikanische Heilige, hatte sich vor vielen Jahrhunderten das Gehirn zermartert, als er versuchte, das Böse im göttlichen Werk zu verstehen. So sagte es ihr ein Freund, der gelehrte Fernando Leal, ein etwas ungläubiger Philosoph des Glücks. In Ermangelung dieses alten autorisierten Leitbilds, das zu kennen ihr auch nicht genützt hätte, kehrte Diana immer wieder zu der Frage nach den bösen Absichten und Taten zurück. Wenn sie Extreme unerträglicher Reflexionen erreichte, sagte sie sich schließlich, dass das Böse unbegreiflich ist, irritiert, weil sie sich mit den Grenzen der elenden menschlichen Vernunft abfinden musste. Zu diesem Zeitpunkt, nach langer Diskussion, verstummte ihr Assistent. Oft kam sie auf einem anderen Weg zu dieser Frage: Wie kann das Böse in einer Welt entstehen, die Gott geschaffen hat, der allein deshalb das absolute Gute sein sollte? Ihr Glaube wankte täglich stärker unter dem Gewicht dieser unbeantwortbaren Obsession. Wenn man von der Annahme eines einzigen und guten Gottes ausgeht, des Schöpfergottes aller Wesen, und sich fragt, wie das Böse entsteht – dieser Wurm, der das Herz zerfrisst –, findet man nirgends eine Antwort. Die perversen Handlungen sind unbegreiflich, unlösbar in einer geschaffenen Welt. Gott könnte das Böse nicht wollen und, wenn er es gewollt hätte, wäre er ein böser Geist, ein infamer Erfinder von Schwindeleien. Auch sagte sie sich: Da das Böse existiert, existiert Gott nicht.

Einige Gläubige, durch den allerhöchsten Finger zu Boden gedrückt, geben sich mit so absurden Dogmen wie der Prädestination zufrieden. Für sie ist die Sauerei, welche die Welt erniedrigt, unerklärlich. Nur die Gnade Gottes macht selig ... *sola gratia*. Glaube es und du wirst Frieden finden. Diana war nicht naiv und verschanzte sich deshalb nicht hinter einem solchen Selbstbetrug.

Ein mörderischer Schachspieler, sonderbar, einzigartig, konfrontierte sie wieder mit seinen orientierungslosen Dämonen. Die Presse berichtete über ihn, während Diana die größten Zweifel plagten. Jener im Reich des Bösen unerwartete Mann nahm sich vor, die 64 Felder des Schachbretts mit Leichen zu besetzen. Ihm fehlte ein Verbrechen, um seine Phantasmagorien zu erfüllen, oder ein Feld blieb ihm leer und er wurde gefasst. Diese Leerstelle, das heißt, auf das Schachmatt zu verzichten, war vielleicht absichtlich. Er überredete die Opfer, ihn zu begleiten, um auf seinen toten Hund zu trinken, den er mit heftiger Liebe liebte. Im Park angekommen, tötete er sie. Er mordete zum Vergnügen, er spielte, einen Hammer benutzend. Raskolnikow hingegen, der unglückliche Antiheld, tötete die alte Wucherin aus Sankt Petersburg mit einer Axt. Was bei dem Schachspieler die größte Neugierde weckt, ist das Ende, nachdem er das Feld Nummer 63 besetzt hat. Das letzte Opfer hinterließ, bevor es zu ihm ging, seiner Familie eine Notiz, die angab, wen es treffen würde; der Mörder wusste das. Dank dieser so genauen Angabe würden die

Schnüffler der polizeilichen Ermittlung seine Schritte verfolgen. Er selbst brachte sie auf die Spur, er ließ sich verhaften. Er wollte für seine Bosheit werben: Das ist keineswegs merkwürdig: viele Mörder tun das. Wie die erste Liebe ist das erste Verbrechen unvergesslich, sagte er; und er sagte auch, ohne Morde zu leben, sei wie, ohne Nahrungsmittel zu leben.

Lieben, essen, töten: das extreme Böse vereint sich im selben Ritus mit der Liebe.

Diana würde wütend. Natürlich konnte sie diese hedonistische Erklärung des Verbrechens nicht akzeptieren. Aber sie bekräftigte ihre metaphysischen Zweifel; mehr noch: Diese nach einem mathematischen Plan organisierten Verbrechen nährten ihren Skeptizismus. Bis dahin kann Gottes Gnade niemals gelangen. Also ist die Welt absurd.

Die Diskussion mit ihrem Assistenten, der sie auf den mörderischen Schachspieler aufmerksam gemacht hatte, ließ sie erschöpft zurück.

Die Stunde des Überfalls

In dieser Nacht starben sie vor Langeweile, es fehlte ihnen aber nicht an Lust und Laune, über die Welt herzuziehen. Es ist unnötig zu sagen, dass die Miserablen immer kreativ waren, wenn der Gesprächsgegenstand die Freuden versprach, über das unmögliche Weibliche zu sprechen. Diesmal erwähnte Pedro etwas anderes. Um 20.36 Uhr konzentrierte sich sein illustres Blablabla auf ein Programm über Taschendiebe und Räuber, das er vor wenigen Tagen im Fernsehen gesehen hatte, in dem der Sprecher, zum Wohl der armen Opfer, die besten Verfahren schilderte, deren sich die Diebe bedienten, um Hindernisse zu überwinden und sich den Objekten ihrer Habgier zu nähern: über einen Zaun springen, Türen geräuschlos mit Draht öffnen; er erwähnte auch die dazu geeignete Stunde und wie die eines Diebstahls werten Gegenstände auszuwählen seien. Pedro sah sich um und senkte die Stimme. Zur Stunde des Überfalls, sagte er, als sagte er zum Nachmittagstee, zur *Happy Hour,* zur Stunde der Drinks (entscheiden Sie), hofft der Räuber, jemand im Haus anzutreffen, der sagt, wo der Safe und andere Wertgegenstände und Juwelen sind. Lernen Sie, Miserable, sagte er, die Stimme weiter senkend: Man muss die Waffe hinten tragen, im Hosenbund steckend. Das Messer darf weder sehr groß sein, damit es nicht störe und nicht sichtbar sei, noch sehr klein, damit es sich nicht als unnütze Waffe erweise. Wenn der Räuber eine Weste trägt, kann er es besser verstecken: Pedro sah Juan mit einer subtilen und boshaften Geste an und machte eine bei ihm seltene Pause, denn er suchte nach Worten und erzählte freudig die Geschichte, die so weiterging: Es war sehr drollig, den Bösewicht zu sehen, wie er mit Schreien zwei Personen einschüchterte, in die Enge trieb und sie in einer Ecke des Wohnzimmers niederknien ließ, indem er sie mit einem Revolver bedrohte. Pedro Blablabla sah das stolze Publikum der Miserablen wieder an, seine Wirkung abschätzend: Man darf die Gesichtsmaske nicht vergessen und muss einen Stoff aussuchen, der nicht zu sehr wärmt, das Gesicht gut versteckt und nicht nach unten rutscht, denn ein gut bedecktes Diebesgesicht ist mehr wert. Es lebe das Fernsehen, wie es den Unwissenden unterweist, schrie er sich verschluckend, wunderbar, wunderbar.

Juan in seinem Büro

Am Ende des Arbeitstages schließt Don Juan der Feinschmecker einen weiteren Lebensabschnitt und öffnet sich der Welt. PubliServ zu verlassen, bedeutet Freiheitsfantasien zu spinnen, denn er ist Herr seiner Parzen, sogar in der unverkäuflichen Luft von San José.

Juan sieht auf die untergeordneten Mitarbeiter herab. Wir wissen seit Langem, dass er eine hohe Position im Unternehmen einnimmt. Er besitzt auch ein gutes Aktienpaket. Sein Werbegenie hat ihn reich gemacht. Heute erinnert er sich gleichgültig an seine kurze Zeit in der öffentlichen Verwaltung vor dem großen Sprung: Er wurde stellvertretender Leiter in der Kette der Direktionen und bürokratischen Verzweigungen, wo die Befehle sich auf dem Weg nach unten verdünnen und die Anliegen der Bürger, wenn sie es schafften, den steilen Hang der Dienststelle hinaufzusteigen, sich durch Entkräftung erschöpften. Die Ruhe des Angestellten im öffentlichen Dienst begann in den letzten Jahren durch das Vorgefühl einer Bedrohung erschüttert zu werden. Juan erinnert sich einen Augenblick daran und vergisst es. Ich bin rechtzeitig gegangen, sagt er sich und lächelt.

Sein Schreibtisch ist selbstverständlich kein ungastliches Feld: es ist eher das Reich der kleinen Wonnen. Er hilft zum Beispiel in Notfällen: In den oberen Schubladen bewahrt er unter Verschluss gastronomische Kuriositäten und Büchlein mit Gedichten auf. Sein Büro verwahrt auch die Instrumente des Glücks. Er ist immer vorbereitet und bereit zur Liebe. An seinem Schlüsselbund hängt ein glühender Schlüssel. Damit öffnet er das Schloss der Genüsse: Rechts in der unteren Schublade ruhen sechs Weine von guter Herkunft für die Notfälle, einige Konserven und die besten Photographien: illustrierte Rezepte, Bilder der Erinnerung, begierige und begehrenswerte Frauen. Die Frauen ziehen ihn durch die Augen an, er klassifiziert sie nach ihren kulinarischen Vorlieben und liebt sie durch den Geschmack, den sie hervorrufen. Das Aroma interessiert ihn nicht noch die Parfums.

Er fordert nur einen sauberen Geruch nach frisch gewaschener Haut. Für Don Juan den Feinschmecker bedeutet riechen, wie wir bereits wissen, schmecken, nachschmecken, lecken, das Wasser im Mund zusammenlaufen lassen, den Geschmack auf der Zunge zurückbehalten, auf den Lippen, den Gaumen sättigen, die Geschmackspapillen befreien, riechen ist sogar kauen. Ach, Herr der Martyrien, wie gut schmecken dir die Liebesabenteuer.

Juan sammelt Reliquien, aber er liebt auch neue, im Schöpfungsplan nicht vorgesehene Genüsse.

Ich bleibe der König

An jenem windigen Freitag sahen die Miserablen wie sehr ernste Herren aus, niemand weiß warum. Die Bar war fast leer. Eine Kellnerin lehnte abgespannt an der Küchentür, den Fernseher blicklos ansehend. Irgendein Sender übertrug die Endphase eines Spiels, bei dem die Spieler Raubtiere sind, die hinter einem Ball herlaufen, der nicht wie ein Ball aussieht, und sich am Ende gegenseitig zusammenhauen. Pedro sagte kein Sterbenswort, aber plötzlich machte er den Mund auf, verärgert über so viele Minuten, ohne seine Zunge zu betätigen, und ohne Motiv, davon zu sprechen, sagte er, dass ihm die schöne junge Frau nicht mehr gefalle, mit der er letzte Woche angegeben hatte. Die Übrigen zuckten mit den Schultern. Was soll's, sagte der Triste, ohne große Lust, etwas zu sagen.

„Ich habe sie zum Teufel geschickt."

„Aber wieso, sie hat dich doch um den Finger gewickelt?", murmelte Álvaro, ohne seine Lustlosigkeit zu verbergen.

„Ich habe ein Motiv: Sie ist darauf verfallen, Coelho zu lesen."

„Welch echter Macho!", schnitt ihm Ovid der Dichter das Wort ab.

„Man hat das Recht, alles zu lesen, aber nicht Coelho", antwortete Pedro Blablabla, ein wenig Würde suchend. „Das geht zu weit."

„Hört den Herrn Blablabla an", rief der Triste von der anderen Seite des Tisches und begann zu applaudieren. „Zum ersten Mal in meinem Leben bin ich mit ihm einverstanden."

„ Purer Machismo *mit Prädikat*, dem auch nicht die *appellation contrôlée* fehlt", fuhr der Dichter mit einem feinen Lächeln fort.

„Ich kenne das, verdammt; du nicht", sagte Pedro mit feuersprühenden Augen.

„Was meinst du? Das Herz des Machos ist perfekt, es genügt, dich zu sehen, Pedro. Du musst mit ihm wie mit einem Stier kämpfen, aber ohne dich seinen Hörnern auszuliefern. Der Torero ist dem Stier überlegen", und er fügte lächelnd hinzu:

„ – wenigstens glaubt das der Mensch, ohne den Stier zu fragen."

Ovid fühlte sich inspiriert, von hinreißender Kraft, und fuhr mit einem Lächeln im Ernst und im Scherz redend fort:

„Man braucht viel Disziplin, Reflexion, Kenntnis dieses unnützen Dinges, das wir menschliches Wesen nennen, um den Scheißmacho zu betäuben, der niemals schläft. Die Dummköpfe, diese Idioten, die nur in den Spiegel schauen, um sich zu loben, sind mit ihrem inneren Ungeheuer sehr zufrieden, denn so befriedigen sie sich, ohne etwas dafür zu geben. Deshalb machen sie sich Mut mit der Hymne auf den Macho und singen glücklich: *Mit Geld oder ohne Geld bleibe ich der König.* Einige Frauen applaudieren ihnen. Habt ihr gehört?"

„Aber den Macho kannst du niemals ganz töten", erwiderte der Triste, der zu diesem Zeitpunkt schon wacher war. „Ihn aus der Welt zu schaffen, ist unmöglich. Man muss ihn trainieren, zähmen, ihn auf deine Seite bringen."

„Redet keinen Scheiß", explodierte Albino, sich mit Schreien Gehör verschaffend, „Macho ist derjenige, der glaubt, die große Liebe der Frau zu sein, die er zu erobern glaubt."

„Haltet den Schnabel, ihr Hurensöhne", kreischte Pedro verletzt.

„Ein verletzter Macho kann zum wilden Tier werden", sagte Ovid, dessen Ärger ignorierend.

„Das glaube ich sofort;", kreischte echoend der Triste, „und auch eine in ihrer Weiblichkeit verletzte Frau."

„So ist es, Pedro, auch wenn deine Wut berechtigt ist."

„Aber sie ist es nicht", sagte der Triste. „Kein Macho ist gerecht."

Ovid schloss die Debatte ab:

„Hört endlich auf, Unsinn zu reden. Die Machos, die zu große Machos sind, verbergen in ihrer Dummheit zu viel Scheiße, die sie im Inneren tragen."

Der Charme des Verführers

Die günstige Gelegenheit kommt immer unerwartet, außerhalb des Terminkalenders, wenn die Sonne am heißesten brennt und wir sie nicht am Schopf packen können, weil sie fliegt und flieht oder wir die Hände voll haben. Aber manchmal hilft uns ein von den Göttern gesandter Umstand zu improvisieren. Es sollte uns nicht überraschen, wenn das plötzliche Auftauchen eines seines Blickes würdigen Gesichts irgendwo, im Café an der Ecke, auf den Straßen der Stadt unserem Helden den Atem verschlägt. In dieser goldenen Sekunde gibt sich Don Juan der Feinschmecker der Macht seiner unverantwortlichen Hormone hin, sieht den Körper, der sich in der Menge bewegt, und läuft von seinen Raubtierinstinkten unterworfen los. Es ist kein Zufall, ihn hinter Traumbildern her hecheln zu sehen, eine wachsame Raubkatze, trüben Glanz in den Augen, ohne ein einziges Blinzeln, das den Blick trüben, aber mit vorweggenommenem Genuss, der seine Lippen befeuchtet. Die Frau in Bewegung ist abgründig, Völlerei, Einladung zum Bankett, wo alle Reden gnadenlos den Geschmack loben. Danach streift er sehr konzentriert herum, das Liebesroulette ausspähend, wieder mit versonnenen Pupillen, mit geblähten Nasenflügeln, denn plötzlich kreuzt seinen Weg ein spröder Körper, der sein Parfüm schweben lässt. Juan ist ein Tier, immer wachsam, um diese Veränderung zu bemerken und aus der nächsten Gelegenheit Vorteil zu ziehen. Nein, Juan verliert keine Zeit, obwohl seine Avancen manchmal scheitern. Warum? Vielleicht schleicht sich eine verborgene Brutalität in den Charme des Verführers ein. Diese Gewalttätigkeit überwindet Hindernisse, aber Juan verzichtet auf die Liebe, wenn sie seine Genüsse nicht wiederbelebt. Deshalb kann der Verführer die verpassten Gelegenheiten aufzählen – er gesteht es nicht ohne Wut –, aber er besteht auf einer Regel: Immer ist es notwendig, die Augen zu öffnen und zu suchen, bevor man eine Sache verloren gibt. Und dennoch ...
 Dennoch entsetzt die Ambiguität den Verführer.

Das Schlimmste in seinem Leben ist eine halbdunkle Antwort: Das eingeborene Nein und Ja, das Ja, das zum Nein wird, das gesagte Ja, das nicht Ja bedeutet, wenn es die Dame der schlaflosen Nächte sagt, aber im Ja lauert die (Ent)Täuschung. Dieses verfluchte Spiel lässt den Verführer verzweifeln, zieht ihm den Boden unter den Füßen weg, lässt ihm das Dach erbeben, beugt ihm die Wände, gräbt ihm eine Wunde in die Brust, die nicht heilen kann. Umgekehrt ist es egal: Wenn er nein sagen hört, weiß er, dass das Nein ja sein kann. Die unendliche Macht der Verführung besteht darin, ein Nein in ein Ja zu verwandeln. Nichts ist einfacher als das. Aber welch Entsetzen, wenn das Umgekehrte passiert, denn die unendliche Macht stürzt zusammen wie ein Kartenhaus, wenn der Verführer ein Ja für eine spätere Gelegenheit hört, die nächste, die nie kommen wird.

Ja und nein. Ja, nein.

Das passierte ihm mit Piel Canela.

Wenn man Don Juan dem Feinschmecker die Rezepte verweigert, kommt er um, seine Seele verzehrt sich, er leidet: ja, nein, ja, nein, hungrig und verwaist.

Ja.

Nein.

Juan hatte den Eindruck, dass er beobachtet werde. Es geschah manchmal. Er fühlte sich beunruhigt. Man beobachtete ihn andauernd, aber er konnte nicht feststellen, wer es tat, noch wo die elektrische Emission entstand. Die Blicke lasten schwer, sie gleiten dir über den Rücken und, am Kopf angekommen, ist es zu spät, um zu reagieren: Dort haftend, sind sie eine unwiderstehliche Umarmung, sie beginnen, dir die Haare sträuben zu lassen, deinen Nacken zu streifen. Als Gegenstand dieses Raubes, drehst du dich um, um den Jäger zu ertappen, der die visuellen Pfeile auf dich schießt, du suchst und es ist vergeblich, du findest nichts und niemand verrät sich, nicht ein Schatten bewegt sich, die Welt bleibt weiterhin diese tausendköpfige Hydra. Am Samstag spaziertest du durch eine dieser neuen kommerziellen Einrichtungen, die Tag für Tag das auf Konsum ausgerichtete Delirium verstärken und dir das Leben mit nutzlosen Kuriositäten vollstopfen. Die Vorsehung hatte deine Begegnungen in den gastronomischen Geschäften organisiert, während du dich in der obszönen Warenwelt berauschtest. Das Einkaufszentrum brodelte in deinem Rücken. Du warst vor einem Schaufenster, die neuen aus Frankreich importierten Lebensmittel genießerisch vorkostend: plötzlich fühltest du das Gewicht auf dem Kopf, an der Seite. Aber diesmal war es nicht die beunruhigende Empfindung dessen, der sich vom bösen Blick durchbohrt fühlt. Sie war jung. Ihr Blick hatte dir die Haut verbrannt, das Fleisch, den Schädel, deine Neuronen mit dem Hauch eines plötzlichen Glücks entzündet. Sie wandte die Augen nicht ab, als du dich umdrehtest und sie betrachtetest, lieber Juan der Feinschmecker. Der Held starrte sie unverwandt an und lächelte. Über den ersten Schreck hinaus fühlte Juan etwas, er glaubte, sie schon einmal gesehen zu haben, ein verlorenes Zeichen sprach in einem Winkel seines Gedächtnisses von ihr, ja, es war ein verschwommenes Bild, ein ungenaues und beständiges Profil. Aber dieses Déjà-vu bedeutete wenig. Ein verstörender Geschmack war in ihn eingedrungen und das Kochbuch seiner Schwächen öffnete sich wieder.

Sie hatte kaffeebraune Haut wie Zimt, große helle Augen und zarte fleischige Lippen, die zu den Gelüsten der ganzen Welt einluden. Ihre Stimme war ein Kochbuch: süß, sauer, scharf, Herberge der irdischen Gewürze. Manchmal versprach sie einen glühenden Grillrost; manchmal einen Kräutertee, um den Körper in den kalten Nächten zu befriedigen. Piel Canela war eine Speisekammer geheimer Köstlichkeiten: so bot sie sich Juan dar und so stellte er sie sich vor, da es die einzige Art der Vorstellung war, die er kannte. Die Zutaten erwarteten ihn in ihrem Wandschrank kühler Halbschatten; man brauchte sie nur zu kombinieren und das Gericht zu kochen, um wenigstens einmal bei der Wiedereroberung verlorener Genüsse zu triumphieren. Der gedeckte Tisch ruft dich (deine Illusionen gehen durch), Piel Canela bittet dich mit einem Lächeln, dich zu setzen, bei den Tellern belüftet sich ein Bordeaux, es ist Essenszeit, das Fleisch ruft von der Bratröhre aus. Juan spricht zu ihr, Piel Canela lächelt ihm zu. Juan aktiviert seine Verführungstechniken. Piel Canela lächelt ihm wieder zu. Der Dialog ist banal, aber voller Geheimnisse. Die Blicke glänzen. Juan fühlt sich glücklich und genießt sein bestes Rezept, als der Abend hereinbricht, es ist Zeit zu gehen. Piel Canela hat eine berufliche Verabredung. Juan versteht, leidet, aber er blickt nach vorn, in die Ferne, und träumt von den kommenden Umarmungen. Piel Canela lächelt ihm zum letzten Mal zu, bevor sie sich mit feuchten Augen verabschiedet. Juan sieht sie, erwidert das Verlangen und ist voller Freude. Sie verabreden, sich genau dort wieder zu treffen, vor dem Schaufenster mit französischen Spezialitäten. Am Samstag würden sie zu Abend essen.

Juan lächelt siegessicher. Der Himmel gab ihm das Zeichen für eine neue Gelegenheit.

Und am Samstagabend kommt Piel Canela nicht.

Beschämender Sieg.

Das Telefon muss oft klingeln. Endlich sprechen sie miteinander. Juan lässt die Beute nicht fahren. Piel Canela wird ihn am Sonntagabend im Taller del Artista in Tres Ríos erwarten. Ihr von der Vorsehung bestimmtes Abbild verschwimmt mit einer sehr kalten *Margarita* auf den Lippen. Der Abend bricht herein. Im Hintergrund erhebt sich die Gebirgskette der Carpintera. Juan rennt, von seinen eigenen Versprechen erregt, aber Piel Canela kommt wieder nicht und der Verführer bleibt am Geländer stehen, verdutzt die Berge betrachtend, ohne den Gruß von Cali, dem Eigentümer, zu beachten. Wieder Telefonanrufe. Am Sonntagabend leert Juan die Batterie, während er im Guarco-Tal umherstreift. Endlich vereinbaren sie, sich am nächsten Mittwoch zu sehen und zusammen zu Abend zu essen, vielleicht mexikanisches Essen, obwohl in einer Liebesnacht mexikanische Restaurants in San José zu suchen, die Kuriosität eines Groschenromans ist. Wie kann man in ein anderes Lokal gehen, wenn Piel Canela chiles en nogada will? Juan fühlt wieder Sehnsucht. Er nimmt die Genüsse vorweg. Piel Canela erklärt ihm, wie sie den Teig knetet oder die Techniken, um den geschmacklosen Truthahn zu würzen. Durch sie wird er mit der Marmelade aus Rosenblütenblättern vertraut gemacht, der sie den letzten Schliff verleiht, indem sie Pektin und einige Stücke von sauren Äpfeln hinzufügt. Piel Canela knetet auch den Blätterteig des *Apfelstrudels,* geben Sie Acht, die Temperatur der Hände darf nicht zu sehr schwanken, man muss mit regelmäßigen Bewegungen kneten, Juan träumt von Liebkosungen, Piel Canela reicht ihm dampfende Gerichte und sieht ihn mit vor Wollust feuchten Augen an, das glaubt Don Juan der Feinschmecker, das Wasser läuft ihm im Mund zusammen, Juan seufzt, das Ja feiernd, das ihm den Schlaf raubt.

Als nach so viel Träumerei der Mittwoch der Unbarmherzigkeit kommt, wartet Juan hoffnungslos an einem Tisch mit zwei Gedecken und einer kalten Tortillas-Brühe, beim trostlosen Schein einer Kerze, die so erlischt, wie sich seine Seele in das Glas ergießt, das voll von Verwünschungen des frustrierten Machos ist. Schönes Leben, Scheißleben. Ist es nicht Juan, dem seine Kameraden den Spitznamen Don Juan der Feinschmecker gaben? Ärgert ihn nicht Pedro mit kleinen Scherzen, weil Juan die bevorzugten Speisen der Frauen zubereitet? Er wäre glücklich, wenn er sähe, wie der Herd an- und ausgemacht würde. Er würde schon in der Bar beim Erzählen seiner Missgeschicke lachen, wenn er dazu käme, sie zu erleben.

    Ein weiterer Telefonanruf.
    Könntest du früher kommen?
    Auf einen Kaffee?
    Ja, gut, ein Kaffee, ein Cappuccino.
    Um vier im Taller del Artista. Diesmal bestimmt.
    Oder um diese Zeit lieber einen *Irishcoffee*.
    Es gibt auch Gebäck.
    Es ist vier Uhr Nachmittag im Café an der Carpintera, angenehme Temperatur. Piel Canela kommt und setzt sich. Juan betrachtet ihre Arme karamellisierter Milch, die kurzen Haare, die hellen Augen. Ein Kuss auf die Wange. Zärtlicher Blick ohne Vorwürfe. Zwei Ausrufe darüber, wie angenehm es hier sei. Die Temperatur ist angenehm. Ein Kaffee, ja, na klar, und ein Glas kaltes Wasser. Und so, ohne dass es gepasst hätte, begann Piel Canela eine schelmische Plauderei über die Schwierigkeit, gute Leinenblusen zu finden. Die Illusion von Liebe, die noch zu erfinden ist, verzeiht jede Unbarmherzigkeit, und Juan ist seit Langem Experte für Damenbekleidung. Selbstverständlich erregen die Kleidungsstücke der Frauen keine fetischistischen Wünsche in ihm. Aber er interessiert sich wegen seiner Arbeit bei Publi-Serv dafür. Er musste sich darüber in den Tagen des verrückten Projekts mit Flor Salvaje gründlich informieren. Jetzt plaudert er über Moden, das schon, und verbirgt sogar sehr gut sein Entsetzen, als er auf *Hola, Vanidades, Perfil, Cosmopolitan* und *Vogue* und ähnliche Traummaschinen anspielt, wo sich die Chimären des weiblichen Verlangens mittels der Werbung treffen. Um unserer Regel der Wahrscheinlichkeit in der Erzählung treu zu bleiben, nur die gastronomischen Moden wecken Juans Interesse und da, in diesem Gravitationszentrum, konnte er voll mit den Frauen, denen er begegnete, übereinstimmen. Aber er musste seine fundierten Kenntnisse über Leinenblusen ausbreiten, obwohl er es vorgezogen hätte, mit Piel Canela etwas so Unwichtiges wie die

Variationen des Geschmacks in Nordamerika zu kommentieren. Und es ist schon eine alte Geschichte zu sagen, dass seit dem Ende des Jahrhunderts zum Beispiel die Aufmerksamkeit sich der toskanischen Gastronomie zugewandt hatte, nach langen Jahren der provenzalischen Sehnsucht. Er fühlte sich von *Versace*-Kleidern sprechend als Heuchler, wenn seine Leidenschaft ihn zu Liebkosungen drängte, zum Schweigen, zum kleinen Skandal von mit einem *Prosecco* befeuchteten Lippen.

Aber nein, Juan, beunruhige dich nicht. Piel Canelas Worte und besonders ihre Haltung, ihre Hingabe, ihr Körper voller Jas zermürbt deine Seele, ja, ja, ja, wir müssen uns darauf verständigen, gemeinsam nach demselben Rezept zu kochen, fehlt nicht ein guter Herd?, du kannst bereits die Liebesdinge regeln, schon dringt der wilde Thymian in dich ein. Ja, ja, ja, im Taller del Artista ist alles ja, und ohne Vorwarnung steht Piel Canela auf und verabschiedet sich. Sie muss früh gehen und sagt mit einem Wangenkuss Adieu. Aufgeregt durch die angedeuteten Versprechen bleibt Don Juan der Feinschmecker allein zurück. Am folgenden Tag wartet er vergeblich bei Giacomin, nach einem Anruf, der die Belohnung für die Geduld bot. Zwei Tage später wurde er in Casa 927 versetzt. Und am Wochenende in Multiplaza, wohin er selten ging. Schließlich kam sie auch nicht zu La Verbena, noch zu einem anderen verdammten Ort, den vorzuschlagen ihr in den Sinn gekommen war.

Piel Canela bot immer ein Ja an, das nie zu Ja wurde.

Juan hingegen wiederholt für sich jeden Morgen beim Aufwachen zum Spiegel sprechend: Beharren, durchhalten, niederreißen, widerstehen oder sterben: das sind die Verben der Liebe und auch des Kampfes.

Als einsamer Adler ängstigt sich Don Juan der Feinschmecker nicht. Er misst weiterhin die Entfernungen mit immer schärferem Blick. Jeder Tag ist ein neuer Tag, ein weiterer Tag des Beutemachens oder der Traurigkeit. Obwohl die günstige Gelegenheit immer unangekündigt kommt.

Zwei verachtenswerte Szenen

Auf dem Schreibtisch lagen mehrere Akten. Diana machte es sich auf dem Stuhl bequem und begann, eine Handvoll Photographien in einen Umschlag aus Recyclingpapier zu stecken. Ihr Assistent sah sie erschöpft an. Sie hatten diskutiert oder machten wenigstens den Eindruck, eine lange Konversation hinter sich zu haben.

Zur selben Stunde räkelten sich zwei unrasierte Männer hinter den grauen Scheiben eines BMW X5. Sie hatten zwei Kameras mit Teleobjektiv zur Hand. Sie warteten.

Das Leben ist voll von zeitlich zusammenfallenden Ereignissen, deren Akteure sich nicht kennen, aber mit Wirkungen, die sie miteinander in Beziehung setzen. Dies ist notorischer externen Beobachtern gegenüber. Spanner. Sollte es in diesem Fall so sein oder handelt es sich nur um verachtenswerte Szenen?

Ein kurzer Traum

Schmetterlingsflügel. Die Stunde ist gekommen. Heute feiern die fleischlichen Wesen. Durch das Fenster filtern sich vage Schimmer, die nackte Kurven beleuchten. Die Körper ruhen im Halbschatten auf einem Wust Leintücher. Schmetterlingsflügel trägt die Haare offen, in Flammen. Die Kerzen zittern auf dem Nachttisch. Ein Schauer läuft über meinen Rücken, während ich dir die Haut mit meinen Fingerkuppen raube und die Begierde zurückhalte. Ich beuge mich ein wenig mehr und küsse dir den Hals, mit den Lippen über den Nacken gleitend. Über die Schultern bewege ich mich abwärts, um deine Nacktheit zu liebkosen. Dann streichle ich dir die Taille, du drehst dich ohne Eile um, ich streichle dir die Schenkel, die Zehen, mit ätherischen Bewegungen auf deiner Haut (ich fühle den schweren Atem) und entdecke das kleine Feuer, versteckt zwischen deinen Beinen. Es ist die heilige Stunde der Lust. Wir sind in den Garten Eden zurückgekehrt, ich navigiere mit den Lippen über deine Seufzer. Es gibt keinen Weg zurück. Ich strecke mich auf dem Bett aus. Deine Haare zerreißen mir die Haut, du hast gelernt, mit den Nägeln zu liebkosen. Ich segne deine feuchten Lippen, die über meine trübe Einsamkeit navigieren. Schmetterlingsflügel. Ich stöhne, o tyrannischer und erbarmungsloser Augenblick, und da verströmt sich zwischen deinen Lippen das Martyrium der Begierden.
Schmetterlingsflügel.

Das Kartenspiel der Lust oder der Phönix der Erinnerung

Das Schlüsselloch lässt ein Detail erkennen, das bisher im Halbdunkel lag. Es ist Zeit, es zu erwähnen. Juan hat eine Wette abgeschlossen. Er wettete, er würde sich der Verführung weihen und seine Absicht mit Gelassenheit und Beharrlichkeit verwirklichen, vom Feuer gebrandmarkt, mit abwechselnden Subjekten der Liebe (obwohl er dazu neigte, sie als Objekte zu behandeln). Er wettete nicht mit jemand anderem, sondern mit sich selbst. Vom Anfang der Zeiten an musste er ein einsames Spiel spielen.

Es gibt Handlungen, die dem Denken verboten sind, beschäftigter Leser. Diese ist eine davon: Es gibt keine Logik menschlichen Verhaltens, die solche Wetten erklären würde. Niemand könnte einen zureichenden, überzeugenden Grund angeben, nicht einmal ein triviales Motiv. Wir können nur Vermutungen äußern: Vielleicht beeinflussten Juan gefährliche Motive, vulgär und fehlerhaft, denn solcherart sind die Impulse, welche die Handlungen des Protagonisten dieser Erzählung bestimmen, will sagen, die Logik des Begehrens und die Subversion allen Regeln gegenüber. Für Juan spielt der Druck der Sinne, so aleatorisch er ist, in einem einzigen Kartenspiel. Du kennst es bereits, Leser: Das Kartenspiel der Lust.

Aber, was sage ich?

Vielleicht gibt es doch einen Grund gegen meine Worte und die vorangegangene Überlegung, einen tautologischen und absurden Grund: Bei der Wette ahmte Juan Giovanni Giacomo Casanova nach (er sagte es sich, ohne zu erröten), den spontanen, selbstsicheren Verführer; mit anderen Worten Don Juan den Feinschmecker ließen die Misserfolge kalt, denn es kommt immer eine neue Gelegenheit. Juans Wette gehörte dem Reich des Unüberprüfbaren an und natürlich konnte ihre verführerische Wirkung nicht mit der der Sirenen verglichen werden, welche die Männer durch den Zauber ihrer Verheißungen ins Verderben stürzten. Diese kecken Ungeheuer, von denen das Epos träumte, halb Frau und halb boshafter Vogel, lockten die Seefahrer von

Felsen aus, die vom Meer gepeitscht wurden. Sie warteten dort erbarmungslos, während der Schaum ihre gespannten Krallen bespritzte. Wenn ein Unglücklicher der Macht ihrer Gesänge erlag, erlitt er Schiffbruch und starb dann zerstückelt. Juan hingegen trug seine Bezauberung in sich. Seine Gegenwart ließ Herzen erzittern und sanfte Seufzer aushauchen. Juan der Feinschmecker hätte die Sirenen besiegt. Hätten sie ihn wahrgenommen, hätten sie sich, von der Verzweiflung der Niederlage bewegt, gegen die Felsen gestürzt und, wer weiß, vielleicht auch wegen des vagen Bewusstseins einer unmöglichen Liebe.

Aber Juans Wette war anders.

Juans Wette war gegen Juan.

Juan wettete gegen die unüberwindbare Kraft, die er auf Frauen ausstrahlte (oder glaubte auszustrahlen?). Aber es genügt nicht, es so auszudrücken. Seine Wette war komplexer. Der Verführer wettete, dass er sich nur Frauen hingeben würde, die in ihm elementare Empfindungen wiederbeleben würden: Süße oder Säure, Kontraste, Farben, Weichheit und Härte, alte Spuren des Geschmacks, Widerstand gegen die Lippen, Texturen, Aggression gegen den Gaumen und gegen die unvereinbaren oder zueinander passenden Aromen, Weihwasser der Zunge. Juan wettete gegen das, was seiner Meinung nach Don Juan der Feinschmecker in Gegenwart der Frauen war; er wettete darauf zu entdecken, wie ihn die Frauen wahrnahmen und dass nur er diese Wahrnehmung bestimmte.

Weder du noch ich, lieber Leser, sind so dumm, dass wir nicht die Folgen dieses geistigen Labyrinths ahnten (und du musst die Freiheit des Erzählers entschuldigen, der es wieder wagt, eine Figur zu beurteilen und dadurch seine Befugnisse zu überschreiten). Mit vollem Recht erlitt unser Held jahrelang eine Identitätskrise. Und, um dir gegenüber aufrichtig zu sein, werde ich dir sagen, dass Juan die Wirkungen seiner glühendheißen Emanation auf die Frauen nicht verstand (oder richtiger, was er sich darunter vorstellte). Der Grund dieser Kraft lag nicht in seiner wohltimbrierten Stimme, noch in der Kunst, zu ihren Herzen zu sprechen, die er gewissenhaft kultivierte. Juan strahlte wirklich Kraft und Sicherheit aus, er beherrschte die Szene. Er war ein großer Schauspieler. Wir dürfen auch seinen Stil nicht vergessen: Don Juan der Feinschmecker praktizierte ein Kommunikationssystem, das in der Menschheit wenig verbreitet war: Er vermittelte dem

Gesprächspartner das Gefühl, er sei das Wichtigste auf der Welt. Dieses Gefühl – unbestimmt und wirksam zugleich –, *Rara Avis* unter den Sterblichen, pflegt ein fürchterliches Instrument in den Händen von komischen Käuzen zu sein, die nur dann glücklich sind, wenn sie den Willen anderer brechen. Man kann viel von solchen Personen glauben, denn ihre Persönlichkeit, die von einem dichten Schleier verdeckt ist, entzieht sich den Erklärungen. Jedenfalls gibt es da etwas Tiefes und Rätselhaftes. Von der körperlichen Erscheinung her scheint Juan kein bedeutender Mann zu sein. Wenn man seinen Körper betrachtet, die Haltung, ist er nicht hässlich, aber auch nicht gut aussehend, niemand findet in ihm ein großzügiges oder altruistisches Wesen und dennoch ist er nicht geizig. Nein, lieber Leser (hier sehe ich, wie du dich vorbeugst, um wieder durch das Schlüsselloch zu schauen), die verführerische Wirkung, die sich um ihn verschwendet, verrät ihn nicht, noch hilft sie, seine Persönlichkeit zu beleuchten, damit er sich selbst verstehe und auch wir ihn verstünden, die wir seine Intimität ausspähen. In langen schlaflosen Nächten hat er bereits kurz vor dem Zusammenbruch versucht zu verstehen, wer er ist. Wir könnten ihn dabei ertappen, wie er sich im Spiegel anschaut; aber nein, das Spiegelbild des Gesichts, die gespiegelten Fragen, antworten ihm nicht, der Spiegel hilft ihm nicht, sich zu finden. Juan ist Juan, ja, selbstverständlich, aber wer ist Juan? Don Juan der Feinschmecker, der Bürokrat, der Werbefachmann, der Miserable unter den Miserablen, der Typ, den andere vorbeigehen sehen, das Kind vom Markt? Oder jemand anderes? Der Typ, der die Frauen liebt? Es ist schwer, sich selbst zu erkennen, unmöglich. Der Spiegel täuscht.

Wie oft in den traurigen Morgendämmerungen wachte er unruhig auf, öffnete die Augen, schaltete die Lampe ein, die auf dem Nachttisch stand, und, wenn er die Feuchtigkeit auf seinem Rücken fühlte, fragte er sich: Wer bin ich? Der Schreck endete im Wunsch, ein anderer zu sein, nicht Juan, dieser selbe Juan, sondern ein anderer, ein glücklicher Juan, der absolute Juan, den das Schicksal etwas über sich gelehrt hätte. Ein Juan, ein anderer Juan, den er nicht jeden Tag, jede Nacht, bei jeder Begegnung spielen müsste. Vielleicht ein Juan, der nicht Don Juan der Feinschmecker, wäre.

Passiert dir, neugieriger Leser, nicht dasselbe, wenn du deinen Doppelgänger im Spiegel erforschst? Vielleicht passt der

Doppelgänger nie zu einem selbst, zu dem, was man glaubt zu sein; im Doppelgänger erscheint etwas Unbeugsames, Undurchsichtiges. Fast nie wollen wir uns sehen noch suchen.

Don Juan der Feinschmecker hingegen war schon immer auf der Suche nach sich selbst, er erlitt lange schlaflose Nächte, er hatte wahnwitzige Träume, er erforschte die Begierden und das Vergessen, er verlor die Vorliebe für trockenen Wein, bis er eines Tages entmutigt aufwachte wie ein Athlet ohne Ehrgefühl nach großen Kämpfen und ohne Antwort auf seine innere Unruhe. Unglückliche Einsamkeit und Nachtschweiß hinter sich lassend, bemerkte er ein bei seiner Suche sehr nützliches Detail: Ihn verwirrten Frauen, die unempfänglich waren für den Geschmack der Speisen. In jener Nacht machte er eine noch wichtigere Entdeckung: Er fühlte sich nur wohl, wenn ihm die Aromen verlorene Empfindungen wiederbelebten, Asche des Gedächtnisses. Am Anfang verstand er nicht warum. Das Wichtige war die Erinnerung – so formulierte er es schließlich für sich –, die fernste, flüchtigste und kapriziöseste Erinnerung seiner eigenen Geschichte. Diese Abgründe verströmen primitive Aromen, sie werden im Geschmack der Dinge wiedergeboren, sie bahnen sich durch Nebel einen Weg, indem sie in Vergessenheit geratene Dinge verschlingen. Phönix des Gedächtnisses.

Ja, lieber Leser, Juan konnte es sich jetzt sagen, nach Nächten der Selbstbeobachtung, weil er nun die Wahrheit kannte. Die Wahrheit war das latente Magma der Erinnerungen, bis dahin ohne genaues Gesicht; ihre Identität nahm Form an, als dort alte Aromen eindrangen, in sein Bewusstsein, in dieses düstere Epizentrum des Vergessens. Wie viele Nächte dachte er daran, sich auf dem Bett wälzend, verzweifelt wegen einer Frage. Mitten im regnerischen Oktober, am Ende jener fieberhaften Morgendämmerung, ahnte er eine ungewöhnliche Beziehung zwischen den Aromen und den Frauen. Während seiner Nachtwache der großen Entdeckungen konnte er ihre gegenseitige Abhängigkeit undeutlich erkennen. Auch bemerkte er eine extravagante Einzelheit: Der Geruch an und für sich ist belanglos oder besser der Geruch schmeckt, der Geruch hat einen Geschmack, egal welchen. Dies war der Schlüssel. Juan genießt die Gerüche mit dem Mund und der Zunge, mit den Lippen, mit dem Gaumen, mit dem Gehör und den Fingerkuppen, wenn sie saftiges Fruchtfleisch berührten. Juan lutschte die Dinge durch die Nase, den unerschöpflichen Geschmack der Welt mit zyklopischem Atemholen kostend, aber er kaute mit der Atmung, leckte mit langsamem, tiefem, feuchtem Einatmen. Der Geschmack hat Geruch, weil der Geruch Geschmack *ist*. Und so war es mit den Tönen: Jede Resonanz hinterließ in ihm einen Geschmack von Speisen. Er kostete genießerisch den Gesang der Vögel, weil er nach frischem Obst schmeckte. Das Säuseln des Windes in den Bergen blieb in seinem Mund mit einer Spur von wildem Anis; der Donner schmeckte nach Fleisch; die Kammermusik besprühte seine Lippen mit einem fernen Windhauch von mit Rosmarin eingesalzenem Niederwild. Die Stimmen, die Applause, die Schreie waren unbestimmte Kräuter am Gaumen. Dasselbe geschah mit den taktilen Empfindungen: das Zerknitterte, das Raue, das Glatte, das Zähe hatten Geschmack. Das Körpergefühl vereinigt den Tastsinn, den Geruchssinn, das Gehör in der großen Alchimie des Geschmacks, wo die Frauen nicht die Ausnahme sind, sondern das Epizentrum.

Die geschmacklichen Tautologien, die ihn so sehr quälten, waren der Schlüssel für seine unsichere Identität. Aber sich im Abgrund seiner selbst zu entdecken, diente nur dazu, sein Unglück zu vermehren. In der letzten Nacht inquisitorischer Träume verstand er auch eine Obsession, die ihn bei den Genüssen in die Irre führte. Seine Identität zu suchen, hieß hinter einem einzigen Geschmack herzulaufen oder vielleicht einem Kern elementarer Aromen, die nach Vergessen schmeckten, nach undefinierten Erinnerungen, nach flüchtigen Phantomen in hundert Küchen, bewohnt von weiblichen Gesichtern, fleischigen Lippen, weißen Zähnen, durch Zwiebel feuchte Blicke. Seine Obsessionen kannten nur den Drang, dem Gaumen ein Gesicht zu verleihen. Welche waren die Aromen, die er in seiner Kindheit verloren hatte? Wie konnte er sie wiederfinden? Er ging die Wette mit sich selbst ein, um eine Antwort für sich zu finden. So war es. Ein für alle Mal wettete er, das Spiel der Verführung mit Frauen zu spielen, die ihm den Weg zu seinem lückenhaften Gedächtnis bahnten. Die Liebe sollte die Reise in die Küche sein, der Hebel gegen die Vergesslichkeit und die Schöpfung der absoluten Ordnung in seiner fleischlichen Substanz. In jenen Tagen hatte er eine Offenbarung: Nur auf den Wegen des Geschmacks kehrt man in das verlorene Paradies zurück. Welcher ist der unwiderlegbare Beweis göttlicher Tat? Ein einziger: Sich im Geschmack genießen, in den irdischen Speisen und die Welt vom Herd aus in Zuckungen des Fleisches verwandeln.

Gottes Wege sind unerforschlich. Und die Spiele der Begierde?

Bei seiner scharfen und verzweifelten Reflexion verfiel er sogar darauf, eine Theorie zu formulieren. Nach unserem Helden richtet sich die erfahrene Wirklichkeit nach den Aromen. Er bezog sich damit nicht auf die physische Realität, auf die Atome und die dunkle Materie, auf die Steine und Blumen, nein, nicht auf diese Realität, sondern auf die Lebenswelt. Diese Welt wiegt, widersteht, verletzt, glänzt, lässt erzittern, beschwört herauf, ja, aber vor allem *schmeckt* sie: Sein ist *geschmeckt werden*. Die Leidenschaften, die Melancholie, die Traurigkeit, das Glück, der Groll haben Geschmack. Die Bitterkeit der Schuld ist keine Redensart. Noch die Süße der Liebe. Noch das Salz, das manchmal in die Kommunikation mit anderen Personen gestreut wird. Noch die Galle des Grolls. Noch der Pfeffer, den einige von Don Juan dem Feinschmecker gesuchte Frauen verschwenden. Man spricht so, weil der Gaumen das für die Erkenntnis entscheidende Organ ist. Die Aromen bestimmen, was wir sind, und bedingen das Sein und das wahrgenommene Sein. Die Welt schmeckt, die Dinge schmecken, die Frauen haben einen Geschmack und einen Nachgeschmack, das Gewissen gelangt mit Ausdünstungen von Bitterkeit zum Gaumen. Nur Gott schmeckt nach nichts, noch haben die Engel ein Geschlecht, weil es keine Möglichkeit gibt, sie mit den Lippen zu berühren.

Die Wette auf die Liebe war eine Begegnung mit dem Schicksal, will sagen mit seiner eigenen Wesensart, denn die Wette unterwarf sich den unendlichen Nuancen des Geschmacks. Juan wusste es. Er musste sich vor sich selbst retten. Nur eine kulinarische Liebe konnte ihn erlösen, die Liebe, die ihn in seinem Drang führen würde, zu den in der Zeit verlorenen Aromen zurückzukehren, zur erhabenen Welt, zu der man nur durch den Geschmack der Frauen zurückkommt.

Verführen, ja, verführen war sein spontanes Naturell, zügellos, sogar betrügerisch. Dieses Naturell rief ihn aus dem Dunkelsten seiner fleischlichen Substanz. Ohne dass er es sich vorgenommen hätte, fielen die Frauen gefangen in einen Strudel der Faszination, in dessen Mitte Don Juan der Feinschmecker wachte. Aus so beunruhigenden Beweggründen bestand seine

Wette darin, die Verführung zur Lebensform zu ernennen, zum Mittel, sich zu suchen und die Pflicht, mit den kulinarischen Regeln gewürzt zu erfüllen. Die Verführung nahm ihren Anfang in einem verzweifelten Wesen mit dem Gaumen voller Vergessen und Erinnerungen und endete bei den durch seine Magie eroberten Frauen. Die Verführung war ein unendliches Vagabundieren durch die Reiche des Geschmacks auf der Suche nach sich selbst.

Sind wir so in Juans Intimbereich eingedrungen? Vielleicht, vielleicht ja. Vielleicht nein, denn die Frage Don Juans des Feinschmeckers bleibt unbeantwortet: Warum erzittern die Frauen, wenn ich vorübergehe? Oder ist dies nur eine gemeine Frage des raubtierhaften Machos?

Unschuld einer Jungfrau und Sinnlichkeit einer Hure

Das größte Erfolgsgeheimnis meiner Arbeit besteht darin, die Unschuld einer Jungfrau und die Sinnlichkeit einer Hure zu zeigen. Die Neugier schwebt hier herum. Es ist eine einzigartige Atmosphäre, vielleicht wage ich, es zu sagen, ich, die ich so viel wage. Die Neugier hat eine obszöne Miene. Ich lese es in ihren Augen. Einverstanden? Ich werde versuchen zu erraten, was Sie hier herumflattern lässt, meine Herren, da Sie so neugierig sind. Das Erfolgsgeheimnis meiner Arbeit, zum Beispiel? Wenn Sie, mein Herr, mich das fragen, muss ich Ihnen verzeihen. Ich habe es schon gesagt: Unschuld und Sinnlichkeit zur selben Zeit. Haben Sie mich gehört? In Unterwäsche bin ich keusch und attraktiv. Im Badeanzug richte ich die Männer zugrunde. Ich bin auch ein Nönnchen von der Sorte, die nie zur Sünde aufrufen. Ich sehe hochmütig aus, bescheiden, herausfordernd, wie ein Opfer. Wenn es das Geschäft verlangt, bin ich eine der Kloake entrissene Diebin, ich kleide mich im Glanz der Haute Couture und ziehe mich ohne Eleganz aus; wenn ich will, bin ich nobel in den Umgangsformen und gleichgültig der Bewunderung gegenüber. Da ich es bereits erwähnt habe, vertraue ich Ihnen ein Geheimnis an: Die Blicke lösen stürmische Ekstasen im Bett bei mir aus oder sie lassen mich gleichgültig: Ich entscheide.

Garten Eden oder ewige Verdammnis, die Gesell-Kamera erzeugte die Wirkung eines schwarzen Romans. Ich erzähle Ihnen, was ich gesehen habe. Es wurde mir auch erzählt. Weil ich dort war und nicht dort war. Mit Juan an der Spitze schien der Think tank *von PubliServ (so nannten sie ihn) an einem seidenen Faden zu hängen. Die Stunde war gekommen, die Last zu schultern und zu gehen. Dies sagte der Chef, die Größe seiner Aufgabe durch eine mittelmäßige literarische Figur herabsetzend. (So wurde es mir erklärt). In kurzer Zeit wurde der Saal hergerichtet und mehrere Damen, die wie Psychologinnen aussahen, installierten die Forschungsinstrumente. Werfen Sie einen Blick darauf: Der Laufsteg dominiert den Raum zwischen den Stühlen für das Publikum, Möbel und Aufnahmegeräte für Audio und Video und besondere Beleuchtung. Nichts Neues, was einen Laufsteg angeht: Sehen Sie: Hier ist das Publikum, da defilieren die Models. Beachten Sie ein Detail: An dieser Wand an der Seite spiegeln sich der Laufsteg und das Publikum. Aber es handelt sich nicht um einen gewöhnlichen Spiegel, meine Damen und Her-*

ren, es ist ein Glas mit unidirektionaler Sicht. Was für eine Frechheit: Von der anderen Seite sehen sie uns an und wir sehen die nicht, die uns ansehen. Ohne gesehen zu werden, beobachten uns die Voyeure, die in der Wissenschaft des menschlichen Verhaltens ausgebildet sind. Die Gesell-Kamera – sie wiederholten diesen Namen, ihren Mund mit gelehrten Parametern füllend – ist ein heimlicher Balkon von Spannern. Von der anderen Seite des Spiegels sehen die Forscher und die Investoren, die Geschäftsleute, die Politiker, die Publizisten, diejenigen, die sich hinter der Wissenschaft verschanzen, um ein Auge zu werfen, den Laufsteg und die Gaffer am Laufsteg. Genauso wie die Polizei, die Presse, die Dichter. Die ganze Welt öffnet sich einer Kamera, die für die Kunst des Spannens bestimmt ist. Sehen, ohne gesehen zu werden, verleiht Macht.

Wenn Sie wollen, defiliere ich vor Ihren Augen. So sahen sie mich an jenem Tag. Sie können die Einzelheiten beurteilen. Mein Körper steht zum Verkauf. Ich kann niedliche Dinge zeigen. Öffnen Sie die Augen.

Zufrieden?

Juan legte dem Mann mit der Krawatte und gelben Zähnen, der die Dienste von PubliServ unter Vertrag genommen hatte, genaue Rechenschaft über das Projekt Flor Salvaje ab.

Er sagte zu ihm:

„Die Untersuchung hat viele Schlüssel ergeben. Auf dem Laufsteg defilierten Flor Salvaje und andere Models, die an Grazie und Sinnlichkeit vergleichbar waren. Letztere waren Anhaltspunkte zum Vergleich. Die Methode ist die Methode. Denken Sie nicht? Mit anderen Worten: Wir studieren das Verhalten im Rohzustand: die Auftritte von Flor Salvaje und die Reaktionen der Zuschauer der Zielgruppe. Dann machten wir Interviews, schufen Persönlichkeitsprofile, gestalteten den Idealtyp von Flor Salvaje und die Leitlinien, um ihn zu erreichen. Nichts ist einfach und dennoch war dies so. Nach der Arbeit der Umformung und der Anpassung an den Standard des Marktes hat sie nicht einmal ihre Mutter wiedererkannt."

Der Mann mit der Krawatte hörte die ganze Zeit zu, ohne eine Reaktion zu zeigen. Bevor er aufstand, holte er noch eine Davidoff aus dem Päckchen und steckte sie sich zwischen die Lippen.

„Wir werden sehen, wir werden sehen, wie die Verkäufe in einigen Monaten laufen."

Im Netz zirkuliert ein erotisches Video als Bildstrategie, wie man sagt. Ich wurde mit Lichtkontrasten in Schwarz-Weiß gefilmt, die Kamera streift kaum die enthaarte Scham, sie fährt aufwärts, betrachtet die prallen Brüste und bleibt, bevor sie verschwimmt, auf der Feuchtigkeit meiner lä-

chelnden Lippen stehen.

Aber sehen Sie mich nicht so an. Es verbleiben mir noch Details. Ob das Projekt Erfolg hat oder nicht, kann ich nicht garantieren. Aber ich bitte Sie doch, folgende Tatsache zu beachten: Wo auch immer ich bin, sei es, wo es sei, entsteht ein großer Wirbel: Es gibt Kameras, Journalisten, ich habe erreicht, durch den Skandal zu faszinieren.

Sehen Sie mich an. So bin ich.

Während des letzten Treffens bei PubliServ hat der Mann mit der Krawatte die Aschenbecher mit Zigarettenstummeln gefüllt hinterlassen.

Die Hühnerbrühe

Es gibt nichts Wichtigeres im Leben als eine gute, heiße Hühnerbrühe. Aber die Dinge sind nicht so, wie man möchte. Für Dulce laufen sie mit Juan auch nicht nach Wunsch, obwohl ihr der Instinkt nicht fehlt, die Schicksalsschläge des Machos zu entwirren.

Dulce entdeckt, wenn Juans Herz gebrochen ist, auch wenn er es hinter einer lächelnden Maske verheimlicht. Wenn sie ihn melancholisch sieht, schickt sie sich an, ihn mit der wundertätigen Suppe aufzumuntern. Die Brühe, Juan, die Brühe errettet: Weder die ewige Seligkeit noch eine Reise zum Mittelpunkt der Erde mit Jules Verne übertrifft sie, es gibt nichts Wichtigeres im Leben als eine gute, heiße Hühnerbrühe, mein Sohn, merk dir das. Durch die Brühe enden die Kälte, die Mutlosigkeit, der Hunger. Die Brühe verzeiht die Schuld, hilft den Menschen, miteinander zu sprechen, ah, eine große Tasse dampfender Brühe, Juan, was könntest du dir sonst noch wünschen, um voller Frieden ins Bett zu gehen, heiliger Engel.

So denkt Dulce, aber es geschieht etwas ganz anderes: An Tagen mit gebrochenem Herzen lässt Juan die Brühe auf dem Tisch kalt werden.

„Du bist ein Idiot, Juan, Juan, du bist ein Idiot."

Hundeleben

Ovid, der Dichter war (sagte er sich) und dazu noch Kneipensoziologe, hatte die Analyse der Gesellschaft auf der Zunge. Schlimm für ihn, denn die Miserablen erwarteten seine Reden mit zweifelhafter Disziplin und stachelten ihn an, damit er das edle Wort ergreife, sobald sie sich den Bauch vollgeschlagen und den Geist auf solche Obliegenheiten vorbereitet hatten. An jenem Freitag waren sie in eine Bar eingefallen, für die ein neuer Besen angemessen und die für ihre immer wohlgefüllten Geldbeutel unangemessen war. Nun geschah es, dass es zu einer gewissen Stunde einem großen gefleckten Hund gelang, in die Bar zu kommen und sich dem Tisch zu nähern, und der, nachdem er an seiner Hose geschnüffelt hatte, sich zu mit dem Schwanz wedelnd zu Füßen des Dichters legte, in der Hoffnung auf irgendeinen wohlschmeckenden Abfall. Ovid, sich von diesem heruntergekommenen Tier inspirieren lassend, nachdem er ihm eine kalte Schweineschwarte zugeworfen hatte, die härter war als prähistorisches Leder, konnte seine Zunge nicht mehr im Zaum halten, schöpfte Luft, warf sich in die Brust und sprach wie die Weisen sprechen und die alten Hunde, wenn sie sprächen.

„Meine Herren", begann er zu sprechen, einen Blick auf den armen, traurigen Hund werfend, der die Schwarte schon gefressen hatte, „ich möchte mich heute Nacht auf die Sozialstruktur der Hunde in Costa Rica in Zeiten der Globalisierung beziehen."

Er stand auf und Luft schöpfend fuhr er fort zu sprechen:

„Innerhalb der Hundehierarchien unterscheiden wir zwei soziale Klassen: an der Spitze sind die Haustiere (im Folgenden *Pets* genannt, da es distinguierter ist, so zu sprechen: so wie man auch *Sale* und *Shopping* sagt) und am Fuß der Pyramide befinden sich die Straßenköter, die Promenadenmischungen, die sich ständig kratzen, ohne Herrchen und ohne Illusionen. Ich bedaure, einen bestätigten Sachverhalt erwähnen zu müssen: Bei dieser Art von haarigen, schwanzwedelnden Vierbeinern, die dort schnüffeln, wo es dir am unangenehmsten ist, gibt es keine Mittelschicht. Der Hund ist entweder hier oder dort, und man denke auch nicht irrtümlich an einen sozialen Aufstieg. Die existierenden Schichten, ich will sagen, die *Pets* und die Straßenköter, zeichnen sich durch Merkmale aus, die der Eingliederung in die Hierarchien entsprechen. Die *Pets* gehen in den Frisiersalon oder empfangen Hausbesuche von Friseuren, die sie mit lauwarmem Wasser baden, ihnen die Haare schneiden und sogar die *Manicure* machen; die Straßenköter bleiben so, wie Gott sie schuf: schmutzig, die Klauen krumm, sich wegen der Flöhe kratzend, vor aller Welt und deren Geduld strapazierend, ah, gesegnet seien sie, weil sie nicht wissen, dass die Schönheit teuer ist und dass für sie auch die Theorie gilt, dass es keine hässlichen Tiere gibt, sondern nur Tiere ohne Geld. Die Straßenhunde werden mit dem Schlauch und mit kaltem Wasser gebadet. Der einfache Boden ist die Feile ihrer Klauen; die Misthaufen ihr Bett; die Stockhiebe die Zärtlichkeit der Welt."

Bis dahin sprach der Dichter.

Er konnte nicht weiter, selbst wenn er es gewollt hätte. Der Zorro und Pedro schnarchten und der gekränkte Ovid wollte nicht fortfahren. Weh mir, dachte er, sie hören mir bei den Reden nicht zu und niemandem lese ich meine Gedichte vor, nur ich lese mich: Zeuge meiner selbst; Richter, Partei und Sammler unnützer Papiere.

Um sich zu erholen und seinen gerechten Zorn zu lindern, schluckte er ein halbes Glas Bier und leerte die andere Hälfte auf dem gefleckten Hund aus, der zu seinen Füßen herumtollte.

Hypothesen über die Verbrechen

Diana schlug plötzlich auf den Sessel. Aber sie war nicht schlecht gelaunt. Diese Geste war der Tick der großen Reflexionen. Sie arbeitete sehr zu ihrem Gefallen in ihrem Appartement. Sie hatte nicht geruht, seit sie die Ermittlungsakte bekommen hatte. Tag für Tag machte sie Notizen in einem Heft. Sie hatte keine Zweifel: Die Morde an den Frauen folgten demselben kriminellen Muster. Ihre Laufbahn hatte sie mit ähnlichen Rätseln vertraut gemacht, die scheinbar leicht zu lösen waren. Der erste Impuls ist, die Fragen in einigen wenigen Arbeitstagen zu beantworten, aber ... (immer das dumme *Aber*) wo versteckt sich der Mörder?

Es war schon spät, sie konnte nicht schlafen. Das Appartement lag im Halbdunkel. Sie zog es vor, nur den Arbeitsplatz zu beleuchten. So konzentrierte sie sich besser.

In jener regnerischen Nacht tat sie gut daran, nochmals die Grundlagen der Ermittlung durchzugehen, bestimmte Regeln, letzten Endes das Erste, was ein Kriminologe lernt. Nach der Theorie, entwickelt und erprobt von Spezialisten und schon ein wenig banal wegen ihres Gebrauchs und Missbrauchs, kann der Ermittler Verhaltensweisen typisieren, indem er Daten analysiert, die an den Tatorten gesammelt wurden. Einige Spezialisten sind auf das Wort Viktimologie fixiert. Diese Disziplin, falls sie so genannt werden kann, besteht darin, die Abdrücke zu studieren oder genauer die Merkmale des Aggressors am Opfer und am Tatort. Solche Spuren sind ein chiffriertes Namenszeichen. Die Merkmale verweisen auf den *Modus Operandi*, wie die Väter der Theorie sagen; diese Technik weist ihrerseits auf eine konkrete Persönlichkeit hin. Es darf uns auch nicht wundern, dass ein unerwartetes Fakt, ohne scheinbare Bedeutung und abseits des Verbrechens, dazu beiträgt, eine Reihe miteinander verketteter Zeichen zu verfolgen, an deren Ende der Übeltäter steht, der einen Dolch schärft. Es gibt mehrere Vorgehensweisen. Die einfachste hat einen logischen Charakter und gehorcht einer rückläufigen Reihenfolge: Der Polizist untersucht den Körper des Opfers, den

Tatort, die benutzte Waffe und die mit bloßem Auge erkennbaren, offensichtlichen Details oder solche, die man mit den Instrumenten sammeln kann, die von der Technik im Dienste der Ermittlung immer weiter verbessert wurden. Der Mörder soll nicht einmal daran denken, das Blut abzuwaschen: Früher oder später kommt der kleinste Tropfen durch die Anwendung spezieller Chemikalien zum Vorschein. Wenn die Information einmal dokumentiert ist, wenn sie mit anderen Verbrechen einhergeht, wird ein Profil des Übeltäters erstellt: seine Persönlichkeit wird bestimmte Charakterzüge aufweisen, seine Handlungsweise folgt diesem oder jenem psychologischen Muster. Auch der *Modus Operandi* enthüllt Laster oder Vorlieben; die Spuren weisen sogar auf seine familiäre und soziale Herkunft und auf das Viertel hin, in dem er wohnt. Gestützt auf die Information werden das Alter und das Geschlecht abgeleitet, manchmal die ethnischen Züge, sein Geschmack und seine sozialen Praktiken. Sobald der Idealtypus rekonstruiert ist, richtet sich die Etappe der Fahndung auf eine eingeschränkte Zahl von Verdächtigen. Diese Technik ist bei den Ermittlungen sehr nützlich, obwohl sie auch zu großen Fehlschlägen geführt hat. Die Spürhunde der Nachforschung kennen sie seit sie begonnen haben, das kriminologische Abc-Buch zu studieren.

Diana greift auf ein triviales Axiom zurück, dem man mit lautem Geschrei während ihrer Kurse in der Polizeischule zustimmte und das die polizeiliche Erfahrung bestätigte: Der erste Schritt jeder Ermittlung besteht darin, den Verdächtigen unter den Bekannten, den Freunden oder Verwandten des Opfers zu suchen. Man muss den Blick auch auf die Personen richten, die auf indirektem Weg mit ihm in Beziehung stehen. Oft lebt der Verbrecher in einem kompromittierenden Kreis: dort beginnen die Fährten, auf denen man nach ihm suchen muss: erwähnte Namen, Orte, Konflikte, Daten in Dokumenten und Computern und in komplexeren Fällen erhaltene Drohungen. Gleichwohl muss diese Methode, die von der statistischen Häufigkeit gestützt wird, mit Vorsicht angewandt werden, um nicht in falsche Anschuldigungen oder lächerliche Rekonstruktionen zu verfallen. Die Methoden dienen dazu, den Verbrecher zu entdecken oder sich zu blamieren. Sie sind auch nützlich, um einen Verdächtigen zu erfinden und ihn mit fremder Schuld zu beladen. Diese strafrechtliche Perversion entsteht unter bestimmten politischen Konstellationen.

Diana unterschätzt die dokumentarische Arbeit nicht. Obwohl es so langweilig ist, Akten zu wälzen, greift diese Art der Ermittlung zu Analogien. Vielleicht registrieren die Justizarchive hilfreiche Vorstrafen, logische Bezugspunkte, um die aktuellen Fälle unter einem anderen Licht zu überdenken. Der Verdächtige wird verhört, es werden aber auch Daten verifiziert, die Alibis werden überprüft, es wird festgestellt, ob es plötzliche Veränderungen in seinen Lebensgewohnheiten gibt und warum. Es ist nützlich, sich an Personen zu wenden, die ihn kennen. Gleichzeitig studiert man die am Tatort gesammelte technische Information: Haare, Gegenstände, Fingerabdrücke, Samen … Wenn es möglich ist, die DNA des Verdächtigen mit Proben vom Körper des Opfers zu vergleichen, erhält man aussagekräftige Beweise. Mit den Daten, indem man sie kombiniert, Schlüsse daraus zieht und sie auch früher archivierter Dokumentation von Verbrechen gegenüberstellt, gelangt man zu vernünftigen Hypothesen. Natürlich sind die Schlussfolgerungen vorläufig, das darf man nicht vergessen, und dienen der Staatsanwaltschaft dazu, den Prozess zu eröffnen. Die Richter sind für das Urteil zuständig. Nur die Richter. Der Polizist verurteilt nicht, noch spricht er frei: er ermittelt. Wenn es die Richter schlecht machen, ist das eine andere Geschichte.

Diana rutscht im Sessel hin und her. Das Wohnzimmer liegt weiterhin im Halbdunkel. Draußen hört man die Stadt kaum. Um es gewissenhaft zu sagen, sie ist mit diesen Spekulationen nicht sehr glücklich. Bis hierhin sind es nur Grundkenntnisse, konzeptionelle Trivialitäten, die von Lehrlingen befingert werden.

Gleichwohl gibt es darüber hinaus etwas anderes. Etwas Fundamentales.

Diana vergisst eine goldene Regel nie: Was man als ausgemacht gelten lässt, kann zum Irrtum verleiten, weil es in sich nicht immer evident ist. Das Sichere und Unzweifelhafte kann falsch sein. Aus diesem Grunde wiederholt sie sich unermüdlich ihren eigenen Diskurs der Methode: Misstrauen, misstrauen und nicht aufhören zu misstrauen. Im Argwohn selbst gegen ihre eigenen Schlussfolgerungen wurzelt der Erfolg der polizeilichen Ermittlung. Darum begnügt sie sich nie damit, nur eine Spur auf einmal zu verfolgen.

Sie hörte es spät, aber sie schreckte auf, als würde sie aus dem Schlaf gerissen. Es war das Telefon. Sie hob den Hörer ab. Das Schweigen am anderen Ende der Linie unterbrach ihre Überlegungen endgültig. Sie legte auf und ging in die Küche, um ein heißes Getränk zuzubereiten. Dann ging sie ins Schlafzimmer und legte sich mit einer großen Tasse Schokolade auf den Bauch. Nie hatte sie diese Art von ominösen Anrufen wichtig genommen. Ihre Nummer war privat. Es war an der Zeit, sie zu ändern. Sie nahm einen kleinen Schluck, der ihr kaum die Lippen befeuchtete, und kehrte zu ihrem Notizheft zurück.

Es gibt eine triviale Regel. Diana weiß es: Die logische Reflexion muss mit der direkten Aktion koordiniert werden, wie die Revolutionäre einer anderen Epoche sagten. Man macht kein Verhör aufs Geratewohl; es ist erforderlich, sich auf einen Plan zu stützen oder wenigstens mit vernünftigen Hypothesen über den Totschläger zu arbeiten. Das Ergebnis erhält man durch eine Mischung aus objektiver Information und gedanklichen Konstruktionen, die auf Tatsachen beruhen. Der Polizist muss scharfblickend sein, um zu beobachten, Schlussfolgerungen zu ziehen und sogar Fallen zu stellen: So seift er den Verhörten ein und bringt die Wahrheit durch Lügen heraus. Es gibt auch extreme und diskutable Hilfsmittel. Täuschen wir uns nicht: unser Justizsystem streift die Grenzen der Moral. In einem System, das nordamerikanische Gesetze kopiert, ermutigt die Justiz die Denunziation und belohnt den Übeltäter durch Straferleichterung. Die Seinigen zu verraten und dem Staatsanwalt nützliche Informationen zu geben, wird belohnt. Während ihrer Überlegungen geriet Diana in große Krisen (warum macht sich das Gesetz bei der Rechtsprechung schmutzige Hände?), aber dann kehrte sie zu ihrer Arbeit zurück. Unglücklicherweise war noch keine effizientere Methode entwickelt worden, um die Verbrecher zu finden, die gleichzeitig die Menschenwürde des Verdächtigen achtete. Nie vergaß sie ein Prinzip: Das Endziel der Justiz ist nicht zu strafen, sondern das Zusammenleben zu schützen.

Die kriminelle Handschrift ist komplex. Oft scheinen die schwierigsten Tatbestände auf den ersten Blick elementar zu sein. Diana war in ihrer noch kurzen und stillen Karriere mit dem Kopf gegen diese Paradoxa gestoßen. Sie konnte nicht vermeiden zu erzittern.

Im Verlauf weniger Jahre summierten sich außerordentliche Erfolge in ihrer Personalakte. Sie war jung, zielstrebig und scharfsinnig in den Analysen. Als intelligenter Person fehlte ihr auch nicht ein Schatten mit spitzen Zähnen: Luis, dieser tollwütige Hund des Büros, bekannt für sein molliges Gesicht und die Augen eines Illuminaten, verbrachte sein Leben damit, ihr auf den Fersen zu folgen, in der Hoffnung, sie bei einem falschen Schritt zu ertappen. Immer gibt es einen menschlichen Hampelmann, der Abfälle auf dich wirft. Dieser Kollege, ein sehr gläubiger Mann, ruft die Dämonen an, um ihre Ermittlungen zur Hölle zu schicken.

Wieder klingelte das Telefon. Sie ließ es läuten. Sie würde nicht abheben, selbst wenn es der Generalstaatsanwalt wäre.

Ihr Argwohn oder ihr Instinkt und ihr methodisches Misstrauen und jene anonymen Klingeltöne waren, wer weiß warum, ein Alarmsignal: Wenn sie sich auf eine einzige Theorie beschränkte, würde die Untersuchung der Morde in einer Sackgasse enden. Gehen wir das Handbuch noch einmal durch: Die am meisten verbreitete Theorie lässt sich in drei Sätzen zusammenfassen: Der Mörder hinterlässt Spuren am Opfer oder am Tatort, das haben wir schon gelernt, oder gibt Verhaltenssignale von sich, die in seiner sozialen Umgebung ungebräuchlich sind. Auf der Basis der Spuren wird eine Typologie ausgearbeitet, dank derer die Zahl der Verdächtigen eingeschränkt wird. So wird der Weg frei, um ihn bis zu seinem Versteck zu verfolgen. So spricht das Handbuch, die leichte Theorie, die von den Kollegen der Kriminalpolizei bevorzugt und manchmal durch die Erfahrung bestätigt wird ... aber nur manchmal.

Diana runzelte die Stirn. Eine augenfällige Hypothese zog ihre Aufmerksamkeit im aktuellen Fall auf sich: Der Verbrecher suchte die Opfer bewusst aus und hinterließ auch bewusst miteinander übereinstimmende Spuren. Vielleicht war es seine Absicht, den Verdacht besonders auf eine Person zu lenken, um sie zugrunde zu richten und sich gleichzeitig vor der Justiz zu schützen. Der Mörder kannte die Person, die er mit den Verbrechen zu belasten versuchte, und befriedigte irgendeinen Groll, indem er sie in den Morast stürzte. Eine Hypothese nichts weiter, vielleicht illusorisch und zu offensichtlich.

Man kann eine andere Erklärung in Betracht ziehen (auch illusorisch?). Sie dachte: Der Mörder will den Groll loswerden, die Eifersucht, die unkontrollierte Leidenschaft, und tötet. Die Opfer sind nicht zufällig, sie erregen seine Leidenschaften und darum wählt er sie aus. Keines der Verbrechen ist zufällig.

Diana stützte die Ellbogen auf das Bett und zog an einer imaginären Zigarette.

Die letzte Hypothese, die am wenigsten wahrscheinliche, die größte Möglichkeit der polizeilichen Vorstellungskraft wohnt den Serienmorden inne, nicht durch Absicht des Verbrechers, sondern durch Nachahmung.

Sie hatte dies an jenem Tag ihrem Assistenten gegenüber kommentiert:

„Denken Sie das Folgende:", sagte sie zu ihm, „Eines Tages, Minuten nach der Tat, informiert das Radio über ein Verbrechen. Gleich darauf fügt das Fernsehen Daten hinzu und viel krankhaftes Interesse mit ruchlosen Bildern, ganz nach Belieben. Am folgenden Morgen informiert die Presse mit großem Aufwand, sie zeigt Photographien, berichtet Einzelheiten, spekuliert, alle Medien fahren fort, das Publikum mit aufgewärmten Nachrichten zu bombardieren, sie informieren, dass der Täter nirgends zu finden ist, zumal er keine brauchbaren Spuren hinterlässt; das Verbrechen infiltriert sich in die Fantasie des Volkes: Mehrere ermordete schöne junge Frauen ohne Spuren vorheriger Gewaltanwendung, es ist ein außergewöhnlicher Tatbestand, besonders dann, wenn die Mordwaffe ein Küchenmesser war. Das Küchenmesser kann das überstürzt benutzte Mittel eines häuslichen Verbrechens sein, eines Verbrechens aus Leidenschaft, aber es lag etwas Absurdes an der Tatsache, dass *jene* Waffe einige Schritte von der schönen Leiche auftauchte. Das Messer, die Szenerie und die Besonderheit des Opfers beeinflussen die Wahrnehmung der Ereignisse, indem sie ihnen eine phantasievolle Richtung verleihen. Wenn der nachrichtengierige Zuschauer diese Übereinstimmungen bemerkt, wird er beginnen, eigene Gerüchte in Umlauf zu setzen. Denken Sie daran, was danach passiert", fuhr Diana fort, nachdem sie eine Limonade getrunken hatte. „Wenn die potentiellen Aggressoren – mit außerordentlichen Psychopathologien und unfähig, ihre inneren Bestien zu zügeln – , wenn diese atypischen Männer bestimmte Verhaltensweisen zur Schau gestellt und veröffentlicht sehen, neigen sie dazu, sie ohne weiteres nachzuahmen, und so ahmen sie einen Selbstmord nach, ein seltsames Verbrechen, über das in der Presse ein ums andere Mal berichtet wird oder irgendeine andere Tat, die ihre in der Seele schlummernden Phantome belebt und ihnen hilft, die Schau in einem nie dagewesenen Drama zu stehlen. Was in den Medien publiziert wird, tendiert dazu, nachahmungswürdig zu scheinen, besonders dann, wenn es eine günstige Stimmung gibt, die dabei hilft, sich in Nährboden zu verwandeln. Die politischen Verbrecher erleiden unter gewissen Bedingungen dieselben Einflüsse."

Ihr Assistent wollte ihr etwas sagen, aber Diana hielt ihn mit einer Geste davon ab. Sie war sehr lebhaft. Ihre Augen glänzten. Unter solchen Umständen ließ sie sich nicht unterbrechen.

Sie sagte zu ihm:

„Vergessen wir eine Falle der Fantasie nicht: Fantasieren erzeugt Ungeheuer. Das erste Verbrechen wird in der Fantasie konstruiert. Die Chimäre, die dort erzeugt wird, springt in den Händen des nachahmenden Verbrechers in die Realität."

Sie tat einige Schritte in ihrem Büro; dann drehte sie sich um und, ihrem Assistenten in die Augen sehend, fuhr sie fort:

„Die Charakteristika des Verbrechens gehen eine Verbindung mit einer gewissen imaginären Genealogie ein, das heißt, mit einer Art von Phantasmagorien oder Formen der Halluzination. Ziehen wir diese Möglichkeit in Betracht: Wenn das Verbrechen mit dem Küchenmesser ein anderes Individuum mit gestörter Persönlichkeit ansprach oder eine Saite in ihm zum Erklingen brachte, könnte dieses durch reine Inspiration ein neues Verbrechen (vielleicht undenkbar bis zu diesem Moment) inszenieren, indem es das erste imitiert, das sich dadurch installiert und in den Prototyp des Bösen verwandelt. Der erste Mörder handelt von einer Absicht bewegt: etwas mit der benutzten Waffe zu beweisen. Sein kleiner Kunstgriff, ziemlich exhibitionistisch im Übrigen, ist die Inszenierung genauer Motive und Absichten. Das zweite Verbrechen, das seine Rhetorik aus dem ersten gesaugt hat, ist nur eine Imitation. Das dritte folgt derselben bösen Muse, Kopie der Kopie, theatralische Parodie."

Diana atmete stark ein und schloss die Augen, von der Strenge ihres Gedankengangs begeistert. Das Küchenmesser insinuierte ihr etwas. Ein Ermittler muss dem geringsten Verdacht nachgehen, der aussichtslosesten und verrücktesten Fährte des Tages, wenn er die Früchte der geistigen Arbeit ernten will. Plötzlich riss sie ihr sechster gastronomischer Sinn, eine Mischung aus Geschmack und Geruch, zum Küchenmesser, Reliquie bei allen Verbrechen. Nein, das Messer war nicht nur ein Merkmal. Es war auch ein Symbol. Aber welches? Der Geschmackssinn schärft sich unter gewissen Umständen, zum Beispiel, wenn man den Genuss eines Gerichts vorwegnimmt; so geschieht es in diesem Kriminalfall mit Geschmack nach Küche. Diana war es sehr schwergefallen, jene so flüchtige und folgenreiche Intuition zu formulieren. Es war etwas Leichtes, fast nicht Wahrnehmbares. Sie bemerkte dies durch große Anstrengung, denn nicht alles sieht man auf den ersten Blick, noch riecht man es beim ersten Einatmen. Einige Empfindungen ähneln mehr der Erinnerung als der unmittelbaren Gegenwart. Der Geruch eines dieser Messer (Geruch am Heft vielleicht) begann sie zu verfolgen. Aber existierte dieser Geruch? Oder war es nur das Zwinkern ihrer fiebrigen Einbildungskraft? Nein, es war kein Phantom, vielleicht nicht, der Geruch existierte, er war eine reale und übereinstimmende Spur. Dieser selbe und identische Geruch wäre der Ursprung einer neuen Fährte. Noch hatte sie nicht entdeckt, wie sie diese nutzen konnte, außer dass der Verbrecher mit diesem kleinen Ritus eine subtile Spur gelegt hatte, noch wusste sie nicht, welche, etwas, was gleichzeitig eine provozierende Botschaft war. Aber, fragte sie sich wieder ärgerlich, existierte dieser Geruch an den beiden anderen Messern oder täuschten sie ihre Obsessionen?

Das Telefon klingelte nicht wieder. Die Lampe beleuchtete die ganze Nacht eine Tasse Schokolade auf dem Tisch.

Ein sepiafarbiger Umschlag

Zu jener Stunde, an irgendeinem Ort in Escazú, gestikulierten und redeten, manchmal schreiend, mehrere Männer, die sich um einen Billardtisch versammelt hatten. Wenn wir eine kinematographische Großaufnahme vor uns hätten, sähen wir den Ärger auf ihren Gesichtern. Plötzlich nimmt einer von ihnen wütend die Fotos, die auf dem grünen Tuch zwischen den Kugeln liegen, steckt sie in einen sepiafarbigen Umschlag und geht damit weg.

Dalila, Raubtier der Liebe

Am Samstagmorgen betrat Juan sein Haus und knallte die Türe zu. Er war abgemagert. Dulce empfing ihn mit einem Lächeln.

Er grüßte sie nicht, noch sagte er etwas. Kurz nachdem er im Haus herumgegangen war, beruhigte er sich ein wenig und warf sich in den großen Sessel, um eine Zeitung zu durchblättern (er wusste nicht welche: *La Nación*, *La Extra* ...). Dulce bereitete ihm den Kaffee zu und stellte ihn auf ein Beistelltischchen. Er verbrachte lange Minuten bei der Betrachtung der Schlagzeilen, während die Brühe der Nacht weiter in dem Teller aus weißem Porzellan auf dem Esszimmertisch stand, kalt. Dulce hatte beschlossen, sie an den Morgen dort zu lassen nach den ungenierten Nächten, in denen Juan keine Lust hatte, sie zu probieren. Sollte es eine Strafe sein? Es gab bessere Zeiten und die Welt schmeckte nach Hühnerbrühe: zwanzig Fäden Safran, fünf Blätter Zitronengras, fünfzehn Tropfen Kokosmilch, außerdem Knoblauch, Zwiebel, Petersilie und ein Sellerieblatt.

„Du bist appetitlos."

„Ja."

„Ein räudiger Hund hat ein besseres Leben, Juan, Ihnen fehlen nur die Fliegen, die um Sie summen."

„Ich habe keinen Hunger."

„Man muss essen, denn kauend und essend kommt die Lust und verschwindet der Kummer."

Juan warf die Zeitung auf den Boden.

Die letzte Begegnung mit Dalila war gespannter als jemals zuvor verlaufen, voller Vorwürfe, eine weitere Folge einer Seifenoper. So können wir nicht weitermachen, sagte sie mit einem Schlachtruf zu ihm. Dalila würde nicht bei gedecktem Tisch darauf warten, dass der Märchenprinz aus einem mit Seerosen bedeckten Teich springen und auf den leeren Stuhl fallen würde, nein, er war auch kein Frosch im Tümpel, der hundert Jahre darauf warten musste, dass ihm eine Prinzessin ohne Ekel hülfe, die verlorene Jugend mit einem Kuss auf den Mund wiederzugewinnen, nein, die Stunde war schon gekommen (mehr noch, die Stunde lief bereits ab), sagte sie, sich für eine Beziehung zu entscheiden, wie sie sein soll und die guten Sitten vorschreiben, die erprobten Rezepte und der Genuss von geschmackvollem Fleisch. Die Diskussion war würdig, durch das Schlüsselloch gesehen und gehört zu werden. Dalila glaubte, sie sei zum Triumph bestimmt, und Juan war nur ohne Fesseln glücklich, frei, seine verlorene Identität weiter zu suchen. Der Stärke, der Verzweiflung wegen Dalilas Liebesmacht entsprach eine Strategie der Flucht. Juan fühlte das Zwinkern des Schicksals im Voraus. Diese Beziehungen waren an ihre Grenze gelangt: Entweder brachen sie ab oder der Erzähler würde sagen, dass sie zusammen für immer glücklich waren. Aber nein, Juan und Dalila kochten nicht mehr nach demselben Rezept. Juans Seele war in anderen Liebesabenteuern verstrickt und sein Verstand durch andere Ängste verrückt. Sie spielten nicht, Aromen zu identifizieren, noch empfanden sie Genuss beim Kosten. Sie hatten begriffen, dass ihre Gaumen nicht übereinstimmten. Im Anfang der Zeiten wurden die vom Rotwein geröteten Lippen bewundert. Und in den kommenden Zeiten konnte man nur essigsaure Gerichte erwarten, außer der einen oder anderen Nacht zufälliger Erfolge, selbst wenn der Zufall das Menü auswählte und der Heißhunger auf Gewürze und Kochen auf kleiner Flamme verzichtete.

Die Erzählung verknüpft die Ereignisse und weist auf gewisse Fährten hin, lieber Leser, auf die du bereits geschlossen hast, denn die Geschichte konnte nicht einfacher sein: Die Verbrechen, die von der Kriminalpolizei untersucht wurden, begannen, sich mit den Liebesabenteuern von Don Juan dem Feinschmecker zu verbinden. Ich habe die Erzählung schamlos manipuliert, ich gestehe es: Juan ist der archetypische Verdächtige und auf ihn wird Diana früher oder später stoßen oder besser, schon von Anfang an dachte sie an ihn, aber ohne andere Hypothesen außen vor zu lassen. Juan weiß das natürlich, obwohl er diesbezüglich kein Wort fallen lässt.

Don Juan der Feinschmecker konnte sich für den glücklichsten Menschen auf der Welt halten, bis zu dem Tag, an dem sich die erste Seite seiner Geschichte ohne Hand und Fuß öffnete. Der Geschmackssinn hatte sich ihm verdorben. Sein langer Weg der Verführung gelangte an eine gefährliche Grenze, schlimmer noch, der Schwindel drohte, ihn ins Leere zu stürzen. Bis zu jener Nacht machte alles einen irrealen Eindruck. Jene Frauen seiner vergangenen Leidenschaft waren schon Albträume und Träume, nur Träume und Schatten von Träumen. In einer spontanen Bewegung hatte er die Gesichter idealisiert, die Aufrufe, sich in den verlorenen Aromen neu zu erfinden waren Fiktionen, sie existierten bereits nicht mehr. In jener Nacht, mit der Frau der feurigen Soßen diskutierend, verschwendete er die Wut, die schon seit Wochen Ausdruck auf seinen Lippen suchte. Es war eher ein irreparabler Zorn, der sich seiner glücklichen Routine bemächtigte. Ein rachsüchtiger Zorn, der sich frech gegen Dalilas Ansprüche richtete. Als die Toten ihm schwer auf der Seele lagen, ja, als sie kamen, um seine Nachtgespenster zu beleben, beging Dalila die Ungeschicklichkeit, das Rezept zu ändern und dann kochte sie ohne Vorwarnung den Diskurs einer dauerhaften Verbindung; sie forderte von ihm mehr, als er unter normalen Umständen akzeptiert hätte. Dalila hatte nicht nur das Thema schlecht gewählt, sondern auch den Tag und die Stunde. Kein Wort mehr darüber. Juan war gequält, er fühlte Gewissensbisse mit Salz aus schmutzigen Meeren gesalzen, er verfaulte in Fetten und Albträumen.

Die Hühnerbrühe stand weiter auf dem Tisch, kalt. Kälter als je zuvor. Dulce hatte sie seit der vergangenen Nacht dort stehen lassen, enttäuscht, herausfordernd. Juan verstand ihre Tugenden nicht. Wozu ... wenn die Seele des Verführers vor Wut wehrlos wurde?

Die frische Luft des Samstagmorgens half ihm, die Temperatur des schlimmsten seiner Tage zu senken. Er war erschöpft. In der vergangenen Nacht hatte Dalila als Raubtier der Liebe seine Seele aufgewühlt. Er behielt einen unangenehmen Geschmack im Mund. Eine ungenaue Sehnsucht entfernte ihn von dieser Welt.

Juan fühlte, dass die Sehnsucht Teil seiner Erinnerung war und dass seine ganze Existenz nur eine unwiederholbare Gelegenheit gewesen war.

Was letzte Nacht gesagt wurde

In jener Freitagsnacht triumphierte die unerbittliche Routine: Juan war in die Bar gekommen, bevor er sich mit Dalila traf. Kaum hatte er sich gesetzt, als Pedro Blablabla sich daran machte, Alex Zoten ins Ohr zu hämmern: Hast du das Pissoir gesehen? In den Pissoirs uriniert der Macho unter Wehklagen, hast du gehört?, und gib acht, dir die Hose nicht anzuspritzen, weil ihr das nicht guttut. Die Kneipe, Garten Eden des Geschwätzes und der Beichten, explodiert in lautstarker Redseligkeit, welche die dicke Luft durchschneidet, die Pedros würdig ist, wie Bracci zwischen den Zähnen sagt, der, man muss es sagen, seine Diskretion übertreibt, obwohl er sein humoristisches Talent nicht unterdrücken kann, schaut, ihr Scheißkerle, das Panorama des Fußballs ist schwierig, Juan, die Arschlöcher der violetten Mannschaft sind am Rande eines Nervenzusammenbruchs wie die Weiber bei Almodóvar, Pedro Blablabla spaßt mit geringem Erfindergeist, während er saures Bier rülpst, murmelnd und boshaft, wem fällt es ein, wegen dieses Clubs, der Trikots der *Via Crucis* trägt, aus der Rolle zu fallen?, schrie er, man muss sich vorsehen, Juan, die schwarzrote Mannschaft mit einem technischen Direktor, den man vor Kurzem aus dem Hut gezaubert hat, treibt den Ball voran, Pedro richtet sich an Juan, den alten Kollegen nächtlicher Runden, aber zwischen den Zähnen spricht er wieder, du solltest dich vorsehen, Juan, es kommen schwere Tage, Heredia ist von der Spur stärker abgekommen als ein Hund in einer Totenmesse, viele Leute kennen deine Schwäche für die Frauen, der Club Sport Cartaginés hat aufgeholt, ihm wehen günstige Winde und es kündigt sich ein Sturm auf den Meister an, wer kommt auf die Idee, mit so vielen Frauen zu gehen?, das Risiko lohnt sich nicht, und die Violetten erholen sich mit Riesenschritten, Idiot, man muss das edle Lumpenpack ihrer Anhänger sehen, sicher haben sie die Polizei gerufen, um zu ärgern, der neue brasilianische technische Direktor hat seinen Stil gefunden, sieh dich vor, Juan, trotz dieser komischen Farbe ist die

Landschaft bunt für die von der *Via Crucis*, irgendein eifersüchtiger Ehemann kann dich anklagen, Dummkopf, es ist sehr leicht, sie wissen, dass du ein Schürzenjäger bist, Alajuela hingegen hat drei Verluste im Mittelfeld erlitten, mit nur einem Anruf, bist du dir dessen bewusst?, ein Anruf und alles geht zum Teufel, Juan, der Fußball, ah, Juancito, der Fußball ist die Fantasie der nationalen Wirklichkeit (was könnte der Erzähler dieser kurzen und unnützen Geschichte hier noch einfügen?), zwei anonyme Worte alarmieren die Staatsanwältin, man gibt ihr deinen Namen an und fertig, die Anhänger der Schwarzroten können schon anfangen, sich zu beunruhigen, es wird keine Woche vergehen, bevor sie dich holen kommen, denn die Meister werden wie Lasttiere schwitzen müssen, wenn sie an der Spitze bleiben wollen, hast du die Presse nicht gelesen? Die Polizei ist sehr beunruhigt, am Sonntag wird das Stadion von Alajuela aus allen Nähten platzen, die letzten Spieltage waren unmöglich, man fühlt die Drohung in der Luft, wird die Liga gewinnen?, graue Tage kündigen sich an, wer wettet auf den Vizemeister?, ich würde diese Last nicht gerne tragen, es gibt Berichte, alle Welt erwartet etwas, Diana gibt die Fälle nicht aus der Hand, wer weiß es nicht?, es handelt sich um das entscheidende Spiel, nichts ist entscheidender als ein Verhör, es ist etwas Ernstes, die Verteidigung vorzubereiten, ist das wichtigste, wer in die Ecke getrieben ist, hat keine andere Wahl: angreifen oder sterben, Kellnerin, tauschen Sie mein Bier aus, ich verstehe nicht, wie eine dezente Person zum Anhänger dieses Clubs werden kann, jemand hat es hier schon gesagt oder ich selbst habe es gesagt und ich wiederhole es, *sieh dich vor, Juan, denn hier herum wird nach dir gesucht* ...

Álvaro runzelt das Gesicht, ohne überzeugt zu sein. Er drückte Juans Arm und flüsterte ihm ins Ohr:

„Sei ruhig, Juan, vergiss nicht, was wir besprochen haben."

Ihr Gespräch hatte an einem wolkigen Samstag im Café des Gran Hotel Costa Rica stattgefunden. Anwesend waren Álvaro, Ovid der Dichter und natürlich Juan. Álvaro erinnert ihn jetzt in der Bar daran, während Pedro Sabber und Dummheiten erbricht. An jenem Samstag plauderten sie, einen Cappuccino in der Hand, und mischten Witze mit abschließenden Reden über die menschliche Wirklichkeit, während ihnen die Fassade des Nationaltheaters zulächelte. Vor der Abenddämmerung sahen sie Molina vorübergehen, den Erzähler fantastischer Geschichten, sich sehr lebhaft unterhaltend und mit zwei Boxhandschuhen auf der Schulter. San José brüllte und stank nach verbranntem Benzin. In einigen Minuten würde die Beleuchtung des Theaters eingeschaltet. Im Norden wimmelte es auf dem Platz der Kultur, dort kreuzten sich Frauen mit schönen Beinen, Typen mit Anzug und Krawatte, Übeltäter, Gauner, unansehnliche junge Leute, Touristen in Sandalen und auch Hausfrauen, Anwälte und Geschäftsleute, nicht einzuordnende weibliche Typen, verehrungswürdige Greise, Bettler, ich weiß nicht, wie viele Bitten ohne Antwort murmelnd, und die eine oder andere eilige Hure. Pedro Blablabla– begann Álvaro, während er die heiße Tasse festhielt – gehört einer bestimmten Kaste von Subjekten an, die auf der Welt gut verteilt und Legion sind. Ihre Moral ist gleichzeitig streng und elastisch; für sie richtet sich der Unterschied zwischen Gut und Böse problemlos nach der Person, auf die sie die Regel anwenden. Solche Subjekte erheben sich mit dem Moralgesetz in der Hand über die Sterblichen; wenn sie nicht so pervers wären, wüssten sie, dass ihre Strenge, dieses Schwert, mit dem sie die Welt unterwerfen, nur eine Maske ist. Sie sind der Großinquisitor der Geschichte des Bösen: Wenn Christus zurückkäme, würden sie ihn wieder ans Kreuz schlagen. Da ihr Gesetz auf Erden herrscht, ist der Gekreuzigte überflüssig und soll zur Seite treten, weil er stört. Der irdische Staat besitzt bereits eine konstituierte Macht und für immer. Pedro Blablabla fordert, Pedro erlässt Gesetze, Pedro herrscht über die Männer und Frauen der Welt.

„Vergiss nicht, was wir im Café des Hotels besprochen haben", wiederholte Álvaro.

In der Bar murmelte Pedro Blablabla ich weiß nicht, welch unwichtiges Zeug zu Albino, dem Dichter der Erotik, während der Fernseher, über ihren Köpfen hängender gottloser Altar der modernen Zeiten, von oben ein Gemurmel von Nachrichten und substanzlosen Kommentaren über Fußball, von Prophezeiungen oder mit Feuerzungen angekündigten Verwünschungen fallen ließ. Der sehr vernünftige Álvaro begeisterte sich, wenn er von Pedro Blablabla sprach. Und sooft er konnte, analysierte er ihn eingehend oder zog ihm mit Leichtigkeit die Würmer aus der Nase und holte sein Innerstes, seine Abneigungen und Vorlieben, seine Monster aus ihm heraus.

Pedro Blablabla erklärt primitive Ideen zum Dogma, indem er darüber mit Bier, Zigarettenrauch und Urinstrahlen nachgrübelt. So ist diese Art von Subjekten, pflegte Ovid zu sagen, von Álvaros Beschreibungen überzeugt: Nur ihr Gesetz zählt, wer sich ihm widersetzt, ist böse.

Die Miserablen erdulden ihn nur halbherzig. Er entzieht sich ihrer Kontrolle. Schlimmer noch: Sie sehen Pedro Blablabla die Verbrechen oder jedwede andere obszöne Information ausnutzen, um seine eigene Unsicherheit im Leben auf die anderen zu projizieren. Álvaro sagte von ihm, wenn sich die Gelegenheit dazu bot, nichts ist gefährlicher als ein Mensch, der seinen Neid nicht bezwingen kann. Was hindert ihn daran, sich in den Kannibalismus zu stürzen? Der Groll ist sein Rohstoff. Damit kocht er das Gebräu seiner persönlichen Beziehungen.

Was für eine Verrücktheit: Warum haben die Miserablen ihn nicht aus der Gruppe geworfen? Álvaro hat es bereits gesagt: Pedro Blablabla ist das andere Ich, in dem sich das abgelehnte und inakzeptable Elend jedes Einzelnen zusammenfasst. Dieser mehrdeutige Narzissmus hilft uns nicht, die Flecken von der Haut abzureißen: sie haften fest daran. Der Spiegel reflektiert sie. Das Merkwürdige ist, dass wir sie nicht sehen wollen. Wir sehen sie nur bei den anderen. Aus diesem frommen Grunde uns selbst gegenüber dienen uns solche Subjekte als Alibi. Pedro ist der Mülleimer, in den wir werfen, was uns in uns selbst anekelt. Seltsames Paradox: Er zieht uns gleichzeitig an und stößt uns ab. Pedro Blablabla, bla bla bla von Pedro, obwohl es uns missfällt. Bla bla bla von uns selbst.

Oft diskutieren Álvaro, Bracci, Albino und irgendein anderer in der Bar bis zur Erschöpfung über diese Angelegenheit. Pedro fordert sie heraus. Ovid der Dichter verpasst keine Gelegenheit, ihnen neuen Schwung zu verleihen, auf die Angelegenheit zurückzukommen und sie mit Nachdruck zu behandeln. Der Triste hingegen verliert sich in seinen politischen Diatriben. Die Übrigen hören und schweigen.

Es verstößt gegen die guten Sitten, Leidenschaften zur Schau zu stellen. Niemand ist verpflichtet, es zu tun. Dies war bei Juan noch weniger der Fall, dessen Ego eines biblischen Machos in Stücke fiel. Er achtete schon nicht mehr darauf. Er sah blass aus und war weit von seiner gewöhnlichen Lockerheit entfernt. Er wechselte mehrmals den Stuhl, bis er sich neben Rafa setzte. Er hörte mit gespannten Gesichtsmuskeln und starr auf Pedro gerichtetem Blick zu, als wollte er ihn ganz verschlingen mit Brille, Krawatte und dem Aussehen eines heuchlerischen Priesterseminaristen. Nie gab es einen offenen Konflikt zwischen ihnen. Die Gespräche in der Bar beschränkten sich auf einzelne Sätze oder lange Idiotien über Fußball, zu denen neue Kraftausdrücke kamen, begleitet von Fernsehschirmen und unbedeutenden Trinkern am Tresen. Wenn Pedro von Liebesabenteuern sprach, beschränkten sich die Übrigen darauf, seine Erfindungsgabe zu bewundern, und stachelten ihn an, damit er die erlogenen Einzelheiten vervielfältige. Immer zur falschen Zeit ließ sich Ovid der Dichter hören:

Ich beneide die Fresser: sie liebten das glatte Fleisch mit ihren Lippen, die laszive Hingabe; ich beneide, was sie bissen, ich beneide sie, weil sie so glücklich in deinem Haus wahnwitziger Spiele sind.

„Thema für einen kitschigen Bolero", schrie Pedro Blablabla.
Ovid antwortet ihm, feuersprühende Augen auf ihn heftend:
Gott spricht nicht so laut.
Ich ziehe sein Flüstern vor.
Sein Schweigen.

Als er an jenem Freitag auf der Straße war, fuhr Juan zu den Bergen im Westen. Die Stadt auf dem Grund des Tales war ein auf die Erde gefallener bestirnter Himmel, der das Laster und die Tugenden nicht kannte. Niemand konnte ihm helfen. Dalila ja. Ja, vielleicht. Dalila würde ihm helfen, seine Gedanken neu zu ordnen, obwohl ihre Beziehung wankte. Die Angst vor einer Konfrontation mit der gerichtlichen Untersuchung hatte begonnen, sein Herz zu zerfressen, und seine Verfassung war ekelerregender als eine verfaulte Zwiebel.

Aber die Begegnung mit Dalila war eine Desillusion. Erinnerst du dich daran, lieber Leser?

Die Blumen sind verwelkt

Flor Salvaje. So nannten sie mich. Heute bleibt nur das Wilde. Seit langer Zeit ist die Blume verwelkt.
Das Gesicht im Spiegel schaut mich nicht mehr fasziniert an.
Flor Salvaje sprach zum Spiegel. Es war viel Zeit vergangen, die Anstrengung war enorm gewesen und das Ergebnis war die Frustration, den Himmel mit den Händen berührt zu haben und zu fühlen, dass es nichts nützte. PubliServ hatte einen Misserfolg erlitten.
Das Projekt Flor Salvaje schlug fehl.
Die Anstrengungen waren von Anfang an unnütz und am Ende vergeblich. Nachdem ein Vermögen investiert worden war, das wie Tabak zwischen gelben Zähnen verrauchte, konnte nichts mehr getan werden. Während des letzten Treffens bei PubliServ hinterließ der Mann mit der Krawatte den Boden voller Zigarettenstummel. Juan fand keine Erklärung. Was der Mann schrie, seine Vulgarität und seine Verwünschungen, wusste nur Juan.

Jene Leidenschaft

Am Ende ist es besser, rechtzeitig basta zu sagen, selbst wenn es nicht die richtige Zeit zu sein scheint. Juan hatte beschlossen, Dalila in das bestmögliche Vergessen zu verbannen, und er würde nicht davon abgehen. In Zukunft musste er die Regeln ohne Schwanken festlegen. Die Soße seiner Begegnungen sollte sich nicht in ranziges Fett verwandeln. Er hatte schon genug mit den Verbrechen und seiner Buße zu tun. Jene Leidenschaft, so verwandt der Niedertracht, hatte den Nachtisch kompliziert, dachte er seufzend, und gegen das Hauptgericht seiner Liebschaften stürzte ein eisiger Wind. Er war auch nicht der Mann dafür, sich in einer Küche einzuschließen und dasselbe Feuer das ganze Leben lang zu schüren. Das Schicksal verfolgte Don Juan den Feinschmecker von einem Bankett zum anderen, wie die Seelen des göttlichen Platons dazu verurteilt, Körper aufzusuchen. Wenn das gemeinsame Mahl nicht mehr voller Freuden war, wäre es weiser und würdiger, der Vergangenheit Adieu zu sagen: So könnte er vermeiden, dass die Melancholie, die ihn belauerte, sich in Hass verwandelte und dass der Hass zu Galle in seinem Fleisch würde, bis er sich fast zerfleischte.

Am anderen Ende der Leitung hing Dalila weiterhin am Telefon. Juans Telefon krächzte. Aber Juan hob den Hörer nicht ab. Sein Leben hing an einem Faden. Er hatte keinen Sinn mehr für alberne Liebesangelegenheiten.

Die Obstschale der Sünde

Piel Canela zeigt die Obstschale der Sünde und zwinkert dem Verführer zu, aber dann zieht sie sich zurück und sagt nein, ein Flammenschwert schwingend.
Es war einer jener Tage ständiger Telefonanrufe.
Er überraschte sie einmal, eines Tages, an einem trockenen Nachmittag. Zufällig begegnete er ihr im Multiplaza, dem Einkaufszentrum, *Terra ignota* des Jägers. Auch Piel Canela erriet seine Anwesenheit aus dem Augenwinkel, aber sie sprang in ein Taxi und verschwand im städtischen Verkehr. Juan erinnerte sich an die Äpfel, deren Fruchtfleisch oxidiert, wenn es in Kontakt mit der Luft kommt. Das Bild ist schlecht und niemand weiß, warum Juan daran dachte. Wenn wir eine Erklärung dafür suchen wollten, könnte man an die mythische Strafe des Tantalus erinnern. Der unglückliche Tantalus konnte nicht essen. Die Nahrung und das Wasser zogen sich zurück, wenn er die Arme ausstreckte, um sie zu fassen. Piel Canela bietet die Pracht der Obstschale, die saftigen Pfirsiche, die im Reich der edlen Säuren regierende Zitrone, die scharfe Ananas, das schamlose Fleisch der Mango, die Kirschen mit feuerroter Haut, die obszöne Papaya, die Frucht der Stachelannone mit ihrem heilkräftigen und süßsauren Inneren, die nächtlichen Feigen. Ja. Nein. Ja. Nein. Ja. Nein. Versuchung und Zurückweisung. Juan gab sein Verlangen zu, seine Frustration. Das Feuer malte Goldflecken auf das saftige Fruchtfleisch des Gartens Eden, da wo sich Juan in der Hölle jener hoffnungslosen Tage vorfand. Er fühlte sich in einer Quelle untergehen, lauwarm, süß, sauer, sprudelnd vor Vergessen; vor den offenen Früchten lief ein Schauer über seine Haut; seine Lippen badeten in bitterem Honig. Er versenkte die Hände in Intimitäten und sein Fleisch schwand dahin, sich in Geheimnissen irdischer Gelüste duckend. Juan kehrte zur uranfänglichen Obstschale zurück, wiederbelebt in seinen Träumen; er schweifte verlorene Aromen erinnernd umher, aber dann kehrte er ohne weiteres zur Welt der Dinge zurück. So war es, als das Taxi an

ihm vorbeifuhr, bevor es im Chaos verschwand, und er erfuhr nicht, ob der Blitz in Piel Canelas flüchtigem Blick Verlangen oder Terror ankündigte.

Oder vielleicht nicht, nichts davon.

Vielleicht war er in die Fallen seiner Einbildungskraft geraten.

Regenschirmflügel

Gianni bereitete mit Tintenfisch gefüllte *Tortellini* und Langusten-Soße zu. Ich weiß nicht, woher er die Tinte bekam, um ihnen die schwarze Farbe zu geben, aber wir wissen bereits, dass sein Erfindergeist zu allem fähig ist.

Ovid strahlte. Nichts ist besser als die Abwesenheit von Pedro Blablabla, um sich am Menü des Abends zu erfreuen.

„Du bist heute sehr guter Laune", sagte Gianni zu ihm. „Das freut mich: *Oggi la vita è bella per te.*"

„Gott vergisst die Miserablen", antwortete Ovid sich verstellend, „aber er verprügelt sie, wenn er sich an sie erinnert."

„Wer schreibt euch vor, euch für Engel zu halten?"

„Wir können die Flügel nicht verstecken."

„Regenschirmflügel."

Ovid holte einige Blätter hervor und legte sie vor den Teller, neben das Weinglas, und kündigte dadurch an, dass der Nachtisch diese Nacht poetisch sein würde.

Zum Glück war Pedro Blablabla nicht da.

Die Fantasie ist launenhaft

Ich weiß nicht, ob es die schweren Tage waren oder es an der launenhaften Fantasie lag, aber plötzlich hat Juan eine Eingebung.
Bevor er weggeht, ruft er Lorena. Lieber sagt er es ihr gleich. Es ist kein gewöhnlicher Einfall. Seit Tagen sucht er eine Idee für die Werbeanzeige, mit der ihn ein Importeur beauftragt hat. Nun hat er sie. Es wird eine *Collage* von Automobilen vor dem Hintergrund eines authentischen flämischen Gemäldes sein. Auch eine Imitation aus einander angepassten Teilen würde sich eignen, um ein großes Mosaik zu schaffen. Die Motive dieses Hintergrunds wären der Tod, der Krieg, die Schlachten, die Zweikämpfe Mann gegen Mann. Man wird Karren voller Leichen sehen können, Schützengräben, brennende Häuser vor einem Hintergrund in Flammen, aufgeschlitzte Pferde. Natürlich würde der Raster im Hintergrund vergröbert, damit er nicht zu sehr hervorsticht. Wichtig ist das Überlagern der Autos in glänzenden Echtfarben über die Gewalt, die ihr als Hintergrund dient. Trotz der Finanzkrise werden alle neue Automobile kaufen wollen.
Der Hintergrund der Zerstörung ist eine Metapher unserer Epoche. Und ist das Automobil etwa nicht die todbringendste aller Waffen, getarnt durch das Vergnügen?
Lorena sieht ihn überrascht an.

Maracuja flambiert mit Rum

Nach unruhigem Schlaf erwachte Juan am Montagmorgen der Kriminalpolizei gegenüber. Aber die Polizei kam nicht, um ihn zu verhaften, ohne dass er etwas Böses getan hätte, wie den unglücklichen Joseph K., sondern klopfte an die Tür und sagte sich mit größter Höflichkeit an. Ich übertreibe nicht. Niemand hatte vor, ihn festzunehmen, noch gab es einen Haftbefehl, niemand kam mit Handschellen, noch gab es Lärm von Journalisten und Kameras dahinter; sie waren auch keine Killer à la Militärjunta, welche die Tür in der Morgendämmerung eintreten und ihn mit Fußtritten aus dem Bett befördern würden, um ihn an einen Ort ohne Wiederkehr zu schleppen; nein, nichts davon; es war nur ein informeller Besuch der Ermittlerin. Ihr Ruf und die Makellosigkeit ihrer Dienstakte verschafften Diana das Privileg, dass das Polizeipräsidium die Augen vor gewissen wenig üblichen, aber nicht illegalen Verfahren während der polizeilichen Ermittlungen schloss. Nach Möglichkeit zog sie einen diskreten Besuch formellen Verhören mit dem ganzen Gesetzesapparat daneben vor. Ihr Verhalten war human, wenn in der Welt der Verbrechensbekämpfung davon die Rede sein kann, und unterstützte das Selbstwertgefühl unschuldiger Personen, auf die der traurige Hauch eines Verdachts fiel. Ein Polizist ist kein Folterknecht, sagte sie, sein Beruf ist wie jeder andere, der Polizist gehört auch nicht zu den apokalyptischen Reitern der Reinigung. Darum wählte sie an erster Stelle die sanfte Methode (so nannte sie diese). Sie verabscheute die Kreuzfahrer gegen das Böse. Diese spielen im Allgemeinen Blindekuh, um die perversen Gelüste zu verbergen, die in ihren Seelen kochen.

Während ihrer ersten Zeit bei der Staatsanwaltschaft musste sie an Hausdurchsuchungen teilnehmen. Das erste Mal, an einem regnerischen Tag, war eine bittere Erfahrung, aber sie diente ihr dazu, Grundsätze festzulegen. Es waren acht Männer und eine Frau, sie selbst. Der Verdächtige, den sie suchten, hatte versucht, sich zu verstecken, aber sie fanden ihn auf einer Zwischendecke, von wo er aufgrund von Drohungen hinuntersprang. Auf dem Boden angelangt, prügelten ihn die Männer windelweich, sie brachen ihm drei Zähne und eine Rippe. Diana empörte sich. Es war eine spontane Reaktion. Die Fußtritte waren nicht zu rechtfertigen. Der mutmaßliche Delinquent hatte sich der Festnahme nicht widersetzt, noch hatte er cholerisch gewalttätig reagiert, noch deutete er Drohungen an, noch bot er Vorwände, um ihm die Knochen zu verrenken. Die Justiz, dachte Diana, muss bei der Methode beginnen. Seit jenem schmählichen Tag verabscheute sie die leere Brutalität ihrer Kollegen und sagte es ihnen ins Gesicht. Es stellte sich heraus, dass jener Unglückliche unschuldig war.

Am Montagmorgen klopfte sie an die Tür. Dulce öffnete ihr und lief, um Juan zu benachrichtigen, dass ihn die Kriminalpolizei aufsuchte, nachdem sie Diana eingeladen hatte, sich ins Wohnzimmer zu setzen und ihr einen Kaffee angeboten hatte. Sie ist hässlich und schön, dachte Dulce ganz erschrocken, fast verloren in einer unbestimmten und den Leidenschaften unterworfenen Welt, die ihr völlig fremd war.

„Möchten Sie Kaffee trinken?"

„Wenn er frisch aufgebrüht ist, ja, bitte."

„Juan kommt gleich", sagte sie und ging mit großen Schritten in die Küche.

Diana blickte sich um. Die gewohnten Aufenthaltsräume eines Verdächtigen pflegen kleine verräterische Spuren zu zeigen. Man muss beobachten, sie beobachten und wieder beobachten. Dies ist die zweite Regel eines Hausbesuchs zur Ermittlung. Die erste ist die Sicherheit. Es gab viele Bücher: auf einem kleinen Wandbrett aus altem Zedernholz, auf dem Wohnzimmertischchen, in scheinbarer Unordnung und auch auf einem Sofa waren illustrierte Ausgaben von Kochbüchern ausgelegt. In einem Zeitschriftenständer fand sie ein aus dem Einband gegangenes Exemplar von *Die Kürze des Genusses (oder die Häresien des Verlangens)*. Aber es waren nicht die Gedichtsammlungen, sondern die ungewöhnliche Kollektion gastronomischer Veröffentlichungen, die ihre Aufmerksamkeit erregte.

„Wenn Sie wollen, sehen Sie sich die Bücher auf dieser Seite an", sagte Dulce mit dem Kaffee in der Hand zu ihr, indem sie auf die Seitentür zeigte, die zum Arbeitszimmer und zur Bibliothek geht.

Diana stand auf und ging in diese Richtung, die Untertasse und die Tasse haltend. Dulce stellte einen Korb mit sehr gut aussehenden Feigen-, Schokolade- und Ingwerplätzchen auf den Tisch.

Der Leser ist bereits die Regale entlanggegangen und erfuhr und sah, wie umfangreich und in die Tiefe gehend diese Sammlung ist. Diana ging von einem Regal zum anderen, schaute da und öffnete Bücher dort, bis beim Hochheben des Cocktailalbums das berühmte Rezept der *Maracuja flambiert mit Rum* herausrutschte, das in intimer Gesellschaft zuzubereiten der Leser Gelegenheit gehabt haben dürfte, während seine Lektüre bis zu der Zeile fortschritt, die er gerade liest. Diana studierte das Rezept mit großer Neugierde und legte es wieder an seinen Platz zurück. Sie ging die Bücher weiter durch, hob einige hoch, schob andere weg, analysierte Markierungen, bemerkte, dass einige Werke nie geöffnet worden waren. Sie wünschte sich alle, aber es war etwas Flüchtiges. Sie ertappte sich dabei zu denken, dass sie am Samstag den Cocktail zubereiten würde, wenn der gemeine Zufall ihre Pläne nicht verhinderte.

Verzauberten sie die Regale? Oder war es eher ihr Eigentümer? Juans Leidenschaft für die kulinarischen Künste erschien ihr eine Merkwürdigkeit, aber jetzt verwirrten sich ihre Fäden, als sie seine unvorhergesehene Facette eines Lesers feststellte.

Die Bücher einer Bibliothek bilden den Eigentümer ab. Es genügt, die Titel zu sehen, die Autoren, die Jahre des Erwerbs, die Ordnung oder Unordnung im Raum (auf Regalen, Tischen, dem Boden), sowie die Spuren zwischen den Seiten oder auf dem Umschlag, das Aussehen, die Daten des Druckes, die Sprachen, ob es sich um Werke zum Lesen oder Nachschlagen handelt oder ob die schönen Bände zum Vorzeigen vorherrschen, ob es Geschenke waren, etc. Die Bücher sind Zeichen, kleine *J'accuse*. Auch ihre Abwesenheit ist aufschlussreich. Zwischen den vier oder fünf Regalwänden gehend und stöbernd, identifizierte Diana erinnerungswürdige Details. Es handelte sich um einen schnellen Überblick, denn sie konnte sich nicht zu lange damit aufhalten, aber lange genug, um unerwartete Titel zu finden, wie es ihr auch kurios erschien, dass sie, so wie sie Don Juan den Feinschmecker zu kennen glaubte, nicht auf Erzählungen im Stile von *Fanny Hill, Lolita* oder *La vie sexuelle de Catherine M.* gestoßen war, so exhibitionistisch und obsessiv … wenn er sie nicht versteckt hat. Jeder der Miserablen hätte gewünscht, dort

La Philosophie dans le boudoir zu durchblättern. Trotz dieser Beobachtungen, wenn Diana die Hirngespinste des Eigentümers über die elementaren Geschmackserfahrungen gekannt hätte, hätte sie keinen Grund gehabt, überrascht zu sein. Bücher herausziehend und Regale durchsehend, fand sie keine spanischen Klassiker außer *Don Quijote*, *La Celestina* und *El Lazarillo de Tormes*. Wenn man die gastronomischen Bücher ausnimmt, sah sie nur Bücher auf Spanisch. Zuerst war sie überrascht und dann fühlte sie sich Komplizin von einigen Büchern: *Los fracasos de la memoria*, *Faustófeles*. Neben *La victoria del acaso* stand eine neue Ausgabe des *Lázaro de Betania*, ein unterschriebenes Exemplar (nur unterschrieben?) von *Ecos de la piel* von Haydée Fara mit diesem Epigraph: „Die wilden Tiere im Bett loslassen heißt den Engeln den Weg auf Erden bahnen." Eine Gedichtsammlung von Amighetti mit Holzschnitten glänzt stark benutzt auf *El Jaúl* von Max Jiménez mit Holzschnitten illustriert. Diana interessierte es sehr, ohne es klar begründen zu können, dass Juan diese Bücher hatte und andere ohne literarische Verwandtschaft untereinander, obgleich sie nur einen Leser leichter Kost vorhergesehen hatte ... ja er las etwas.

Weiter weg stieß sie auf einige Pérez Reverte, Calufa, Fuentes, García Márquez, Lispector, Ramírez, inklusive des *Baudolino* von Umberto Eco, einige Bücher über Spionage, *La tía Julia y el escribidor*, *Llano en llamas*, *El ingenio maligno*, klassische Kriminalromane, schwarze und zeitgenössische, beginnend bei Conan Doyle über Chandler und Simenon bis zu Vásquez Montalbán und Taibo II. An den Titeln zeigte sich eine gewisse Vorliebe für Erzählungen und Gedichte, aber sie konnte nicht weiter stöbern, denn sie hörte Schritte, bevor sie *Poemas de una ciudad inerme* öffnete. Unberührt blieben auch *La vida ajena*, *Variaciones para una ficción*, *La condena*, *Breviario del deseo esquivo*, *Apuntes para un náufrago* und *La hora santa del deseo*.

Diana drehte sich um und reichte die Hand.

„Wir haben einen ähnlichen Geschmack", Juan machte eine Geste der Überraschung, „Nein, ich beziehe mich nicht auf die Kochbücher, sondern auf die Poesie. Ich möchte einige Minuten mit Ihnen sprechen, wenn Sie erlauben. Ich denke, Sie werden keine Unannehmlichkeiten haben, wenn Sie zu spät zu PubliServ kommen."

„Natürlich nicht."

Juan hatte seinen galanten Stil beim Kontaktknüpfen nicht

eingebüßt: Er machte eine höfliche Handbewegung, damit sie in das Wohnzimmer zurückkehrten und forderte Diana auf, sich zuerst zu setzen; er wendet sich seinem gewohnten Sofa zu und machte es sich dort bequem, indem er sich bemühte, einen gelassenen Eindruck zu machen, aber er vergaß dabei, dass seine Augenringe eine Nacht unruhigen Schlummers verrieten.

Diana musterte ihn mit einem langen Blick und ohne zu blinzeln. Einen Augenblick lang glaubte Juan ein leichtes Beben im Körper dieser Frau zu bemerken, die er in den Bars kennen gelernt hatte, als sie zu den Miserablen kam und sich mit einer Limonade in der Hand zwischen sie setzte. Juan ertappte sie dabei, wie sie ihn anschaute, aber er ließ sich aus Höflichkeit nichts anmerken. Er erwischte sie auch, als sie den Blick auf andere richtete: auf Pedro, den Zorro. Jetzt, bei ihm zu Hause, war sie eine Art fleischgewordener Mythos der Verfolgung, dachte er. Ein kurzes Beben, ja, er konnte sich nicht irren, er hatte es bereits bei vielen Frauen bemerkt, die vom Glanz seiner Aura verwundet wurden. Oder war es eine weitere Illusion? Täuschten ihn seine Fantasien?

Diana hielt das Büchlein mit Gedichten in der Hand. Es war eine Ausgabe in kleinem Format, dickes Papier in heller Senffarbe. Sie schlug eine Seite auf und las mit fester, angenehmer Stimme:

Ich möchte dich wenigstens mit Worten lieben,
o Winterregen,
weil mein Körper schon kraftlos ist
und morgen die Zeit der Erinnerungen beginnt.

Dulce unterbrach eine lange und beunruhigende Pause mit noch zwei Tassen Kaffee.

Diana fuhr zu sprechen fort:

„Unser Geschmack ähnelt sich, wie ich glaube. Der Erfolg bei der Arbeit macht uns interessant und vor allem verhasst. Ich sage es nicht meinetwegen, denn meine Karriere ist kaum auf der Hälfte des Weges angelangt, aber ich weiß, dass bald der Tag kommen wird, an dem ich verhasst sein werde. Bei Männern und Frauen ist das Sichtbarste und Abstoßendste zu triumphieren, wo die Mehrheit scheitert oder sich in Siegesträumen verzehrt. Ich beziehe mich auf den Beruf und eine andere, noch wichtigere Sache. Sie werden ohne große Anstrengung erraten, dass ich auch von der Liebe spreche und dass ich darüber gern eines Tages mit Ihnen diskutieren würde; selbstverständlich tiefschürfend reden, mit analytischem Geist, nicht schwatzen wie die Machos in der Bar, sondern wie die Kriminalkommissare reden oder die Archäologen. Erlauben Sie mir, Ihnen etwas zu sagen: Wir sind feinfühlig, uns beiden gefällt die Poesie, und bei genauer Überlegung ähneln sich die Kriminalkommissare und die Liebenden: Beide verfolgen etwas, was sich ihnen verweigert, ein glückliches und obszönes Objekt der Begierde."

Sie machte eine Pause und las mit leiser Stimme ein neues Gedicht, aber dann schloss sie das Buch, dessen Blätter zur Hälfte lose waren und Spuren exzessiven Gebrauchs zeigte, welcher den Einband nicht in Ehren hielt.

Juan beobachtete sie, auf die Texte konzentriert, entspannt. Sie trug einen dunkelblauen Baumwollrock, eine hellblaue Jacke, eine weiße Leinenbluse von tadelloser Eleganz. Das Haar glatt, dunkel, fiel ihr sehr locker über die Ohren. Sie hatte einen fülligen Körper und er empfand sie als begehrenswert.

„Sie erraten den Grund meines Besuchs", sagte sie, ihm in die Augen schauend. „Sie irren sich nicht."

Juan schwankte, durchbohrt von diesem intelligenten und schönen Blick (jetzt bemerkte er es):

„Ich kann es mir vorstellen."

„Ich bin mit dem Fall befasst."

Sie sagte es ihm aus reiner Formalität.

„Es stand oft in der Presse", antwortete Juan, sich im Reden überstürzend, um sich aus der Affäre zu ziehen.

„Sie kannten sie, nicht wahr?"

„Ja."

„Ich muss mehr wissen."

„Über die Opfer?"

Juan schauderte es, nicht ohne eine verborgene Anmut hinter diesem professionellen Gesicht zu bemerken, das eine Sekunde lang sein drohendes Aussehen verlor.

„Meine Frage wird Sie nicht überraschen."

Sie schlug die Beine übereinander, eine Geste, die Juan trotz der unangenehmen Situation nicht unbeobachtet ließ.

„Ich müsste es Ihnen nicht sagen", fuhr Diana zu sprechen fort.

„Wie bitte?"

Juan fühlte eine brennende Wolke in seiner Brust. Er musste sich anstrengen, um zu atmen.

„Es ist eine Selbstverständlichkeit."

„Erklären Sie sich, bitte!"
Er fühlte sich schlecht. Einige Sekunden lang stellte er sich den schrecklichen Zwangsaufenthalt im Gefängnis vor.
„Ich bin gekommen, damit sie mir helfen."
„Mal sehen, ob ich Sie verstehe."
„Sie wissen, worauf ich mich beziehe."
„Entschuldigen Sie, aber wie kann ich Ihnen behilflich sein?"
Diana bemerkte die Ambiguität der letzten Frage, aber ließ sie durchgehen. Wenn Juan ein Freund der Opfer gewesen war, würde niemand an der Bedeutung eines Gesprächs mit ihm zweifeln.
„Erinnern Sie sich an das Detail des Küchenmessers? Die Zeitungen erwähnen es, sooft sie eine aufgewärmte Nachricht über die Verbrechen veröffentlichen. Glauben Sie, der Mörder würde seine Unterschrift am Körper der Opfer hinterlassen, neben ihnen?"
Juan entspannte sich.
Diana stand mühelos auf und ging im Wohnzimmer umher, ihn kaum ansehend und Einzelheiten registrierend, während sie die ruhelosen Bewegungen Dulces erahnte, die sich aus anderen Ecken bemerkbar machte.
„Ich gestehe Ihnen noch etwas", sie blieb einen Augenblick stehen und sog die Luft kräftig schnuppernd ein, „bei diesen Verbrechen gibt es einen zarten Geruch, überaus zart, gespenstisch. Es ist keine Falle der Einbildungskraft, dessen bin ich sicher. Vor Jahren musste ich den Fall eines Fälschers von Markenparfums aufklären und habe mich in den Techniken des Geruchssinns unterrichten lassen. Die industriellen Parfumartikel rauben mir nicht den Schlaf, noch speichere ich Gerüche, Klänge oder Geschmacksrichtungen in dokumentarischer Absicht im Gedächtnis. Von Berufs wegen, im strengen Sinn, achte ich darauf und ich gestehe, dass mich die Geschmacksrichtungen mehr interessieren als die Gerüche. Ich suche Daten, die der Analyse Fährten bieten. Denken Sie zum Beispiel daran, wie sich der Geschmack der Nahrungsmittel verändert, je nachdem, wie man sie kombiniert. Rosmarin und Knoblauch haben auf Lammfleisch nicht dieselbe Wirkung wie auf gebackenen Kartoffeln? Erkläre ich mich?"
Natürlich erklärt sie sich, dachte Juan erbebend.
„In der Küche gibt es geschmackliche Grundrichtungen und andere entstehen aus deren Mischung. Dies ist eine sehr einfache Tatsache, die jeder Kochlehrling oder Student der Systeme

kennt: der Teil betrifft das Ganze, je nachdem, wo, wann und wie er sich mit ihm verbindet. Das Schwierige ist, ausgehend von den Mischungen zu den ursprünglichen Geschmacksrichtungen vorzustoßen, indem man den Weg zurückgeht. Ich sage es Ihnen ohne Umschweife: wenn es um Geschmacksrichtungen geht, ist es eine schwere Kunst, zum Ausgangspunkt zurückzukehren und bei Düften fast unmöglich. Sie werden mir glauben, wenn ich Ihnen sage, dass dies eines der ernstesten Probleme ist, mit denen sich der Ermittler auseinandersetzen muss. Die Aufklärung des Verbrechens folgt demselben rückläufigen Weg von den Wirkungen zu den Ursachen. Wonach riechen die Küchenmesser? Sind sie eine Fährte, ein Zeichen, eine Tür zum Haus des Mörders, ein Trick, um von der Fährte abzubringen, indem die Ermittlung anderswo hingelenkt wird? Drei Messer mit demselben Geruch. Oder täuscht mich die Einbildungskraft? Wozu diese absichtlichen Spuren?"

Juan war ruhig. Oder doch nicht?

Diese Frau schien seine dunkle Seite zu kennen und solch ein Blick in sein Inneres war kein Grund, sich glücklich zu schätzen.

Diana hingegen war von ihren eigenen Worten hingerissen und mit halb geschlossenen Augen, Bücher öffnend und in ihnen blätternd, warf sie Blicke zur Küche. Die Tasse mit einem kalten Kaffeerest stand auf der Untertasse auf einem wie eine Spitze geprägten Papier. Auch eine Silberschüssel, Würfelzucker und eine Zuckerzange befanden sich da. Diana fand die Feigenplätzchen sehr nach ihrem Geschmack; die Ingwerplätzchen auch.

„Bis jetzt habe ich viele Informationen gesammelt, aber sie reichen noch nicht aus. Aus Gewohnheit versuche ich, gleichzeitig verschiedene Hypothesen in Betracht zu ziehen, die alle wichtig sind: Der Mörder ist intelligent, er plant das Verbrechen, er versteckt sein Interesse an den Kochkünsten nicht oder will vielleicht etwas insinuieren, das sich auf die Freuden bezieht oder erratische Signale senden. Vielleicht will er eine andere Person hineinziehen. Handelt es sich um Rache? Sollte es statt eines mehrere Mörder geben? Alles ist möglich, solange die Existenz einer kriminellen Vernunft nicht bewiesen ist, obwohl ich es für verabscheuenswert erachte, das Wort ‚Vernunft' auf diesem Feld der mörderischen Motivationen zu gebrauchen."

In diesem Augenblick platzte Dulce mit noch zwei Tassen Kaffee herein und servierte sie, ohne zu fragen, zuerst Diana und dann Juan, im Austausch gegen die leeren Tassen. Sie ging mit schnellen Schritten hinaus, von ungeduldigen Blicken beobachtet.

„Es gab drei Verbrechen", fuhr sie zu sprechen fort mit einer Stimme, die Juan (nur diesmal) eine feine Ironie zu enthalten schien, „die drei spielen auf gastronomisches Interesse an, sei es, dass der Mörder den Impuls nicht unterdrücken konnte, jedem Tatort seine Unterschrift aufzuprägen; oder, und das ist meine Hypothese, weil er eine andere Person in die Sache verwickeln wollte, indem er ein anspielungsreiches Zeichen hinterließ. Sie verstehen, warum ich Sie aufgesucht habe: Alle Opfer haben zum Kreis Ihrer Freundschaften gehört. Wenn diese Frauen eine Beziehung mit Ihnen hatten" – die Emphase war sehr schwach–, „wer außer Ihnen könnte mir Informationen über sie geben? Es scheint mir obligatorisch, mit Ihnen über Angelegenheiten zu reden (Juan notierte, dass sie das Wort *verhören* nicht benutzte), die Sie besser als sonst wer kennen."

Diana unterbrach sich, um eine illustrierte japanische Publikation zu streicheln, indem sie Juan aus den Augenwinkeln anschaute. Sie öffnete das Buch auf gut Glück und sah einen Reiswürfel, bei dem sich dünne Schichten, weiße, grüne und safrangelbe abwechselten und zwischen ihnen Algenblätter waren. Die Meeresfrüchte, die der Untertitel versprach, tauchten nirgends auf, aber sie bedauerte es natürlich nicht, weil die Illustration sehr schön und der Reis mit Karkassen von Riesengarnelen gekocht war, wie der Bildtext lautete. Diana ließ sich einen Augenblick ablenken, die essbare Komposition auf einem schwarzen Porzellanteller betrachtend, die Stäbchen und einen kleinen doppelten Behälter; dann erholte sie sich wieder und sah Juan mit animalischer Starre an, die Lippen fest geschlossen. Manchmal versetzte sie sich in die Situation des Gesprächspartners, versuchte seine Leidenschaften zu verstehen, seine Exzesse oder einmaligen Gewohnheiten.

Juan fühlte sich im Innersten verletzt. Spielte diese Jägerin mit dunklen Augen Katz und Maus?

Diana streichelte das Japanpapier mit fast sinnlichen Bewegungen.

Du wirst blass, Juan.

Und alle sehen dich an.

Diana, in Großwildjägerin verwandelt, beobachtet dich. Warum fliegen Dulces Augen einen traurigen Flug, wenn sie aus der Wunderküche kommt? Und du, Leser, auch du erblickst ihn, ohne zu blinzeln, von dieser Seite des Türschlosses aus. Ja, natürlich entgeht mir dieses Detail nicht: Jetzt erwartest du große Ereignisse, von *Schadenfreude* entflammt. Wusstest du es? Die *Schadenfreude* ist ein Zeitvertreib, der sich an fremdem Leid weidet. Vergnügen eines *Voyeurs*. Niemand hat ihr in der spanischen Sprache einen Namen gegeben ... Aus eitler Scheinheiligkeit? Aber mach weiter, mach weiter, schärfe den Blick ein wenig mehr, spioniere ihm nach, beobachte ihn, liebe ihn, hasse ihn, vergnüge dich, schau, bewundere, sieh ihn auf der anderen Seite, genieße, folge deiner Leidenschaft, Juan hat ein blasses Gesicht, wir erinnern keine solch kalte Blässe an jenem Körper, der die irdischen Freuden gewohnt ist. Und du, Leser, ergötzt dich daran, ihn leiden zu sehen. *Schadenfreude.*

Diana legte das Buch in den Schoß und fuhr fort zu reden: „Ich bitte Sie, versuchen Sie, sich zu erinnern. Kennen Sie jemand, der eine Beziehung zu den Opfern hat, einen Informanten, der Hinweise auf den Verbrecher liefern könnte?"

Sie unterbrach sich und heftete den Blick auf ihn.

„Ich möchte etwas für Sie vorausschicken."

Das unerwartete Schweigen ließ Juan auf glühenden Kohlen sitzen.

„Es ist ein neuer Fall aufgetreten, der noch nicht veröffentlicht worden ist, obwohl ihn ein Reporter von der Zeitung *Fusil de chispa* untersucht, einer von denen, die nicht von ihrer Beute ablassen. Mordversuch? Wir wissen es nicht. Vielleicht war es eine Drohung. Die Angegriffene hat letzte Nacht bei der zuständigen Behörde Anzeige erstattet. Der Fall wurde mir übertragen, weil dabei ein Küchenmesser im Spiel war. Sie heißt Piel Canela. Auch sie ist jung. Tatort: der Garten vor ihrem Haus. Piel Canela kommt so wie immer spät zurück, sie wird angegriffen, aber sie kommt davon: Der Zufall tötet oder hilft dem Unschuldigen. Stellen Sie sich die Szene vor: ein Garten voller Büsche, Piel Canela betritt ihn vertrauensvoll wie immer, der Angreifer springt aus dem Schatten, bedeckt ihren Mund mit der Hand, es ist eine brutale Hand, die Finger drücken sie, es sind Klauen, sie zerreißen ihr die Wange, Piel Canela sieht die Klinge des Messers blitzen. Aber da öffnet sich die Eingangstür und eine Frau im Haus beginnt zu schreien, der Typ flieht. Es ist unmöglich, ihn zu erkennen: Er trägt eine Mütze, die sein Gesicht ganz verbirgt, der Garten liegt im Halbdunkel. Erschreckt durch das Funkeln des Stahls schafft es Piel Canela nicht, das Subjekt zu betrachten; auch ihrer Schwester Ade nicht, die beim Öffnen der Tür vor Entsetzen gelähmt ist. Das Küchenmesser bleibt auf dem Boden zurück, zwischen Reihen von Pflanzen ohne Blüten. Es gibt keinen Zweifel: der Angreifer kennt den Garten, das Haus, das Viertel, er muss mit den Abläufen dort vertraut sein. Ohne diese Grundinformation hätte er es nicht gewagt, zu handeln und sich gleichzeitig vor Strafverfolgung sicher zu fühlen. Der schwach beleuchtete Ort kommt seinen Absichten entgegen, die Straße ist ruhig, die Lage der Nachbarhäuser begünstigt heimliche Bewegungen, er weiß, wo er sich verstecken und überwachen kann, er kann Piel Canela abpassen und sie überraschen, er hat die Länge des Sprunges auf das Opfer und den genauen Zeitpunkt berechnet. Ihm entgeht die Tatsache, dass Ade die Tür öffnet und ihn überrascht. Oder hat er diese Möglichkeit doch in sein Kalkül einbezogen und wollte ihnen nur Angst einjagen?"

Diana öffnete mit einer mechanischen Geste wieder das Buch, das auf ihren Beinen lag, und fand das lose Blatt einer Schwarzweißgrafik von Amighetti: Luzifer beugt sich über einen Heiligen in dem Augenblick, als dieser erwacht: Halluziniert der Heilige, träumt er oder ist es sein unausweichliches Schicksal? Diana nahm das Papier und streichelte es mit sinnlichen Gesten.

„Wenn man sie als isolierten Fall betrachtet", fuhr sie fort, „hätte diese Episode keine große Aussagekraft, außer einem unbequemen Detail: Was hat das Küchenmesser dort wieder zu suchen? Wir sind nicht im leeren Raum. Das Messer verleiht der Tat sogleich eine Bedeutung: Es ist das absichtliche Kennzeichen, die Botschaft (spielerisch?), dank derer sich die Handlungen einer Person verbinden, die darauf besteht, ihre Taten mit ihrem Namenszug zu versehen."

Diana zog an einer imaginären Zigarette, trank den letzten Schluck Kaffee und wählte ihren besten professionellen Tonfall, um hinzuzufügen:

„Ich bin schon fertig. Ich möchte diesen außergewöhnlichen Fall lösen … mit Ihnen."

Juan machte eine Kopfbewegung.

(Beobachte ihn, lieber Leser).

Diana stand auf, legte das Buch auf das Tischchen und die Grafik darauf, dankte Dulce, die aus der Küche gelaufen kam, für den Kaffee, um sich mit einem nervösen Guten Tag zu verabschieden. Bevor sie ging, sagte sie, einen zerstreuten Blick über alles schweifen lassend

„Dieses Wochenende werde ich *Maracuja flambiert mit Rum* zubereiten. (Juan war verstummt). Danke für das Rezept."

Draußen wurde sie von ihrem Assistenten und zwei Polizisten erwartet,

Drinnen hatte sich die Welt paralysiert.

Diana hinterließ eine Spur in dem Haus.

Juan hatte es weiterhin die Sprach verschlagen. Dulce sah ihn zärtlich an und versuchte, ihn zu beruhigen.

„Kommen Sie etwas essen. Sie werden doch nicht so fortgehen."

„Ich habe keinen Hunger."

„Gestern habe ich Kokosmakronen gebacken."

„Warum nimmt sie mich nicht fest, statt meine Cocktails anzusehen? Der Hauptverdächtige bei diesen Verbrechen bin ich."

Zum ersten Mal sprach er offen. Bis dahin hatte er sich seine Gefühle verborgen, indem er einen Ritus elementaren Selbstbetrugs praktizierte.

Dulce ging in der Küche herum, sie seufzte, klapperte mit Tellern und Löffeln und seufzte wieder, weil sie sich mit ihren kleinen Gesten vor die verheerenden Folgen des Schicksals stellen wollte.

Es steckte ihr im Hals. Sie zog es vor, damit herauszurücken. Nach diesem gnadenlosen Treffen fand Dulce keine Entschuldigung mehr dafür, ihre Zunge im Zaum zu halten, und erzählte es ihm:

„Diese Frau war schon einmal hier."

„Wann?"

„Gestern Nachmittag. Sie stellte mir Fragen."

„Und ich weiß von nichts."

„Sie fragte mich, ob Sie grundlos in Zorn geraten, ob Sie Dinge außerhalb des Normalen tun, ob Sie Ressentiments haben, ob Sie mir obszöne Fantasien erzählen, ob Sie mich zu etwas ... Zärtlichem gezwungen hätten, ob Sie sich über das Essen beklagten und wie Sie reagierten, wenn Ihnen ein Gericht nicht schmeckte oder ein Rezept nicht gelungen war. Sie fragte mich, ob ich etwas von den Mädchen gehört oder gesehen hätte, von denen, die ermordet wurden, ob ich sie kannte, ob sie hier gewesen waren, ob ich Ihnen zu essen gegeben hätte und welche

Vorlieben sie hatten. Sie ging in der Küche herum, die Schubladen beschnüffelnd, Flaschen öffnend und Messer überprüfend und dann blätterte sie lange in den Büchern. Sie fragte mich, wer Sie besuchte, ob Sie mit jemandem gestritten, ob Sie Drohungen erhalten hätten. Sie wollte wissen, wie viele Unbekannte Sie in den letzten zwei Jahren besucht hatten."

„Was hast du ihr gesagt?"

Juan brach die Stimme.

„Ich habe ihr gesagt, dass Sie in der Nacht, in der die Mädchen ermordet wurden, hier waren und Hühnerbrühe gegessen haben. Ich habe ihr gesagt, dass es donnerstags in diesem Hause Hühnerbrühe gibt. Sie wurden Donnerstag in der Nacht ermordet, nicht wahr?"

Juan sagte nichts.

Die großen Gefühle riefen langes Schweigen bei ihm hervor. Dulce wusste es.

Der Grill brannte neben dem schändlichen Kartenspiel

An diesem Abend, während sich die übliche Gruppe der Miserablen in der Kneipe erfreute, platzte Diana ohne Vorwarnung herein, zog einen Stuhl heran und setzte sich zwischen den Zorro und den Triste, bestellte eine Limonade mit wenig Zucker und stellte inhaltslose Fragen über Fußball, wobei sie beiläufig die kommende Fußballweltmeisterschaft erwähnte. Ohne dass sie jemand gefragt hätte, würdigte sie die Küche, inspizierte das Ambiente, aber sagte auch im Scherz, dass sie *El rincón de Lía* bevorzuge, Eigentum einer alten Freundin, die lustige Geschichten erzählte, samstagnachmittags nur für Pokerspieler geöffnet. Luisín, ihr Mann, kredenzte den Söhnen des Bacchus Weiß-, Rot- und Schaumweine. Der Grill brannte neben dem schändlichen Kartenspiel. Einige Geldstücke entschieden ihr Glück auf dem grünen Schlachtfeld, während die mahlenden Kiefer ihren Auftrag erfüllten, indem sie Paprikawürste und zarte Lendenstücke zermalmten. Manchmal entschädigten einige gut begossene Rippchen den Verrat der Würfel. Wenn dich das verfluchte Spiel verdammte, erlöste dich ein gutes Stück Fleisch und ein nostalgischer Champagner linderte manchen Schmerz. Wenn Tosca, der vortreffliche Koch, die Küche betrat, wurde gefeiert. Natürlich zerriss es den Stammgästen von *El rincón de Lía* das Herz, dass Tosca selten zu den Treffen der Glücksspieler und den gegrillten Spezialitäten kam, denn an vielen Samstagen musste er seinem Bruder Mut einflößen, wenn dieser das Reiten auf Stieren trainierte, eine gefährliche und fröhliche Liebhaberei.

Aber kehren wir zu Diana zurück, die mit einem höflichen Lächeln grüßend eingetreten war. Die Limonade stand schon auf dem Tisch. Sogleich, ohne lange zu warten, knüpfte sie eine vorsichtige Unterhaltung an, Pausen machend, wenn es angebracht war. Obwohl sie es unauffällig tat, verriet sie sich: Ihr System der immer aufmerksamen Blicke war unverwechselbar. Ich irre mich nicht: Nicht einen Augenblick lang ließ sie davon ab, die Gesichter der Miserablen zu mustern, während sie das Erfrischungsgetränk mit viel Eis zu sich nahm. Ohne große Ankündigungen, kurze Trankopfer am Rande des Glases spendend, erwähnte sie eine auf Tequila spezialisierte Bar, die von einer früheren Beamtin des Laboratoriums der Kriminalpolizei betrieben wurde. Als studierte Chemikerin war sie Assistentin bei Projekten über die Molekularstruktur der Gerüche gewesen. Ob sie daran dachte, das Institut für tropische Studien zu konsultieren, wo diese Forschungen betrieben wurden, sagte sie nicht. Sie beschränkte sich darauf, ihre Freundin zu erwähnen. Die Technik, sagte sie, besteht darin, den Duft der Blumen in einer Kammer einzuschließen, welche die Moleküle sozusagen jagt, als wären sie Schmetterlinge. Diana erzählte diese Geschichte ohne Ironie. In der Bar meiner Freundin schmeckt der Tequila nicht nur, sondern riecht auch, sagte sie genau in dem Augenblick, in dem drei Tänzerinnen hereinplatzten und man die Ansagerin eines Varietés von einem großen Schirm, der die Konversation unterbrach, heulen hörte. Noch ohne das Glas geleert zu haben, erhob sich Diana, um sich zu verabschieden.

„Vielen Dank", sagte sie, „wie bei anderen Gelegenheiten war ihre Gesellschaft sehr angenehm. Vielleicht komme ich nächste Woche wieder. Ich bin neugierig auf die Tortillas mit Sesam, die auf der Speisekarte stehen: eine merkwürdige Kombination, nicht wahr?", rief sie aus, Pedro Blablabla aus dem Augenwinkel ansehend. Sie lächelte; oder vielleicht war diese kleine Falte an den Lippen kein Lächeln; wenn sie es nicht war, verschönte sie sie.

Mir erschien sie an diesem Abend sehr inquisitiv, vielleicht hast du sie auch durch das Schlüsselloch gesehen, oder erfinde ich?

Juan machte den ganzen Abend den Mund nicht auf.

Pedro war ängstlich. Der Zorro, kalt und trocken, blieb sich gleich. Die Übrigen kümmerten sich um ihre eigenen Angelegenheiten.

Diana war mit der Taktik eines listigen Hundes hereingeplatzt und jetzt würde sie triumphierend weggehen. So sah sie Don Juan der Feinschmecker, der glückliche Mann, dem das Unglück auflauerte.

Dalila öffnete die Haustür an einem anderen Ort der Stadt. Es dämmerte. Große purpurrote Pinselstriche färbten den Himmel.

Kommt dir das nicht merkwürdig vor?

Alle wussten es, sie wollten es ignorieren, aber unwissend zu sein, war unmöglich: Diese Frau begann, in ihren Leben zugegen zu sein. Nachdem sie eine halbe Stunde, Trivialitäten sprechend, bei den Miserablen verbracht hatte, ging Diana fort, ohne mehr als Gute Nacht zu sagen.

Am Freitag, ihm zu Ruhm und Ehre, war Pedro Blablabla nicht der geschwätzige Kerl, den die Miserablen zu ihrem Leidwesen anhören mussten. Auf den Stuhl gebannt, trank er kleine Schlucke Bier, scharfe Blicke hier- und dorthin werfend. Plötzlich sprach er zum Triste, der neben ihm schläfrig wurde, in eher intrigierendem Ton und wenig leidenschaftlich. Er sagte ihm flüsternd, mit scheuem Blick, ohne jemanden anzusehen, aber die Augen verdrehend, um Juan nicht aus den Augen zu verlieren:

„Alle Welt weiß es bereits. Diana hat bei PubliServ geschnüffelt, sie hat verschiedene Fragen gestellt."

„Wurde er verhört?"

„Zuerst hat sie ihn zu Hause besucht, ich weiß nicht, ob sie kam, um ihn zu verhören", fuhr er flüsternd fort. „Bei PubliServ pflanzte sie sich vor seinem Schreibtisch auf, kommt dir das nicht merkwürdig vor? Man hat es mir letzte Woche zugetragen. Sie schaute lustlos, wie jemand, der am Essen vorbeigeht, ohne Hunger zu haben. Sie ist eine seltsame Type und so appetitlich … Wird Juan nicht Angst bekommen, wenn man den Tod der Mädchen auf ihn schiebt? Und warum zum Teufel sucht sie uns auf? Nur weil sie den Scheißkerl Rafa den Engel kennt, der nie den Mund aufmacht?"

An diesem Freitag konnte die Kneipe nicht düsterer sein. Der Masochismus der Miserablen war unverbesserlich. Wenn alle tief in die Tasche greifen konnten, ohne dass sie in eine wirtschaftliche Schieflage gerieten, zumal ihre Taschen prall gefüllt und tief waren, warum fielen sie in übelbeleumdete und übelriechende Kneipen ein? Niemand versteht das menschliche Herz und dieser Erzähler noch weniger. Die Erzähler sind auch nicht verpflichtet, es zu verstehen. Es genügt ihnen, es zu zeigen, und der Leser möge sich allein zurechtfinden.

Dann zogen sie weiter und die Wollust der Nacht sah sie dort vorüberziehen. In bestimmten Vierteln ist die Stadt verflucht. Aber nicht nur in ihnen. Auch die schlecht beleuchteten Straßen, wo Gespenster umherstreifen, bevölkern sich mit unglücklichen Seelen. Es gibt sie überall und von verschiedener Art und alle ohne Kraft, um von Utopien zu träumen. Der Gestank verätzt die Luft und dringt durch das Taxifenster. Während sie diese schmutzigen Gegenden auf der Suche nach einem anderen alkoholischen Nest durchkämmten, wandte sich Pedro an Juan und sagte, das Mitleid betonend, zu ihm: Hast du keine Angst, dass sie eines Tages kommen, um dich in den Knast zu stecken?

In *La Bohemia*, der zweiten Bar der Nacht, lud sich die Atmosphäre von der ersten Minute an mit Verhängnis auf. Keiner der Miserablen hatte jemals mit der Polizei zu tun gehabt, weder mit Verbrechen noch mit polizeilichen Ermittlungen. Denk lieber nicht daran, sagte der Triste, denn der Schnaps macht uns fertig und heute wollen wir, verdammt nochmal, glücklich sein. Cartago ist schon abgeschlagen. Sie haben es wegen des Torhüters verdient: Diese Bestie ist mit drei Spielern so zusammengestoßen, dass sie das Feld verlassen mussten. Die Liga kann ein Spiel gewinnen und eins unentschieden spielen, um Meister zu werden. Unmöglich, Ovid, unmöglich und verzeihen Sie, weil der violette Club besser ist und das Herz und die Eingeweide und alles, was ein Spieler oder Nichtspieler unter der Haut trägt, sich bewegt und sich stärkt, wenn die Kanaille ihm die in ein Spottlied verwandelte Nationalhymne singt. Eines Tages ist einer von diesen Gaunern, die mit einem riesigen 4x4 fahren, gekauft bei einem Wiederverkäufer von Schrott aus dritter Hand, über die Schuhspitze meines Freundes Ángel gerollt, der an einer Tankstelle wartete. Der Herr der Welt, der Hurensohn, der mit quietschenden Bremsen ankam und der Lust, Fußgänger umzufahren, entschuldigte sich nicht, sondern blies seinen Körper eines zurückentwickelten Gorillas drohend auf: Eine schöne Antwort an meinen Freund, denn sie signalisierte ihm Tollkühnheit. Ach, mein Herr, die dumme Kuh, die ihn begleitete, war sehr stolz auf den Zuchtbullen-Macho und machte keinen Mucks, während jener sich aufplusterte und mit dem Aussehen eines Galgenvogels viel Wind machte. Kurz gesagt, sie kamen vom Stadion, und, zur

Ehre der tropischen *Hooligans*, seine Mannschaft hatte gewonnen, an deren Namen ich mich nicht erinnere, der aber auf dem Trikot gedruckt war, in das sich die Witzfigur an diesem Tag gezwängt hatte. Darwin hat es nicht bemerkt, der zerstreute Professor, aber heute wissen wir, dass die natürliche Evolution aus komplizierten Gründen bei einer bestimmten Art im Rückwärtsgang fährt und dass sich sogar einige verlorene Zweige des *Homo sapiens* zur Kakerlake zurückentwickeln und noch weiter zurück bis zu den Urtieren, die sich mit den Amöben im Gehirn vermischen und sehr gern mit ihnen leben. Nein, nicht ich muss verzeihen. Gott verzeihe uns, weil wir uns Illusionen über den Fußball hingeben, über die Rasse der Unfähigen, die ihn kontrollieren, und den Typ protoplasmatischer Menschheit, den er ermutigt, obwohl es in jeder Generation außer den wenigen Gerechten einen oder zwei brillante Spieler gibt. Unsere politische Führung, unterbrach ihn der immer so traurige Triste, das göttliche Lumpenpack, an der Zitze der Macht hängend, wird uns in diesem Loch Jahrhunderte lang Daumen lutschend stecken lassen zur Schande Gottes des Vaters und des Sohnes und ihrer unerlösten Kinder, die auf die Gelegenheit warten, die nicht kommt, weil wir es nicht verstehen, sie vorzubereiten, große Arschlöcher, die wir sind.

Die Stadt des Chaos

Juan fühlte, dass jemand ihn am Arm fasste.
„Begleiten Sie mich?", hörte er sagen.
„Ja ...", antwortete er hoffnungslos.
Es war das dritte Mal.
„Steigen Sie bitte ein."
Juan war geistesabwesend, er schwebte in einer Art Bewusstlosigkeit. So ist die Schwerelosigkeit des Schicksals. Das geländegängige Fahrzeug schlug den Weg zum Pico Blanco ein. Es würde eine weite Strecke sein, auf der immer größere Hindernisse überwunden werden mussten. Dann käme der Anstieg. Sehr weit unten in seinem Rücken sah ihn die Stadt des Chaos mit ihren tausend Augen an.
„Ich zähle weiter auf Ihre Mitarbeit", sagte ihm Diana mit einem Lächeln auf den Lippen, das Juan nicht sehen konnte. „Gestern habe ich noch eine ihrer Freundinnen besucht."
Dalila.
Kalt und absurd, in Beton begraben, betrachtete ihn San José hoffnungslos von außerhalb des Fensters: So viel Unordnung, so viele kaputte Straßen, so viel heruntergekommene Architektur. Ich lebe in der am meisten vernachlässigten Stadt der Erde, die Mythen von Schönheit konstruiert, dachte er traurig. In San José könnte der Schimmel Diamanten entfärben.
„Sie beeindruckt mich."
„Wer? San José?"
„Dalila, erscheint Ihnen das merkwürdig? Sie ist antike Furie, Ofen, Vulkan. Zweifellos quält sie die Männer, dieses Höllenfeuer. In ihren Augen sieht man einen trockenen und harten Hintergrund, manchmal, wenn sie nicht spielt."
Juan war paralysiert.
„Ich weiß, dass Ihre Beziehung schon länger dauert", fuhr die Kommissarin fort, „und möchte nicht in Einzelheiten über Ihre Leben gehen."
Da sah sie ihm in die Augen und sagte zu ihm:

„Ich verstehe nicht, wie ein Mann sich in einem solchen Netz verstricken kann. Erlauben Sie, dass ich mir widerspreche: Doch, ich verstehe es. Dalila fühlt sich selbst als der Anziehungspunkt aller Wollust und darüber hinaus ist sie ein Versprechen, eine Fantasie guter Dienste bei dem, was den Männern am meisten gefällt. Sie ist natürlich eifersüchtig. Nur eine eifersüchtige Frau würde sagen, dass sie Dulce entlassen wird, sobald sie geheiratet haben. Dulce, nicht wahr? Sie kocht einen sehr guten Kaffee … Dalila ist stark, sie treibt Gymnastik, sie läuft auf den steilen Straßen von Belo Horizonte. Sie joggt auch bis zum Pico Blanco. Sie ist schlau. Sie versicherte mir, dass sie beide zusammen waren, als die Verbrechen geschahen. Wenn Dalila dies sagte, würde der Verdacht in eine andere Richtung gelenkt. Elementar, meinen Sie nicht?"

Juan ignorierte die Unterstellungen. Es ist eine Falle, dachte er. Sie erwähnt Dalila, aber jetzt geht es um die Ermordung Lucilas.

„Kommen Sie", sagte sie, das Auto auf der Schotterstraße anhaltend, schon weit oben auf dem Weg zum Gipfel und manövrierend, um zu wenden. Von dort konnte man das Kreuz von Alajuelita erkennen, rechts, ein wenig weiter unten, auf der Höhe des Hügels und dem Tal im Hintergrund. Diana öffnete die Tür und bat ihn, ihr zu folgen. Ein Polizeiauto kam wenig später an und hielt hinter ihnen. Juan hatte es vorher nicht gesehen. Sie gingen mehrere Minuten, ich weiß nicht, wie viele.

„Ich bin diesen Weg mehrmals abgelaufen. Ich versuche, mir die möglichen Situationen vorzustellen. Vor allem ist es notwendig, sich zu fragen, wie das Opfer an diesen Ort gelangen konnte. Eine Leiche verschwinden zu lassen, ist für einen normalen Totschläger fast unmöglich, das heißt ohne Machtinstrumente, aber … war der Plan vielleicht, sie verschwinden zu lassen? Haben sie Lucila durch Überredung hergebracht? Oder zwangen sie sie dazu und gaben ihr hier den Tod, zehn Meter von dort, wo Sie jetzt gehen, mit der Idee, dass jemand sie finden würde. Die forensische Untersuchung klärt diese Zweifel nicht auf. Die Leiche wurde mehrere Tage nach dem Verbrechen gefunden. Sie haben sie im Morgengrauen ermordet, niemand hätte sie überzeugt, so spät auf den Berg zu steigen: Mit welcher Absicht? Vielleicht geschah das Verbrechen in der Abenddämmerung, zur Stunde, in der sie ahnungslos zu joggen pflegte und der Mörder handeln konnte, ohne sich fremden Blicken zu sehr auszusetzen. Aber Lucila ist nicht allein in diese Einöde gekommen. Unmöglich. Beim Joggen ist sie nie hierhergekommen. Sie kam nur, um zu sterben. Oder sie brachten sie leblos hierher."

Diana blieb stehen und heftete die Augen auf Juan.

„Merken Sie, was ich suche?"

Juan verstand die Hypothese und fühlte Erleichterung. Er bemerkte, dass Diana immer in der Mehrzahl sprach: „Vielleicht haben sie sie ermordet …"

Diana schwieg eine Minute und dann ging sie ein Stück weiter, ohne den Mund aufzumachen. Sie schien nachzudenken über das, was sie sagen wollte.

„Ich muss wissen, ob Dalila und Lucila sich kannten und welche Beziehung zwischen ihnen bestand. Was können Sie mir über Dalila erzählen, ihre Vergangenheit? Es ist unbedingt erforderlich, Ihre früheren Beziehungen kennen zu lernen, einschließlich Ihrer Kindheit, ich muss Ihren Lebensablauf rekonstruieren."

Sie blieb wieder stehen, interessiert am Lärm zweier ferner Motorräder.

Plötzlich sagte sie:

„Sie mögen Sie nicht."

„Wie?"

„Einer Ihrer Kneipengefährten, aber was sage ich, es ist nicht einer, sondern zwei, die den bösen Blick auf Sie werfen oder Sie zumindest beneiden. Sicher gibt es noch etwas, was sie an Ihrer Person stört. Wenn sie sähen, wie Sie im Gefängnis verfaulen, würden sie sich sehr anstrengen, um Sie zu beklagen. Haben Sie es nicht gefühlt?"

Juan antwortete nicht.

Diana atmete ein wenig imaginären Rauch ein, während sie den Weg zum Tatort wieder aufnahmen: eine kleine Senke auf der anderen Seite des Zaunes.

„Sie wurde genau hier gefunden, an diesem zugleich ausgesetzten und verborgenen Ort, der einzige Ort, an dem sich ein Mord ohne großes Risiko begehen oder verbergen konnte. Nur ein mit dem Pico Blanco Vertrauter konnte diese wenigen Meter der Straflosigkeit kennen und die Dinge genau planen. Aber es gibt ein weiteres Detail, das ich nicht vernachlässigen will: Der Mörder *wollte,* dass man die Leiche findet.

Die gleiche Präzision wiederholt sich bei dem Verbrechen, das dem an Lucila vorangeht: an der Küste, in der Baumgruppe des Parks zum Beispiel. Es gibt immer unauffällige, aber sichtbare Orte zum Handeln, damit man das Opfer findet. Dies ist die Absicht, ausgestellt *urbi et orbi*. Wie der Chapuí-Park ungeeignet ist, begünstigt der Pico Blanco die Ausführung des perfekten Verbrechens. Es besteht die Möglichkeit, dass sie die Leiche herbrachten und sie hier hinwarfen, sehr nahe am Auto, dank des Halbdunkels und vor allem der Verlassenheit. Für einen Typen schwer durchzuführen, aber nicht unmöglich. Oder gab es mehrere Mörder? Warum sollten wir uns auf nur einen Verbrecher beschränken? Ohne Zweifel kannte der Mörder, wenn er allein handelte, das Risiko – was sicher nicht selten der Fall ist –, obwohl er gleichzeitig ein Ziel im Kopf hatte: Er wollte provozieren, hören Sie mir gut zu, so abstrakt gesagt, er wollte provozieren, obwohl wir noch nicht wissen, wen noch wozu. Mit dieser Absicht inszenierte er eine zweite Aufführung. Die Leiche an einem ungewöhnlichen Ort zu lassen, am Pico Blanco oder in Cahuita, ist Theater, reine der Realität übergestülpte Fiktion. Tollkühnheit? Warum nicht? Die Provokation verursacht ein größeres Bewusstsein des Risikos. Und größeres Vergnügen. Dies neigt die Waagschale zur Theorie eines einzigen Mörders, eines einsamen Typen, entschlossen, theatralisch. Die Verbrecher gehören der Kunst des Absurden an, dem Surrealismus oder der Tragikomödie. Aber es ist nur eine Vermutung, oder irre ich mich? Wenn es mehrere Mörder gibt, taugt die theatralische Hypothese nicht mehr. Oder vielleicht doch, wenn wir an zweckorientierte Verbrechen denken, mit einem bestimmten Ziel, deren Motive zu erklären aber nicht leicht sein wird."

Diana seufzte. Sie schien traurig zu sein.

„Gehen wir, ich setze Sie zu Hause ab."

Die Rückfahrt war ein Abstieg zur unerwünschten Realität, nicht wegen des städtischen Chaos, des Schimmels an den Wänden, des bröckelnden Betons von zweifelhafter Qualität, sondern wegen des inneren Chaos. Juan schwächelte wieder. Wie ein Luftballon, der zusammenschrumpft. Die Erleichterung, die er vor Kurzem gefühlt hatte, war eine Illusion.

Diana murmelte vom Autofenster aus, das Gesicht ein wenig heraussteckend:

„Wir leben in einer Welt der Verdächtigungen."

Juan durchquerte den Garten mit zwischen den Schultern gesenktem Kopf. Er war weiterhin schwerelos. Er wurde überwacht, er fühlte Blicke über seinen Rücken gleiten. Er erinnerte sich, dass Pedro Blablabla ihn beobachtete, kalt, im Unterschied zu den anderen Miserablen. Er hatte es bereits bemerkt: Er behielt ihn im Auge, der gemeine Kerl, er war ein vorsichtiges Raubtier, das auf falsche Bewegungen wartete. Warum erzählte ihm Diana diese Geschichten? Wollte sie sich mit ihm verschwören? Merkwürdig: Pedro brachte Dalila mit den Verbrechen in Verbindung. Juan wusste nicht mehr, woran er war. Plötzlich erinnerte er sich an den feindlichen Blick des Zorro, der Pedro verurteilte.

Der Kriminalroman desorientiert den Leser und fasziniert ihn durch die Spannung der vielfältigen Verdächtigungen: Jeder kann der Mörder sein. Seit dem Ende des 19. Jahrhunderts ist nichts trivialer. Wenn sich die Schlüsselereignisse auf der dunklen Ebene abspielen, außerhalb des Brennpunkts der Beobachtung, dürfte uns jetzt eine unerwartete Hypothese nicht überraschen: Dalila. Wenn Dalila für die Verbrechen verantwortlich wäre, könnten wir diesen Teil der Geschichte beenden und ein Kapitel schließen, das jenseits des Schlüssellochs beginnt. Aber nein, wir sind noch nicht fertig, du kannst fortfahren, dich an der Schadenfreude zu ergötzen, lieber Leser: die schönen Künste sind dazu da.

Das kalte Fett der Existenz

Dieser Engel (um es im Ton von Groschenromanen zu sagen) gab ihm ihre Seele hin, aber es war ihr nicht gelungen, ihn vor sich selbst zu retten. Dulce war immer in Reichweite, sie vervollständigte sein Leben, sie half ihm, mit dem Schicksal zu spielen, und vor allem zog sie ihn auf die Erde. Juan erholte sich zu Hause. Dulce war reines Wasser, Küche mit Brennholz und Trost. Juan hatte nie eine so klare Vision gehabt. Es war ein abrupter Gedanke oder eher ein Schwächeanfall, eine bestimmte Art von Selbstbestrafung. Er hatte Kummer, großen Kummer, das Leben bekümmerte ihn, die Sehnsucht, zu sich zu kommen, bedrückte ihn, eine Macht stürzte ihn in die Schutzlosigkeit. Jedes Nachbarskind kann sich schwach fühlen; der starke Mann auch; schlimmer noch: Er hatte keine Lust, etwas zu kosten, die Aromen verwirrten sich ihm in konfusen Erinnerungen. Ergibt es einen Sinn, weiterhin die Zeit mit dem Geschmack umzuwälzen? In dieser Nacht erschütterte ihn ein Bauchgefühl. Er fühlte einen Widerwillen gegen viele Nahrungsmittel, gegen das kalte Fett der Existenz, gegen die Liebesträume von Macht, in denen sich ihm der Körper während so vieler Jahre zermürbt hatte.

Dulce stellte einen Pfefferminztee vor ihn hin und ließ ihn sich behaglich fühlen. Sie wollte nicht versuchen, ihn aufzumuntern. Sie hatte seine Ankunft vorausgefühlt und da stellte sie das Wasser auf das Feuer und bereitete den Kräutertee zu. Es war eine Art, ihm gegenüber ihr Vertrauen zur Geltung zu bringen, diese verworrene Liebe, dank der sie den Tee in den trostlosen Nächten mit ihm teilte. Aber im grauen Halbdunkel der Phantome war Juan nur ein Automat ohne Affekte. Er ließ die Tasse auf dem Tisch stehen und Dulce sah ihn mit unsicheren Bewegungen wieder auf die Straße gehen. Sie stellte ihn sich vor, wie er ins Auto stieg und die Tür schloss, den Motor anließ, sich an das Steuer klammerte und auf das Gaspedal trat, um in die Berge von Belo Horizonte zu fahren, von denen aus die Stadt ein bestirnter Himmel ohne Moral in den Zwischenräumen schien.

Das Messer ergreifen

Dalila schlief vielleicht in einem langen Albtraum.
Juan betrat das Haus, ohne Lärm zu machen. Zuerst ging er in die Küche und machte Licht, trank zwei Schluck Wasser, öffnete einen Schrank, wo die Töpfe und Pfannen waren, aber schloss ihn gleich wieder und hängte sich wieder an den Wasserhahn, um mit einem langsamen und langen Zug zu trinken, bis er fast ertrank. Dann ging er zu einer Schublade zwischen der Spüle und dem Herd mit vier Kochplatten, rüttelte daran und zog sie mit einer schnellen Handbewegung auf: Da war es. Ohne zu zögern, nahm er es am Griff. Sonst war es immer im Schrank. Es interessierte ihn nicht, sich zu fragen, warum er es in dieser Nacht in der Schublade fand. Mit leisen Schritten, fast tastend, ging er ins Wohnzimmer und setzte sich auf ein Sofa, mit dem Metall in der geballten rechten Hand. Ohne Angst. Er maß die Schneide, indem er die Daumenkuppe von der Spitze bis zum Griff gleiten ließ. Die Spitze war fein, scharf. Der rostfreie Stahl funkelte gegen den Glanz der Küche. Juan betrachtete ihn mit gierigen Augen, einen Rest von verbliebenem Zwiebelgeruch am Griff und vielleicht am Metall witternd. Sein Blick streifte den silberfarbenen Rücken. Wäre Dulce dort gewesen, wäre sie bestürzt gewesen angesichts des durch das unerwartete Runzeln der Stirn verhärteten Gesichts. Dann entspannte er sich, während er weiterhin die Schneide entlangfuhr. Plötzlich merkte er, wie er die theatralischen Bewegungen der Friseure nachahmte, wie sie das Rasiermesser mit sicheren und wischenden Bewegungen auf die Lederriemen aufsetzen, eine Seite der Schneide wetzend, dann die andere, nach oben, nach unten, in gemessenem Rhythmus. Danach seiften sie dem Mann, der im Drehstuhl festsaß, den Hals ein und rasierten ihn, ohne zu zaudern, bis ein roter Faden durch den Schaum dringt. Er sah es eines Tages. Niemals würde er das blutbefleckte Messer so nahe am Hals vergessen. Aber das sind Bilder in der Rückschau. Jetzt gibt es nur noch Stilisten; Barbiere gibt es fast nirgends mehr. Auch die Drehstühle werden nicht

mehr benutzt, noch setzt sich der Hals so sehr dem Rasiermesser aus. Juan ließ weiter den Daumen über die Schneide wandern. Ohne zu atmen, hielt er einige Sekunden ein. Es gab genügend Licht, um sich auf die genaue Lektüre des Messers zu konzentrieren. Auf den ersten Blick faszinierte ihn eine lange Rille, parallel zur Seite ohne Schneide der Klinge, die sich zur Spitze hin verjüngte und sich mit ihr krümmte. Er erinnerte sich, eine Bajonettspitze in Händen gehabt zu haben, mit ähnlichen, aber tieferen Rillen. Er dachte, dank einem sauberen (oder eher schmutzigen?) Schnitt kommt Luft in die Wunde und beschleunigt die Infektion. Er wollte weder die Breite noch die Dicke kalkulieren. Sollte die Länge übermäßig sein? Es beruhigte ihn fast, es mit den fünf Fingern zu drücken; er würde nie abrutschen, nicht einmal bei brüsken Bewegungen, denn die Textur des Griffs gibt bei Benutzung festen Halt. Er war aus schwarzem synthetischem Material, das ein wenig angeraut war. Der Stahl funkelte wieder einmal. Sein Blick, den der Leser als kalt und düster beurteilen kann, glitt die Klinge entlang und heftete sich auf die Spitze. Juan fühlte den schonungslosen Taumel, der ihn erschütterte, wenn er eine Waffe ergriff oder in der Hand hielt; und danach mehr als einen Taumel, ein unbestimmtes und verdächtiges Gefühl lud seine Wut an ihm aus: der unendliche Horror aufzuschlitzen, zu zerschneiden und den Stahl zu versenken.

...

Juan, ich beobachte dich auf der anderen Seite, lieber Juan der Feinschmecker, vor dem Schlüsselloch: du gehst mit dem Messer zu Dalilas Zimmer, du hältst es fest zwischen den Fingern, die rechte Hand ist stärker. Dir ist heiß. Es ist heiß. Das Geräusch des Ventilators durchschneidet die dicke Luft. Man hört draußen einen Motor. Zwei Hunde bellen, oder sind es drei? Sehr weit weg ertönt eine Hupe. Du öffnest die Tür. Der nackte Körper atmet unter dem Laken. Du kannst ihn im Halbdunkel undeutlich sehen. Die Nacht ist siedend heiß und die Haare liegen hingegeben auf dem Kopfkissen. Du atmest unabsichtlich ein, unabsichtlich inhalierst du im Schlafzimmer dieses schwebende Parfum, oft in den Nächten wollüstiger Hingabe eingeatmet. Dieser Körper, den das Halbdunkel verschlingt, ist ein Skandal warmen Fleisches, durch hundert Nächte der Geheimnisse im Gedächtnis versiegelt. Dalila ist Taumel, heimlicher Geschmack im Gaumen für immer. Dann errätst du die unverschämten Formen, die dem

Raub ausgesetzte Schönheit, die entblößte Brust.
…
Du kehrst in die Küche zurück.

In der Küche findet die Rückkehr von einer Reise zum Horror statt. Da ist die Wahrheit. Nein, nein, die Wahrheit ist nirgends: Der *Voyeur* konstruiert sie, der Publizist erfindet sie und wer kann zwingt sie auf. Delirierst du, Juancito der Feinschmecker? Nein, nein, die Wahrheit ist nirgends … Wasser, du trinkst frisches Wasser, so bricht dir das Herz nicht, reines Wasser, so zerspringt die Brust nicht, laufendes Wasser in der Küche, Wasser ohne Geruch oder Geschmack nach etwas, nicht einmal nach Vergessen, reinigendes Wasser, Wasser von Dulce im Garten Eden ihres Schoßes; du trinkst es, du nimmst es zu dir, du wäschst dich, du läufst hinaus, um den Rücken zu kehren und diesen letzten Skandal der Nacht hinter dir zu lassen.

Es war spät im Leben geworden.

Don Juan der Feinschmecker verschwand drei Tage.

Am dritten Tage kehrte er zurück.

Lächeln des Würgengels

Juan ließ eine gute Gelegenheit vorübergehen, aber … ahnte er es?

Es war eine Reise an die Grenzen seiner selbst und noch gelang es ihm nicht, sie zu verstehen. Er kehrte mit zermalmtem, aufgelöstem und gewaschenem Geist zurück. Oder vielleicht nicht. Es war ein Ausbruch, eine halbherzige Flucht. Es geschah sehr schnell. Es geschah noch immer. Es waren drei Tage im Fegefeuer.

Als er zurückkehrte, war Dulce nicht im Haus. Ihre Abwesenheit verstärkte seine Hilflosigkeit. Er rief bei der Kriminalpolizei an. Diana sagte ihm am anderen Ende der Linie, er möge warten. Sie würde sofort kommen. Er solle das Haus nicht verlassen.

Er blieb am Fenster stehen und schaute teilnahmslos hinaus. Der Verkehr, so durcheinander wie immer, ließ ihn gleichgültig. Zwei Hunde zerrissen eine Mülltüte. Kurze Zeit später hielt ein Automobil vor seinem Haus.

„In diesen Tagen sind Sachen passiert", sagte Diana und unterstrich den Satz mit einem Lächeln. „Wir haben den Körper von Dalila gefunden. Warm."

Diana kam schneller als angekündigt. Sie lächelte mit dem Lächeln eines Würgengels. Sie waren im Wohnzimmer. Sie sah die leere Küche und sagte:

„Übrigens: Dulce hat gestanden."

„Was?"

Juan war wie gelähmt, sein Lächeln blieb auf halbem Weg stecken.

Diana blickte weiterhin zur Küche. Sie schien zerstreut zu sein.

„Sie rief an, um sich zu beschuldigen."

„Was sagt sie?"

„Sehr einfach: Ihnen schmeckt die Hühnerbrühe nicht. Das ist alles. Sie tötete, weil ihr Lieblingsrezept Ihnen völlig wurscht ist."

Juan konnte nicht atmen.

„Hören Sie mich gut an: Das ist eine kitschige Geschichte von Verbrechen und Liebe, geschrieben für arbeitslose Köche und kaum eines Karnevals würdig. Was meinen Sie? Wir haben sie in einer Klinik interniert. Ihre Nerven gefährdeten ihr Leben und wir brauchen ihre Zeugenaussage. Erlauben Sie mir, Ihnen zu sagen: Sie sind ein Idiot: Mit dieser Frau an Ihrer Seite ist das Menü Ihres Lebens angerichtet, dampfend und bereit, es zu genießen. Ich bitte Sie, mir zu verzeihen, weil ich die Grenzen meines Amtes überschreite, aber niemand verbietet mir, Sie einen einer Enzyklopädie würdigen Idioten zu nennen."

Juan war perplex, er konnte nicht verstehen. Sein Leben war ein Feld verpasster Gelegenheiten gewesen, er musste es sich einmal und mehrmals wiederholen. Er vermutete es, es war kaum mehr als eine Vermutung während dieser drei Tage der Flucht, über die, unglücklicher Leser, der Erzähler der Geschichte nicht viele Informationen hat ... wenn er sie nicht erfindet. Ich wäre begeistert, Einzelheiten zu erzählen zur Stärkung und Freude deiner Gier, so obszön und verbreitet unter Liebhabern von Kriminalromanen, umso mehr, wenn der Tod das Siegel der Liebe trägt, aber ich weiß nichts weiter. Seine spärlichen grauen Zellen, o Gipfel allen Übels, reichen dem Autor nur dazu, einige Zeilen zu erfinden, um den Neugierigen zu befriedigen und dem Bösewicht nicht viel Futter zu geben. Dank ihrer können auf Papier die drei dunklen Tage im Scheißleben Don Juans des Feinschmeckers festgehalten werden, nachdem er Dalila in der hypnotischen Nacht des Messers verlassen hatte. Mehr nicht.

Die geringe Fantasie, das Vergessen des Protagonisten, der vom Sturm fortgerissen wurde, und die spärliche Information in den Gerichtsakten sind ernste Schranken für den Fluss der Erzählung. Trotzdem, unbeschäftigter Leser, hast du ein Recht darauf zu erfahren, was in den Tagen nach der dunklen Nacht des Messers geschah. Du wirst natürlich nicht vor einem Rätsel stehen bleiben, denn eine Erzählung ist nur solange glaubhaft, wie sie sich auf Informationen stützt, die ihr als Substanz dienen, und auf die Indizien, welche die Einbildungskraft stimulieren (und nicht den Glauben, denn du liest gerade keine biblischen Geschichten). Wenn wir das weiße Blatt Papier nicht unter dem Schleier einer unverantwortlichen Schamhaftigkeit verstecken wollen, so wollen wir wie die Weisen grundlos schweigen. Auf diese Weise werden wir das Unnötige nicht erfinden müssen. Aber nein, wir werden etwas anderes tun: Es genüge uns, dem durch den Abscheu vor sich selbst geschwächten Gedächtnis ein Bruchstück zu entreißen und, wenn wir Mitleid fühlen, werden wir die Trostlosigkeit des Schiffbruchs verstehen. Weiter nichts.

Während er den tropischen Horizont betrachtete, der sich mit Grau- und Purpurtönen vor einem bläulichen Hintergrund färbte, sehnte er sich nach versunkenen Bildern. Zuerst war es etwas Verschwommenes; danach belebte sich die vage Erinnerung und erlangte genauere Umrisse. In seinem Geist zogen die kindlichen Eindrücke von der ersten Reise nach Cahuita vorbei. Er war noch sehr klein. Er begleitete seinen Vater auf einer Geschäftsreise. Der Zug nach Puerto Limón fuhr kurz nach Mittag ab. Das Meer erschien in der Dämmerung am Horizont. Er sah es zum ersten Mal und nie wieder so wie damals. Diese Vision bleibt in ihm, versunken im Limbus des Vergessens. Cartago, der Vulkan Irazú zur Linken, die Berge, Bananenplantagen und Sturzbäche, in denen das Wasser zwischen grünlichen Felsen Strudel bildete. Auf einer langen Strecke schlängelte sich die Eisenbahnlinie den Lauf des Flusses Reventazón entlang. Auf der anderen Seite erstreckte sich der Regenwald, das Mysterium, wo giftige Tiere krochen. Die Vögel stimmten unwirkliche Lieder zwischen den Blüten an. Plötzlich fuhr der Zug durch einen in den Felsen gehauenen Tunnel und der Rauch der Maschine kam durch das Fenster bis in die Lungen. Auf den Ebenen wuchsen riesige Bäume. Die Nester der Pirole, von der Abendsonne mit Goldglanz beleuchtet, schienen von ihren Ästen zu fallen; auch grenzenlose Kakaoplantagen zogen vorbei. Beim Vorbeifahren des Zuges flohen schmutzige Holzhäuser, wo die Kinder mit den Armen winkend Adieu sagten und sich ihres Lebens freuten. Sie schliefen in einem Hotel nicht weit von der Mole. Diese Nacht bleibt noch verschwommen in seiner Erinnerung. Sie gingen aus, um zu Abend zu essen. Auf der Straße näherte sich eine schöne und schlanke Frau, ein schwarzer Engel, um mit seinem Vater zu sprechen. Bis heute hat er ihre großen grünen Augen, die schelmisch lächelten, nicht vergessen und wird sie nie vergessen können. Sie standen früh auf. Vor der Morgendämmerung am Bahnhof zu sein, war ein weiterer Kampf gegen die Zeit. Der Morgen brannte. Sie fuhren mit dem Zug bis zum Fluss La Estrella, zwischen düsteren Kakaoplantagen rollend. Sie überquerten den Fluss auf einer prähistorischen Fähre, um vor den zwanzig Häusern des trostlosen Penhurst zu landen, und von dort aus, in den erstickenden Bauch eines Omnibus gepfercht, der mit dem Holz ausgekleidet war, das vor vielen Jahren der Bananengesellschaft übriggeblieben war, holperten sie bis nach Cahuita, wo die Straßen grün waren und das Meer der gerade erfundenen Welt ähnlich sah.

Diese Lichtblitze spielten mit seinen Fantasien: einige Bilder waren weiter lebendig, andere schwebten umher und er musste sie erfinden, um eine in der Zeit verlorene Reise zu rekonstruieren.

Aber er konnte nicht fortfahren, den toten Jahren nachzutrauern, mit dem Wasser bis zu den Knien im Sand zu planschen. Sein Leben war schon nicht mehr diese Rückkehr zu einem Nirwana atavistischer Freuden.

Drei Tage lang war Juan allein am Meer. Er ging von Cahuita nach Gandoca und kehrte zum ursprünglichen Leben zurück. Er hörte schmerzhaftes Murmeln und Tosen des Wassers gegen die Felsen. Er zählte Sandkörner und wollte sich mit dem Schaum reinigen, während die karibische Sonne ihm in der Morgendämmerung das riesige Auge Polyphems öffnete. Vielleicht gehörten ihm bereits in der Gegenwart die ursprünglichen Aromen, nach denen er sich in allen Küchen so sehnte. Er hatte sie überall gesucht und begriff endlich, dass sie bei ihm zu Hause waren und gewesen waren. Er war ein Idiot, ein vollkommener Idiot, wie Diana ihm vor Kurzem gesagt hatte. Wozu so viele Leidenschaften, so viele unerfüllte Wünsche, so viel verschwendeter Pfeffer, so viel vergossener Sirup, da er bereits wusste, wo er den Sieg gegen das Vergessen erringen konnte. Nicht nur er hatte versagt. Auch Dulce versagte. Dulce war Weihwasser, Erinnerung, philosophischer Geschmack seiner Errettung, aber sie hatte nicht verstanden, sich hinzugeben. Oder noch schlimmer, Juan hatte nicht verstanden, sie zu empfangen. Er verstand es nicht, er konnte es nicht, er suchte vergebens, andere Küchen sahen ihn Töpfe abdecken und falsche Gerichte kosten. Als sich eine riesige Welle an seinem Körper brach, fühlte er sich erleichtert und die Reinheit, die über seine Haut glitt, holte ihn aus seinem Kampf auf den Feldern der Erinnerung.

Manchmal zog ihn eine gewisse Bewusstlosigkeit an. Er wusste nicht, was er tat, er ließ sogar seine Unwirklichkeit hinter sich und fand wieder zu sich selbst zurück, Juan, der Verführer, dem sich jetzt das Schicksal in Gestalt eines offiziellen

Vehikels der Polizei verkörperte. Als sie um eine Ecke bogen, drehte ihm ein starker Geruch nach verbranntem Benzin und gebratenem Fett den Magen um. Die graue Stadt kam durch das Autofenster herein.

Er musste sein Leben mit aller Strenge annehmen, worauf er sich in diesen drei Tagen der Hingabe an seine Ungeheuer vorzubereiten begonnen hatte.

Die Zeremonie der Schmerzen bedrückte sein Herz.

Die Freuden des Rauchers

Die Miserablen verlieren keine Zeit.
Diana auch nicht.
Da sehen wir sie, wie sie sich in Kneipennächten gern bedienen lassen. Wieder ein Freitag in natürlichem Stil, wie der Zorro sagte, der nach kurzer Abwesenheit endlich wieder auftauchte, an einem köstlichen und bösartigen Freitag. Wem fällt es ein, sich in dieser Nacht mit Dauerwurst in elenden Spelunken zu erniedrigen, die außerdem höchst verrufen sind. Manchmal muss man doch aus Macho-Folklore in schmierige Kneipen gehen, aber nicht ständig. In dieser Nacht tollen sie in der Bar eines internationalen Hotels im Westen San Josés herum. Der Zorro raucht, Ovid raucht, eine Havanna raucht auch Rodolfo Ge, den Ovid der Dichter eingeladen hat, zusammen mit einem anderen Freund, Hernán Cordero de Dios, der nicht raucht, aber die Augen verdreht, wenn er Shostakovich hört. Pedro Blablabla hat gerade die siebte Zigarette angezündet, die anderen atmen den Rauch ein. Was für ein hartes Leben, ruft Álvaro mit einer cherubinischen Faxe aus. Diesmal geißelt nicht ohrenbetäubende Musik die Welt, aber hier schweben schwunglose Melodien umher, wie in den Aufzügen, um die schmerzerfüllten Gemüter zu besänftigen, außer denen von Pedro und dem Triste, denn sie ziehen das Adrenalin eines Fernsehers vor, der Unrat über ihren Köpfen ausspuckt. Ovid platzt vor Lachen, während er Rauchringe zwischen den Zähnen ausstößt: Ja, liebe Freunde, die Sache ist hart, das harte, harte Scheißleben. Da begann er über die Immobilienkrise zu sprechen, welche die Finanzen der ganzen Welt zusammenbrechen ließ, und ich sage euch, ihr Ärsche – rief er in voller mystischer Verzückung –, die Gringos müssen den Gulag von Guantanamo nicht schließen, nein, meine Herren, warum?, sie sollten dort lieber die Banker einsperren ... Pedro Blablabla will seine Schnaps-Klagelieder anstimmen, aber er bringt kein Wort heraus. Bracci rümpft die Nase und der Zorro stößt die Luft aus.

Sie hatten nicht gesehen, dass sie näherkam. Aber sie sahen sie, als sie bereits da war.

Diana von neuem. Sie kommt, ohne dass man sie bemerkt, grüßt höflich, bestellt eine Limonade und teilt das Elend der Miserablen: Sie lacht, schaut hier- und dahin, hört aufmerksam zu, spricht wenig und immer, ohne sich bloßzustellen. Sie erzählt etwas Geistloses über den letzten Müll aus Hollywood, der so gefallen hat, während sie den Rauch von vier am Tisch angezündeten Zigaretten wegwedelt. Dann atmet sie nach und nach aus, sich Zeit lassend, mit der Wollust und Sehnsucht des besiegten Rauchers.

„Man raucht nicht, um zu rauchen."

Schweigen am Tisch. Diana hat ein Tabu entweiht. Auch heute noch, in Antitabakzeiten gibt es Illuminaten mit einer rauchenden Zigarette zwischen den Fingern – eine Szene aus alten Filmen.

„Warum sehen Sie mich so an?"

Sie machte eine Pause und dann erklärte sie sich, einen professionellen und in gewisser Weise wohlwollenden Ton annehmend:

„Mal sehen, ob Sie mich verstehen, meine Herren: Haben Sie sich gefragt, worin der Genuss an der Zigarette besteht?"

Ovid, dem keine Einzelheit entgeht, murmelte zu Álvaro: „Da ist etwas im Busch."

Albino legte sie beruhigend den Zeigefinger an die Lippen. Der Zorro stieß eine Rauchwolke aus und mit ihr einen Anflug von Beklemmung. Diana sprach weiter. Ovid begann zu fantasieren:

Bin ein Knoten von Fragen
und kann ihn nicht lösen.
Eine Verrückte wird kommen müssen,
um die Fäden zu entwirren
mit der Fantasie der Ariadne.

Drei Tage im Fegefeuer
oder der Schmerz der Krustentiere

Oft erwachen gewisse bösartige Bilder und kehren immer wieder. Die Erklärung ist einfach: Das Übel, selbst wenn es ein kleineres ist, überlebt die Ereignisse.

Es waren drei mutlose Tage. Juan wollte sie nicht wieder erleben, aber gegen seinen Willen umkreiste ihn wie die Helden immer ein unheilvolles Gefühl. Während dieser Tage, die durch innere Erosion gekennzeichnet waren, fühlte er eine Leere und diese Leere war eine Übelkeit, die zu lindern unmöglich war, nicht einmal indem er sich zum Erbrechen brachte. Sein Unwohlsein stammte von einem alten, bereits verschwommenen Eindruck.

Vor Jahren, als seine zügellose Leidenschaft für das gute Essen kaum begonnen hatte, musste er drei noch lebende Langusten für ein Abendessen noch unentschiedener Liebe kochen. Weil er sich seiner Kochkünste rühmte, verleiteten ihn zwei Freundinnen dazu, sie am Tisch zu demonstrieren. Bei dieser Herausforderung feuchter Lippen gab es eine Andeutung. Wie sollte er sie ignorieren? Juan tat, was er sich nie vorgestellt hatte, sich einen zügellosen Genuss *für später* versprechend.

Das Wasser kochte schon.

Auf dem Feuer, heiliger Ort, quollen Dampfwolken aus dem großen Topf. Im Spülbecken zappelten die Langusten mit ihren Beinchen. Der Sonnenuntergang sandte goldene Strahlen durch das Fenster, während die Flaschen im Kühlschrank kalt wurden.

Juan warf die erste Languste hinein.

Man hatte ihm eine falsche und barmherzige Rechtfertigung dafür gegeben: Die Töne, die sie beim Hineinfallen von sich geben, sind nicht nur materielle Wirkungen des heißen Wassers auf den Körper. Die zuckenden Beinchen, die Kontraktionen und das letzte Erzittern sind autonomen Nervenreflexen geschuldet wie die Froschschenkel, die verstümmelt sind, aber bei Kontakt mit elektrischem Strom zucken können. Eine weitere Lüge. Sie sagten ihm, dass alles in einem bereits leblosen Körper passiert, denn der Tod tritt durch Eintauchen in das Wasser bei dieser Temperatur sofort ein. Juan glaubte das, es passte ihm, bis zu diesem unverantwortlichen Nachmittag. Warum sollte er denken, dass jedes in Butter geschwenkte Stück weißes Fleisch von einem Todesschmerz herrührte?

Dann tauchte er die zweite Languste ein.

Er erinnert sich nicht, ob ihm die Wiederholung die Brust bewegte. Aber etwas geschah. Die Geräusche, die Kontraktionen gebaren einen schwachen Zweifel an den Wonnen der mechanistischen Erklärung.

Das Schlachtopfer des dritten Krustentieres ließ sein gutes Gewissen und seine Theorien platzen. Dieses rebellische, utopische Tier sprach vom Tode. Als er es im Wasser untertauchte, zog es sich zusammen, kratzte mit den Beinchen am Topf, klammerte sich an den Rand, das Irreparable vorwegnehmend, und zuckte bis an die Grenzen seiner Natur.

So verstand Juan die tierische Angst.

Die Angst angesichts des Schicksals, wenn sich das Schicksal ankündigt.

Wenn das Tier die menschliche Angst verkündet.

Die mechanischen Geräusche, die tönenden Kontraktionen und die Stille, die von den beiden ersten Langusten verursacht wurden, waren keine materiellen Zufälle. Während des Schlachtopfers sprach die ursprüngliche Sprache des Lebens und es war ein schmutziger Schrei, der universelle Vorwurf, den das Wesen erhebt, das der Qual ausgesetzt ist. Die dritte interpretierte die Zeichen und wollte nicht widerstandslos sterben. Die drei Opfer wandelten die Signale in dem Maße ab, wie sich ihre Situation veränderte. Das erste starb, ohne es zu wissen, nach einigen konfusen Geräuschen. Das dritte kam so gut informiert in die Endsituation, dass es sich dagegen wehrte zu sterben. Das zweite Opfer verkörpert den Übergang und musste Lehrgeld zahlen: Der Absturz des Lebens musste sich bei ihr wiederholen, damit die dritte Languste an der zweiten erkenne, was die erste gestammelt hatte.

Es gibt nichts Absurdes in der Natur außer dem Menschen, dachte Juan beunruhigt. Schuld heißt zu wissen, dass man die Ursache des Leidens oder daran mitschuldig gewesen ist. Er verstand dies schließlich eines Nachts mit dem Küchenmesser in der Hand und Tränen in den Augen.

Der angekündete Mörder

„Wie geht es Dulce?", wagte er zu fragen.
„Unter strenger Bewachung. Sie brauchen sich keine Sorgen zu machen. Die Ärzte sagen, sie werde sich in einigen Tagen erholen. Übrigens" , fügte Diana hinzu, indem sie einen Mund voll Luft ausatmete, „der Mörder …"
„Eh?"
„Der Fall ist erledigt."
„Wie?"
„Wir haben ihn ohne Küchenmesser unter Dach und Fach."
Von neuem kam schmutzige Luft durch das Fenster herein. Draußen regnete es.
„Es war schwer … weil es so leicht war. Während meiner polizeilichen Laufbahn war ich nie für eine so merkwürdige Ermittlung zuständig. Einige Verbrechen konnte ich nicht aufklären, ich gestehe es, aber es war unmöglich, die Tatbestände zu durchschauen, es waren Produkte des Zufalls. Ich tröste mich, indem ich sage, dass ein bösartiges Roulette die Verbrecher rettet … obwohl die Magie nicht existiert. Scheinbar ohne Komplikationen war der Fall herausfordernder, als ich erwartete. Natürlich glaubten wir Dulce das Geständnis nicht. Zwei oder drei Fragen und es war offensichtlich, dass sie Sie schützen wollte. Seltsame Mischung aus Ressentiments und unterdrückter Liebe: Sie verzeiht Ihnen nicht Ihr mangelndes Interesse an der Hühnerbrühe, aber opfert sich für Sie. Es ist zum Lachen: Wir verlangten ihren Führerschein, um einige Daten zu überprüfen, und sie sagte, sie könne nicht Auto fahren. Das Reich der Gerechten ist mit Idioten bevölkert. Der Geruch ist anders."
„Der Geruch?"
„Der Griff der Messer roch nicht nach diesem Haus. Die Häuser riechen nach dem, was in ihnen gegessen wird. Ich werde es Ihnen mit anderen Worten sagen: Die Küche des Hauses dringt durch die Nase in dich ein, nicht nur, wenn du den Mund öffnest und kaust, sondern auch, wenn du von draußen herein-

kommst und durch die Tür gehst. Hier riecht es nach Hühnerbrühe, Kokosnuss, Safran. Zu Ihrem Leidwesen haben Sie einen guten Geruchssinn und nicht nur einen guten Geschmack. Sie verstehen mich sehr gut. Es ist schwer, einen Geruch zu identifizieren, und fast unmöglich, ihn sozusagen in seine Bestandteile zu zerlegen. Es war keine schlechte Idee, meine Ermittlungen auf den gastronomischen Bereich auszurichten.

Im Krieg gegen das Böse ist niemand von Verdächtigungen ausgenommen. Ebenso kann jede scheinbar überflüssige Tatsache auf Fährten führen. Bevor ich kam, um mit Ihnen zu sprechen, misstraute ich Ihnen. Eine simple professionelle Einstellung. Warum sage ich es Ihnen? Weil die Absurditäten so offensichtlich waren. Der Verbrecher plante die Verbrechen, um Sie in *den* Verdächtigen zu verwandeln. Nur ein Selbstmörder hätte so evidente Spuren hinterlassen; oder jemand, der daran interessiert war, Sie von Anfang an zu beschuldigen. Es kamen anonyme Briefe an, einige waren reine Erfindungen und, na gut, gleich werden Sie ein interessantes Detail erfahren. Nebenbei sage ich Ihnen noch etwas: Es existiert eine informelle Strafanzeige von Piel Canela oder richtiger ein gewisser Anruf mittels eines Staatsanwalts. Sie war sehr subtil, man könnte sagen indirekt, ein gleichzeitiges Ja und Nein. Eine weitere Absurdität, nicht wahr? Sie ließ die Möglichkeit durchblicken, dass Sie der Angreifer gewesen seien, der versucht hat, sie mit einem Messer im Garten ihres Hauses zu verletzen oder zu terrorisieren. Ich habe Piel Canela befragt, aber sie hat kein einziges weiteres Indiz angeführt. Leere Vermutungen und eine große Kälte, hinter der man die Angst erriet. Ich möchte Ihnen eines sagen: Keinen Augenblick lang habe ich Ihren Namen von der Liste der Verdächtigen gestrichen: Sie und einige Komplizen, aber Ihre war eine Hypothese unter anderen. Ich sage es Ihnen mit schwarzem Humor: Mir fehlte nicht nur der Mörder, sondern auch der Hauptverdächtige. Vor allem verstand ich die Motive nicht.

Ich befragte Ihre Kollegen bei PubliServ und Ihre Kumpane der Kneipen, die Miserablen (hätten sie nicht einen besseren Namen wählen können?), normale Personen, völlig normal, außer Pedro: Wozu soll ich es Ihnen erklären? Sie haben es bemerkt: Pedro Blablabla fühlt keine Sympathie für Sie. Er verbirgt es nicht einmal. Er ist ungeschickt. Noch schlimmer: er beneidet Sie. Er wird Ihnen nie die Leichtigkeit verzeihen, mit der sich

Ihnen die Frauen hingeben ... wenigstens glaubt er das."

Diana hatte das gewöhnliche Phlegma verloren, angeregt wie sie von ihren Erklärungen war, während ihr Vehikel Sprit verbrauchend und Bremsen verschleißend auf den Straßen stotterte, die stärker verstopft waren als je zuvor, in diesem unmöglichen San José. Sie waren schon beim großen Thema der Ortsdurchfahrt angekommen: Pedro Blablabla. Diana erschienen die Fettverzehrer faszinierend und obszön. Sie wusste auch etwas anderes: dass die sybaritische Leidenschaft für die Küche Pedro und ähnlichen Typen, die sich den Bauch mit Hamburgern vollschlagen, ein unanständiger Luxus scheint. Die Mehrheit der Sterblichen isst, um sich zu ernähren, und verachtet die, die sich, die Unsterblichen parodierend, Ambrosia verschreiben. Gott vergebe ihnen, sagte Diana: Ein Großteil der Esser dieser Welt gehört dem schweinischen Geschlecht der Überfülle an. So sind zwei Ihrer Kameraden der trüben Freitage, sagte sie weiter zu Juan: Sie beten die fetten Kälber an, die Teller ohne Boden und ohne Vergnügen an Feinheiten, sie lieben Häppchen, die sie sättigen, unverschämte Häppchen und keine Tapas aus guter Küche wie in Madrid oder Appetithappen à la Agavenraupen mit Tortillas aus violettem Mais, zum Teufel, Frauchen, deshalb leben wir, so sagte schon Pedro Blablabla, fetttriefende, feuchte Münder, Münder für unersättliche Fresser, Münder, Happen, mundgerechte Happen, Aufstoßen von Bier. Diese Vielfraße, welche die Überfülle lieben, halten es nicht aus, wenn sich jemand die Zeit mit dem Kosten von Speisen vertreibt. Sie verabscheuen die Sybariten, die von den Texturen, der Resistenz, den Kontrasten, der feinen Bitterkeit einiger Kombinationen fasziniert sind. Es erscheint ihnen unverschämt, Geld für Schwartau-Marmeladen zu vergeuden, und sie sehen einen nutzlosen Genuss in den Installationen ephemerer Kunst, die gewisse Köche inszenieren. In ihren Augen sind die Speisen Nahrungsmittel und nicht mehr. Die Miserablen gehören einer oder zwei Generationen an, die dazu verurteilt sind, die Anpassungen und die Fehlanpassungen des neuen Jahrhunderts zu erleben, das kaum begonnen hat, sich in ihren Küchen zu erwärmen.

Ich kann es nicht so ohne weiteres erklären. Manchmal geht der Erzähler zu sehr ins Detail. Manchmal weiß er nicht genug. Unter allen Umständen ist es seine Pflicht, die unerwarteten Ereignisse, die scheinbar keine Bedeutung haben, zu schildern.

Warum hatte Diana in dem Augenblick, als sie den Chapuí-Park hinter sich ließen, ein Bauchgefühl? Sie warteten an der roten Ampel, um in den Paseo Colón einzubiegen, als ein Automobil neben ihnen anhielt. Der Mann, der hinten saß, drehte sich weg, um in eine andere Richtung zu schauen.

Das war alles. So wurde das Bauchgefühl geboren.

Diana fuhr fort zu reden.

„Ich spreche so mit Ihnen, weil wir Seelenverwandte sind, erinnern Sie sich daran. Diese Erklärung geht über meine dienstlichen Funktionen hinaus und ist, warum sollte ich es nicht zugeben, ein Beweis professioneller Schwäche (da siehst du sie, lieber Leser, wie sie mir hilft, die Ereignisse zu erzählen, und sich, gegen ihre Pflichten verstoßend, fremder Neugier öffnet). Nun gut, gestern verhörte ich Pedro Blablabla, nicht ohne vorher die anderen Verdächtigen in Parenthese zu setzen. Keiner gerät aus meinem Blickfeld, glauben Sie mir. Pedro gehört jener Sippe von Personen an, die man von Anfang an gern ins Gefängnis werfen, sie zermürben und ihnen dann Fragen stellen würde. Aber dies ist nur ein perverser Wunsch, es ist nicht mein Stil und verstößt gegen die Rechte des Verdächtigen."

Das Taxi, das vor ihnen fuhr, hielt ohne Vorwarnung an. Diana bremste und die Reifen quietschten.

„Wissen Sie, wie er reagierte, als er hörte, er stehe unter Mordverdacht? Er lachte mir mit dem Mund voller Speichel ins Gesicht. Sie kennen ihn: Ist er immer so? In letzter Zeit macht er den Eindruck, sich nicht zu waschen. Ich vergesse die Schule nicht: In der ersten Klasse mussten wir die Hände auf das Pult legen, die Lehrerin ging von einem zum anderen, um die Nägel zu überprüfen: Ich habe Lust, das Gleiche zu machen, aber nein, ich bin nicht die Lehrerin von Pedro Blablabla, um ihn zu zwingen, sich um seine persönliche Sauberkeit zu kümmern. Als ich ihm sagte, er sei verhaftet, blieb ihm die Luft weg, er war weiß und atemlos, und begann zu winseln: Jeder kleine Trunkenbold auf der Straße hätte mehr Würde."

Die Stadt wehte Rachegerüche zum Polizeiwagen. Es riecht immer schlechter, dachte Juan mit einem abwesenden Ausdruck im Gesicht.

Diana fuhr zu reden fort:

„Pedro Blablabla stand ganz oben auf der Liste der Verdächtigen", hier machte sie ein entsprechendes Gesicht, „zur

Stunde, als wir Dalila fanden."

Juan wurde es eiskalt, während er einen Lastwagen sah, der mit Sturmgeschwindigkeit um eine Ecke kam.

„Dalila?"

„Sie kann überleben, aber es ist nicht sicher. Sie hatte viel Blut verloren. Ich fand sie kurz nach dem Attentat. Sie lag mit Schnittwunden auf dem Bett: Es war natürlich ein Küchenmesser. Der Mörder ließ die Haustür offen. Die Techniker suchen Beweise. Ich habe verschiedene Hypothesen."

Juan sah sie verzagt an, ohne den Mund aufzumachen.

„Ich nehme mir vor, Pedro wegen Mordversuchs an Dalila anzuklagen. Bezüglich der anderen Fälle fehlen mir noch Beweise. Es gibt andere Fährten."

Juan war stumm.

„Ich habe einige Einzelheiten des Angriffs auf Dalila rekonstruiert. Der Verbrecher konnte das Haus betreten, weil sie selbst ihm öffnete. Nichts ist klarer. Anscheinend kannte sie ihn, Sie selbst hatten ihn ihr gegenüber erwähnt. Vielleicht erinnerte Pedro sie an die Freundschaft mit Ihnen, er konnte gelogen und ihr gesagt haben, dass er sie aufsuchte, um über Sie zu sprechen. Wenn die Tür einmal offen und die Person drinnen ist, muss man sich nicht sehr anstrengen, um den Rest zu rekonstruieren.

Auch die polizeiliche Ermittlung schreitet durch Zufälle fort. Worauf stütze ich mich, um Pedro wegen dieses Attentats zu beschuldigen? Sehr einfach. Ich begegnete ihm vor Dalilas Haus. Ich wollte sie aufsuchen, wollte mit ihr sprechen, ihr weitere Fragen stellen, ihre Beobachtungen interessierten mich sehr, um mir einige Spuren zu erklären. Wer konnte etwas so Unwahrscheinliches vorwegnehmen, was nicht einmal die schlechtesten Erzählungen der Trivialliteratur in solch naiver Form zu erzählen wagen? Nichts ist absurder: Der Typ hat gerade ein Verbrechen begangen (dessen können wir fast sicher sein) und sieht sich gegenüber … der Polizei. Er sagt mir, dass er Sie in Dalilas Haus sucht und die Tür offen gesehen hat. Niemand öffnete ihm, was tat er dann? Der große Idiot ging hinein. Es war ein falscher Schritt, ein Unglück natürlich, was für ein Scheißleben: Die Frau lag verblutend im Wohnzimmer. Er sagt, er habe sie so vorgefunden. Dalila hatte sich dahingeschleppt, eine Spur auf dem Boden hinterlassend. Der Hausflur führt zum Wohnzimmer, Sie kennen es. Sie wollte zum Telefon. Eigentlich hat sie keine tödlichen Wunden, aber sie hat viel Blut verloren. Pedro hielt sie, nach seiner Aussage, für tot und floh erschrocken hinaus, ohne zu wissen, was er tun sollte, bis er mit der Nase auf die Polizei stieß. Vielleicht hat er recht. Eine solche Geschichte könnte wahr sein, warum nicht? Dennoch dient sie Pedro nicht als Entschuldigung. Es gibt psychologische Gründe gegen ihn: Hass, Neid, Frustration, frühere Gewalttaten. Außerdem (analysieren Sie es selbst) hat er genug Kraft, einen Körper fortzuschleifen, die Dunkelheit und das Automobil selbst als Schirm nutzend; er kann jemand angreifen oder sich am Strand verstecken und überraschend aufspringen. Ich schließe nicht aus, dass er sich einem der Opfer näherte, indem er sich auf die Freundschaft mit Ihnen berief."

Ein klappriger *Jeep* überholte links, trotz der roten Ampel, bog rechts ab, kreuzte fast den Weg von Dianas Wagen und fuhr mit höchster Geschwindigkeit davon.

Diana setzte ihre Erzählung fort.

„Der neidische Mann ist schlimmer als die eifersüchtige Frau, ich versichere es Ihnen aufgrund meiner Erfahrung als Ermittlerin. In diesem Fall gibt es mehr als genug Motive. Pedro Blablabla erträgt Sie nicht, Juan, er verzeiht Ihnen Ihren unverschämten Hedonismus nicht, er toleriert nicht, was er Ihre Macht über die Frauen nennt, er stellt sich vor, dass Ihnen diese Macht die Eroberungen erleichtert und Ihnen das Tor zu einer Flut von Freuden und zügellosen Liebesabenteuern öffnet, die ihm verwehrt ist. Sie rauben ihm die Fantasien des frustrierten Machos. Er hasst Sie, weil Sie die Wünsche befriedigen, die für ihn immer Träume bleiben werden. Er hasst Sie, ohne es zu wissen. Der Hass führt zum Verbrechen. Der Rest sind technische Details, die kalte und unerbittliche Technik des Verbrechens."

Pedro Blablabla: Ich klage an

Es muss noch die letzte Chance aus dem Tintenfass geholt werden. Die Erzählung ist noch nicht zu Ende. Die Leser können das Folgende glauben oder nicht, denn es steht ihnen ein spontanes Recht zu, Gläubige oder Ungläubige zu sein. Wenn wir von außergewöhnlichen Personen sprechen, muss auch das Ende der Geschichte außergewöhnlich sein ... zumindest einstweilen (denn es werden neue Ereignisse im Halbdunkel auf der anderen Seite des Türschlosses vermutet). Unsere Figuren zwischen zwei Jahrhunderten gehören einem tropischen Land an, in dem alles möglich ist, und einer Epoche, deren Fülle an Dämonen weniger glückliche Zeiten übertrifft.

Das Merkwürdigste auf der Welt, lieber Leser, ist ein ungewöhnliches Ereignis in der Geschichte, wenn wir das Buch schon zufrieden schließen wollen, weil die Fäden zusammenkommen, die Fragen gelöst werden und die Beruhigung bleibt, dass der Schmerz reine Fiktion auf dem Papier war. Pedro Blablabla, der sich gegen die Hilflosigkeit wehrte, in die ihn die Dummheiten des Schicksals gestürzt hatten, zeigte mit anklagendem Finger auf einen neuen Verdächtigen.

Der Leser darf lächeln.

Pedro klagte den Erzähler dieser Geschichte an.

Er bezichtigte ihn mit einer schonungslosen Anschuldigung. Der Erzähler ist der Verantwortliche, sagte er mit heiserer und mutloser Stimme, auf mich zeigend. Er war mit den Miserablen in der Kneipe, Information nach Belieben sammelnd. Er hört alles, macht Notizen, lügt und sagt, was ihm gerade einfällt, manipuliert Personen und Situationen zugunsten der Handlung und gegen alle Wahrheit. Ein mittelmäßiger Erzähler. Er hinterlässt falsche Spuren (halten Sie die Geschichte mit den duftenden Messern nicht für eine Dummheit?); er übertreibt die Eigenschaften des Helden und das Talent der Ermittlerin (wem fällt es ein, wenn nicht gewissen Drehbuchschreibern des Fernsehens oder Corín Tellado, eine nüchterne, talentierte, nicht korrumpierbare und fast schöne Polizistin zu erfinden?); er erfindet nutzlose Liebesabenteuer, die nur auf dem Papier existieren und konstruiert eine Figur mit unmöglichen Meriten. Solche Juanes sind Frechheiten. Es gibt keinen Verführer mit solchen Kräften auf der Welt. Der Erzähler beschreibt die Figuren auch nicht gründlich, auch nicht das Ambiente, denn er will die Leser nur mit bruchstückhaften Episoden zerstreuen, sich den Eindruck von Realität sichern, ohne sich in realistischen Einzelheiten zu verlieren.

Pedro ging sogar noch weiter.

Der Leser darf wieder lächeln.

Pedro Blablabla schrieb dem Erzähler die Verantwortung für die Verbrechen zu: Er tötete die Frauen, Dalila eingeschlossen, die schließlich ihren Verletzungen erlag, um seine Geschichte zu rechtfertigen. Reines literarisches Spiel, Maskerade, Kunstgriff eines Groschenromans. Die Justiz müsste ihn verurteilen. Und die Kritiker auch. Was für eine Scheiße ist das Leben dessen, der Intimitäten würdiger Personen erzählt, um sie zu demütigen, zu beleidigen und zu zerstören.

Er war sicher, recht zu haben. Er hatte den Erzähler gesehen, wie er die unglücklichen Opfer aufspürte, vollkommene und begehrenswerte Frauen, aber so perfekt und begehrenswert, dass er durch die Leidenschaft zugrunde gerichtet worden wäre, wenn er sie am Leben gelassen hätte. Der Erzähler hatte sie ausgespäht und begehrte, ihre Früchte zu essen, und hätte sogar in die Küche von Juan dem Feinschmecker gehen und das Feuer mit demselben Holz schüren und dieselben Gerichte kochen wollen. Pedro wusste alles, denn auch er hatte die Leidenschaften durch das Schlüsselloch gesehen, das dem Erzähler dazu diente, die Welt der Figuren auszuspähen. Der Erzähler wollte wie Pedro an der Stelle von Don Juan dem Feinschmecker sein; da ihm dies nicht gelang, zerstörte er dessen Lustobjekte – nicht die Personen, weil der Erzähler, wie alle Erzähler, keine Personen machte, sondern mit groben Fäden manipulierte Marionetten; und er, Pedro, wollte sich nicht manipulieren lassen noch sich in die hässliche Puppe der Geschichte verwandelt sehen und aus diesem so ehrenwerten Grund protestierte er und klagte den an, der mit dem ganzen Gewicht der Gerechten angeklagt werden musste.

Dies war der absurde Schrei des Schlechtesten der Miserablen.

Nachdem er in Melancholie verfallen war, wurde Pedro Blablabla in einen Limbus der Irrealität versetzt, verwirrt von der

Unsicherheit, welche die Beschuldigten befällt. Sein Scheißleben verwandelte sich in Kerkerdelirien. Er flüchtete sich in anklagende fiktionale Spiele, um den Schmerz zu ertragen, stellte er sich vor, dass auch er Fiktion war und dass ein infames Buch ihn erfand und ihm mit Druckbuchstaben auf blutenden Blättern sein Schicksal vorschrieb. Durch die Ungerechtigkeit entflammt, forderte er den Vater der Wörter heraus und beschuldigte ihn der Verbrechen dieser Fiktion, von denen er sich dank seinem Protest einer rebellischen Puppe erlöste.

Lieber Leser, ein mitleidiges Gefühl verpflichtet mich, die Vorwürfe dieses Unglücklichen mit Wohlwollen und – warum nicht? – mit Zärtlichkeit anzuhören. Ob er recht hatte, wird der Leser später entscheiden.

Diana hätte den Fall schon schließen können. Es fehlten noch einige Formalitäten und Technizismen; und schließlich würde die Gerichtsverhandlung stattfinden, deren Resultate sie selbstverständlich nicht bestimmen konnte. Aber erklärte sie ihn für abgeschlossen?

Begegnung mit Juan

Bevor ich zum Ende der Geschichte komme, möchte ich mich an dieser Stelle auf eine unerwartete Begegnung mit Juan beziehen. Sie geschah an einem unpassenden Ort. Ich machte mit einer Gruppe Wanderer einen Ausflug im nordöstlichen Bergland, als ich einen Klaps auf der rechten Schulter fühlte. Ich hatte ihn nicht gesehen, denn der Marsch hatte gerade erst begonnen. Er war es, blass, mit einem Rucksack und einem Stock ausgerüstet, ein wenig mit dem Aussehen eines Entdeckungsreisenden, das ihm nicht stand. Kaum waren wir ein wenig zurückgeblieben, verfiel er darauf, mich zu schelten. Er sagte mir, dass ihm der Entwurf einer Erzählung, die ich gerade schrieb, in die Hände gefallen war.

Ich weiß nicht, wie ihm das Manuskript in die Hände gefallen war. Ovid der Dichter hatte sich mir gegenüber verpflichtet, niemandem meine Aufzeichnungen zu zeigen. Ich hatte nur diese zweite Kopie auf Papier, außer dem Arbeitstext und der digitalen Version. Ich sage die Wahrheit: Ich begann über Juan zu schreiben, weil ich neugierig bin. Schon immer hat mich sein überschäumender Stil angezogen, die Faszination, die von ihm ausging, sein Talent, sich mitzuteilen, das, was die Kunst eines Don Juans genannt wird, diese Art Entzücken, von der hier ein uns andere Mal berichtet wurde. Sein Gesicht strahlte Glück aus, aber dies war falsch. Beim Entspannen, wenn er auf etwas außerhalb seiner selbst konzentriert war, fiel die glückliche Maske von ihm ab und ließ ein erschöpftes, fast trauriges Gesicht ahnen.

Oft gesellte ich mich freitags zu den Miserablen, seit drei Jahren auf Einladung von Ovid und versuchte, ihren immerwährenden Karneval zu übernehmen, ihre Hirngespinste und Fantasien, schlecht begossen im Taufbecken der Bars. Ich folgte ihnen, beobachtete sie, hörte ihnen zu, sah in ihnen das Welttheater verkörpert, bewunderte sie. Juan war anwesend und auch nicht, er nahm am Ritus teil, aber jedes Mal schien er abwesender zu sein, obwohl er nicht aufhörte, sich der Gruppe anzuschließen.

Das nicht immer erträgliche noch glaubwürdige Wort der

Miserablen, die Nachrichten in der Presse, gewisse gelegentliche Anspielungen Juans auf seine Liebesabenteuer und einige Interviews halfen mir, eine fragmentarische Geschichte hinzumurmeln, die ich schließlich in einem Text mit etwas von einem erotischen Roman, einem Schelmenroman und einer gewissen Neigung zum Genre des Kriminalromans hinkritzelte. Ich gab Ovid dem Dichter das Manuskript und weiß nicht, wie es in Juans Hände gelangte.

„Du lügst", sagte Juan zu mir. „Du hast einen Juan erfunden, der nicht existiert."

Er wollte noch etwas sagen, ich erwartete einen langen Vorwurf, aber er schwieg während des Restes des Ausflugs. Er war abgezehrt.

An jenem Tag fragte ich mich im Ernst und im Scherz: Existiert Don Juan der Feinschmecker?

Diana und der Erzähler

Das Telefon klingelte. Diana wollte mit mir sprechen. Wir hatten uns einige Male gesehen. Nie an sozusagen *korrekten* Orten, wie es einer formellen Amtshandlung zukommt. Ich lernte sie in einer modernen Bar in Escazú kennen und danach traf ich sie in Lokalen anderer Sorte wieder oder, um es genauer auszudrücken, sie traf mich bei den Kneipensitzungen der Miserablen; manchmal tauchte sie dort auf, bereit, eine Limonade in Gesellschaft zu trinken und zu beobachten. Eines Sonntags entschloss ich mich, privat mit ihr zu reden. Wir fuhren zum Mittagessen zum Hotel Bougainvillea in Santo Tomás, Provinz von Heredia, wohin man auf einer kurvigen Straße kommt, nachdem man eine sehr alte Hängebrücke überquert hat, die kurz davor steht einzustürzen. Der Leser irrt sich nicht: Ich wollte sie über ihre Ermittlung interviewen. Nach dem Mittagessen, das an jenem Sonntag Kirscheis mit Baiser und viel Geschwätz und Mittagstrivialitäten einschloss, gingen wir in den Gärten spazieren, ohne *das Thema* auch nur zu streifen. Die günstige Gelegenheit kam im Pavillon des Labyrinths (einen besseren Ort hätte der Erzähler eines Groschenromans nicht wählen können). Die Reproduktionen von Escher am Kranzgesims verleihen dem pflanzlichen Irrgarten das Aussehen eines mathematischen Spiels und auch der Geschichte von Don Juan dem Feinschmecker. Escher gelang es, imaginäre Intrigen zu schaffen, indem er die Beziehungen zwischen Hintergrund und Figur umkehrte: Die Räume zwischen den Reitern sind auch Reiter, die in die Gegenrichtung reiten.

„Ich schreibe eine Chronik über das schöne Scheißleben."
„Wie?"
„Sie nennen ihn Don Juan den Feinschmecker, wussten Sie das nicht?", murmelte ich mit einer etwas naiven Stimme, denn Diana steckte mehr Information im Hals, als sie durchscheinen lassen würde, und nahm aus guten Gründen an den Hexensabbaten teil, welche die Miserablen freitags zusammenriefen. „Die Trivialitäten brechen das Eis, wer weiß das nicht?"

Diana atmete tief ein und dann stieß sie die Luft mit den Lippen aus, ihre Zeiten als Raucherin heraufbeschwörend.
Ein Schwarm von Sittichen flog krächzend über den Garten.
„Die Sittiche sind immer fröhlich."
„Ich brauche Information", sagte ich zu ihr.
„Die Vogelschwärme haben Escher inspiriert."
„Helfen Sie mir?"
Diana runzelte die Stirn.
„Mmmm ..."
Sie verfolgte fasziniert den harmonischen und glücklichen Flug, aber schließlich gab sie ein wenig zögerlich nach. Selbstverständlich fühlte sie sich aus ethischen Gründen nicht wohl dabei, aber ich berührte bei ihr eine Saite professioneller Eitelkeit. Vielleicht ließ sich ihr Sinn durch den Garten, das Labyrinth und die Vögel erweichen, die es verstehen, Ordnung in das Chaos zu bringen. Oder vielleicht wollte sie einen gewissen Einfluss auf meinen Text ausüben. Jedenfalls teilte sie mir technische Daten mit, ohne sich einer Bloßstellung auszusetzen. Diesen Eindruck hatte ich später, als ich das Treffen mit einem Wangenkuss besiegelte. Vielleicht kompromittierten die Daten weder ihre Diskretionspflicht noch die Nachforschungen. Nachdem wir den Pavillon von Escher verlassen und das Labyrinth durchquert hatten, gingen wir durch den Garten. Auf dem Boden wachsende Bromelien und Zweige umschlingende Orchideen schienen die Freude zu feiern, dass das Leben voller Überraschungen ist.

Dies war unser erstes Gespräch.

Monate später klingelte das Telefon und sie schlug mir vor, sich mit mir zum zweiten Mal zu treffen.

Ich lud sie nach Ram Luna ein, an der Landstraße nach Tarbaca im Süden der Stadt. Nahe am Abgrund und mit Blick auf das Tal begannen wir einen dämmrigen Dialog. An diesem Tag, die Berge im Hintergrund erblickend und die Lichter, die schon aufflammten, verstand ich von neuem die Schönheit des Hässlichen: Nur auf diese Weise kann die Seele beim Anblick San Josés gerührt werden: Von der Höhe aus, in weiter Entfernung, mit verschwimmenden Bildern und in der mit leuchtenden Punkten übersäten Dämmerung grenzt die hässlichste Stadt der Welt, die Mutter des Chaos, ans Sublime. Noch ist Zeit, bevor die Berge im Dunkel versinken, sich von den Vulkanen berücken zu lassen, die Tres Marías, die Senken des Desengano und der Hondura und von dieser tropischen Hochebene, die sich gerne dank der Kordilleren von der Welt isolieren würde.

Unsere Verabredung diente nicht dazu, uns von der Landschaft verzaubern zu lassen. Ich war gespannt, die Neugier ließ mich an einem Faden hängen. Diana würde Gründe haben, um mit mir zu sprechen, aber man konnte ihre Absicht nicht erraten. Manchmal suchte sie die Miserablen auf und fragte nichts.

Dieser Eindruck verstärkte sich später, an den Abgründen von Tarbaca, benommen vom Schwindel oder vielleicht durch die Wirkung eines unseligen Biers mit Zitrone.

Diana fing an.

„Er beschuldigt Sie weiterhin."

„Erklären Sie sich besser."

„Pedro behauptet, Sie hätten ihn verbrecherisch *gemacht.*"

„Ich erzähle."

Sie sagte es mir sehr ernst ins Gesicht:

„Der Erzähler ist nie frei von Schuld."

„Warum sagen Sie das?"

„Er passt die Daten an, wie es ihm gefällt."

„Jeder andere tut dasselbe."

„Als wir im Labyrinth miteinander sprachen", sagte sie, jedes Wort sehr gut vokalisierend, „haben Sie mir ohne Vorwarnung einen Ausdruck ins Gesicht gesagt, den ich als grotesk zu bezeichnen wage: Der Erzähler hat die Seele eines Spanners."

„Habe ich Ihnen das gesagt?"

„Ja."

„Schauen ist eine Methode", antwortete ich, sie herausfordernd.

„Eine primitive Methode."

„Der Diskurs der Methode beginnt mit dem Blick", insistierte ich.

„Ja, mit dem obszönen Blick des *Voyeurs.*"

„Was soll's?", sagte ich zu ihr, eine gleichgültige Miene zeigend.

Sie antwortete sehr ernst:

„Ich habe lange darüber nachgedacht, glauben Sie mir. Wer kommt auf den Kunstgriff, die Verirrungen des *Spanners* mit den kriminellen Nachforschungen zu vergleichen? Erlauben Sie mir, Ihnen etwas zu sagen: Unter dem Schutz der Farce des Erzählens richten Sie die Augen auf verbotene Räume, ohne irgendjemandes Erlaubnis dafür einzuholen. Sie übermitteln nicht die Wahrheit; Sie spielen mit ihr, bis Sie die perversen Umrisse der Information streifen. Ihre Textarbeit übersetzt nicht die Realität; sie entstellt sie und passt sie den Instinkten des Lesers an. Wir Polizisten machen weniger infame Sachen."

Sie schien erzürnt zu sein, ohne dass dies Folgen für ihren Gedankengang gehabt hätte. Ich übertreibe nicht: Für eine so intelligente Person kommt die Stunde, ihre Vorurteile zu revidieren.

„Ich banalisiere die Verbrechen nicht", antwortete ich ihr, ohne mich von ihrer Erregung mitreißen zu lassen.

„Aber Sie befriedigen die niedrigen Begierden des Lesers wie die Sensationspresse."

„Keineswegs streite ich meine Mitschuld als Erzähler ab. Zum Unglück (oder zum Glück, wer weiß?) sind die Erzählungen schöne und beunruhigende heimliche Beobachtungen oder Laster eines *Voyeurs*. Der Roman ist ein Schauspiel für Spanner, denen der Erzähler beisteht. Erschrecken Sie nicht: Jedermann trägt einen Spanner in sich, selbst wenn er es vor sich verbirgt, indem er köstliche Übungen des Selbstbetrugs praktiziert. Alle spannen wir, alle sind wir *Voyeurs*."

Ihre Augen sprühten Funken.

„Sie passen die Dinge Ihren Wünschen an und bekennen sich als *Spanner*."

„Ich sagte es Ihnen gerade. Immer gibt es ein berufsbedingtes Laster."

„Dann hat Pedro recht. Der mit dem oberflächlichen Bla Bla Bla: Wer hätte das gedacht?"

Diana beobachtete mich lange Zeit, lächelnd, fast böswillig. Tat ich ihr leid? Dachte sie nach? Lachte sie? Wollte sie mir die Ohren abreißen?

„Warum nehmen Sie Pedro Blablablas Argumente übel?"

Sie zog die Augenbrauen hoch und fuhr fort:

„Der schuldige Pedro ist eine traurige und schlichte Erfindung des Erzählers. Sein Bericht über die Ereignisse sprach ihn schuldig. Er ist von Ihrer Manipulation überzeugt, glauben Sie mir. Laut Pedro hat sich der fiktionale Text gegen die Realität durchgesetzt ... um Juan zu retten. Niemand vertreibt diese Idee aus seinem Kopf. Seltsam, denken Sie nicht? Oder zu offensichtlich?"

„Ich verteidige mich nicht", antwortete ich ziemlich unbehaglich. „Das heißt, ich glaube weiterhin an die Theorie. In diesem Fall war nicht ich es, noch der schmutzige Beruf des Erzählers, der Pedro beschuldigte. Es war die Polizei, Sie selbst. Wenn die Polizisten, die Staatsanwälte und die Richter sich auf

Erzählungen stützen, außer den physischen Beweisen, ist es nicht meine Schuld; mehr noch, die physischen Beweise müssen in die Erzählung integriert werden, will sagen, in die Fiktion. Der Staatsanwalt konstruiert Geschichten um die Tatsachen. Auch er. Staatsanwälte, Polizisten, forensische Techniker, Richter, Erzähler, Spanner, Fernsehzuschauer: alle leben wir in einer Gesell-Kamera, die elendste Obszönität praktizierend: die, andere anzuschauen und das, was wir sehen, in Fiktionen zu verwandeln."

„Übertreiben Sie nicht", sagte sie mir, die Silben betonend, die Augen kalt. „Pedro klagt Sie als Denunzianten an. Eine falsche Anschuldigung, nach ihm. Erfindungen eines billigen Spitzels. Sie sehen bereits: Es geht nicht um Theorien über Kriminalromane, sondern um Intrigen. Was sagen Sie dazu? Vulgäre Intrigen."

„Sagen Sie es."

„Was soll ich sagen?", Diana lächelte mit falscher Naivität.

„Ihnen kommt es zu, die Beweise gegen Pedro beizubringen", sagte ich ihr, sie nicht ohne ein wenig Bosheit in der Stimme herausfordernd. „Jedes andere Argument ist überflüssig."

„Das wird man im Prozess schon sehen."

„Warum wollte er mich sehen?"

„Ich weiß es nicht. Einstweilen arbeite ich auf der Spur von Pedro Blablabla, obwohl etwas mein Interesse weckt und ich dachte, dass ..."

„Ja, natürlich, Sie dachten, dass ich Sie von Gewissensbissen befreien würde."

„Ich möchte gelassen sein. Immer ist es so. Aber es ist nicht nur das."

„Sie haben schlecht gewählt. Ich bin kein guter Beichtvater; im Gegenteil: Der Schriftsteller rührt die Dämonen auf; nie lässt er sie in Ruhe."

„Ich untersuche das Verbrechen, ich versetze den Verbrecher in Unruhe."

„Aber es gibt einen Unterschied: Der Schriftsteller befreit die Dämonen; die Justiz sperrt sie ein."

„Ich wende eine Regel an: Misstrauen, misstrauen, misstrauen."

„Gibt es andere Fährten?"

„Wenn Sie es sagen ..."

Diana heftete die hellen Augen auf mich und sagte schließlich: „Es werden nicht viele Tage vergehen, bis wir uns wieder sehen."

Abgeschlossener Fall?

Ein Schatten zog ihm an den Augen vorbei. Juan lächelte vor Dulces ausgestrecktem Körper. Er sah sie, ohne zu ermüden, lange Minuten an. Sie schlief.

Erdulde mit Wohlwollen, lieber Leser, diese neue Unterbrechung. Es fehlen nur wenige Seiten, um den Roman zu beenden, geschrieben, um dich zu zerstreuen, und du weißt eine Einzelheit noch nicht: Die erste Zeile des vorangegangenen Absatzes sollte wegen des Undanks des Autors ein Gefühl der Wut in deiner Brust erregen.

Ich bitte dich, durch das Schlüsselloch zu schauen: Juan verlässt das Zimmer, geht in die Küche, nimmt Dulces Lieblingsmesser, untersucht die Schneide, wischt ihm den Griff mit einer Papierserviette ab; das polierte Metall verschwendet Blitze in der verderblichen Nacht. Juan streichelt es, die Schneide abtastend, mit dem Daumen, eine im Gedächtnis verlorene Geste von neuem erlebend. In dieser Nacht hatte er die Hühnerbrühe gegessen.

Die Augen wurden ihm feucht und dann badeten die Tränen seine Wangen, gerührt von dem Engel der Karibik, der im Zimmer neben der Küche schlief.

Ende aller Enden

Du hast beim Lesen dieser Seiten Würfel gespielt. Entscheide jetzt, ob du es beklagen musst.

Während ein Schatten an Juans Augen vorbeizog und der sognannte Don Juan der Feinschmecker in der Küche seiner schlaflosen Nächte zusammenbrach, geschahen unvorhergesehene Dinge in den Plänen, die sich diese Erzählung entworfen hatte. Um sie kennen zu lernen, bitte ich den Leser, ein Haus zu beobachten, das an irgendeinem Ort in den Hügeln liegt.

Im Licht einer Schreibtischlampe öffnen zwei gewandte Hände einen sepiafarbigen Umschlag – ich habe ihn bereits früher erwähnt – und schütten seinen Inhalt von Fotografien und Zeitungsausschnitten auf einen Glastisch. Unter den Bildern sticht das einer jungen Frau hervor. Ein Mann geht hinter ihr her. Auf einem anderen geht eine junge Frau durch einen Garten, das Haus im Hintergrund. Auch sieht man einen Waldweg und den Strand im Hintergrund. Andere Fotos zeigen junge Mädchen. Juan erscheint aus verschiedenen Blickwinkeln anvisiert. Die Hände suchen besonders bestimmte Fotografien. Das ziemlich aufgeräumte Zimmer lässt, obwohl es im Halbdunkel liegt, Regale mit Ordnern erkennen. Ein eingeschalteter Computer ist im Ruhezustand. Es gibt auch Zeitschriften: einige Playboys und Sohos. Auf dem Boden, neben dem Computer, lässt die Lampe zwei Revolver und eine Kalaschnikow erkennen.

Die Finger streichen jetzt über den schönen Körper. Der Lichtkegel beleuchtet jetzt die linke Pupille des Mannes, die Wange, das gepflegte Haar. Die andere Seite des Gesichts ist im Halbdunkel nur angedeutet. Die beleuchtete Hälfte des Mundes zeigt eine genussvolle Grimasse … Oder ist es nur ein ungenauer Blick von der anderen Seite des Türschlosses?

Der Mann steht auf, geht zum Fenster und deckt ein durch den Gebrauch abgenutztes Teleskop ab. Er beugt sich vor und schaut in eine unbestimmte Richtung. Vielleicht schaut er aus Gewohnheit. Neben ihm liegt eine Kamera mit Teleobjektiv. Er lächelt wieder und zeigt die Zähne. Im ganzen Appartement stehen überfüllte Aschenbecher. Er zündet eine Zigarette an. Die Flamme beleuchtet einen Teil seines Gesichts.

Warum taucht der Mann mit gelben Zähnen wieder in der Geschichte auf?

Dank ihrem Geruchssinn hatte sich etwas in Dianas Einbildungskraft quer gelegt, eine Einzelheit, die den Phantasmagorien des schönen Scheißlebens von Don Juan dem Feinschmecker fremd, aber nicht weit von ihnen entfernt war.

Diana schloss mit einem Knalleffekt. Vielleicht waren ihr nicht gewisse Einzelheiten entgangen. All ihre Grübeleien und Studien und Interviews waren nur ein Umweg, um den Verdacht zu konsolidieren, der allmählich Form annahm. Unter ihren Papieren hatte sie einen Haftbefehl. Die fünf Polizeiwagen ließen die Reifen quietschen und flogen in Richtung der östlichen Berge. Seit Jahren ermittelte sie gegen ein Netz von Mafiosi, das sich dem Mädchenhandel und der Geldwäsche widmete. Am Ende der Geschichte führten die Spuren zum Haus dieses Subjekts mit gelben Zähnen, des Anführers der Bande im Land, gegen den sie den anklagenden Finger richtete.

Dianas Assistent hörte die Zusammenfassung zum dritten Mal: „Die große Werbekampagne mit Flor Salvaje, die nur dazu gedient hätte, das schmutzige Geschäft zu kaschieren, war ein Fehlschlag. Die Morde mit Küchenmessern waren eine Rache der Mafia. Wir schließen eine Hypothese nicht aus: Vielleicht gab es Entführungsversuche, die mit Mord endeten, was mich nicht überraschen würde. Welche Erklärung passt gut zu dem Gesamtbild?", fragte sie sich selbst. „Sie beschuldigten Juan des Misserfolgs und begannen seine Freundinnen hinzurichten, um den Verdacht auf ihn zu lenken, statt ihm den Hals abzuschneiden; oder ihn zu zwingen, mit ihnen für den Rest seiner Tage zu arbeiten, von denen unter diesen Umständen nicht einmal Gott versprechen würde, dass sie lange währen würden.

Ganz zum Schluss

Drei Wochen später wurde an die Tür meines Hauses geklopft. Wie immer kam Diana, ohne sich anzukündigen. Sie zog es vor, überraschend zu erscheinen. Wer weiß? Vielleicht war es eine Methode. Oder ihr Arbeitsstil. In diesem Fall gab es keinen Unterschied und ihre guten oder schlechten Angewohnheiten interessieren jetzt nicht. Sie war da und wollte reden – ich erriet es, ohne mich groß anzustrengen, an ihrem Gesicht, kaum dass ich die Tür geöffnet hatte, durch die ein warmer Wind in das Haus hereinkam. Ich lud sie an jenem Nachmittag ein, sich zu entspannen, und wir machten es uns in meinem Arbeitszimmer bequem, wo sie sich viele Stunden lang plaudernd und in Büchern blätternd die Zeit vertrieb, vielleicht verwundert über die minuziöse Unordnung auf meinem Schreibtisch und außerhalb seiner. Die Nacht würde bald hereinbrechen, die Temperatur war sehr angenehm und die Umstände luden dazu ein, die Plauderei mit göttlicher Flüssigkeit zu taufen: Wir leerten nicht eine, sondern drei Flaschen Rotwein von edlem Gewächs, denen wir einen *Brie* hinzufügten, der ein wenig versteckt in der Speisekammer wartete, und einen am Vortag gekauften Parmaschinken, Oliven und Kapern. Wir veredelten einige gebratene rote Paprikas mit kaltgepresstem Olivenöl von meinem Freund Yannis aus Kreta importiert. Die *Ciabatta*, die zwischen Fisch und Fleisch ihren gerechten Schlaf im Gefrierschrank schlief, endete ihre Tage auch in jener Nacht. In ihrer Freizeit sagte Diana der Limonade mit wenig Zucker Adieu. Schon gelöst, ohne die gewöhnlichen Spannungen, strahlte sie eine intelligente Schönheit aus, schlicht, ein wenig aus der Ferne.

Ohne viel Umschweife kamen wir zum Thema: Don Juan, die Agora der Miserablen, die armen ermordeten Mädchen, Flor Salvaje, der Raucher mit gelben Zähnen und seine endlosen Zigaretten, der Clan, der Mädchenhandel. Um die Wahrheit zu sagen, klopfte in jener Nacht die günstige Gelegenheit an die Tür, Lücken zu füllen, die meine Erzählung, fragmentarisch und arm an Einzelheiten, nicht verschleiern konnte.

Wir sprachen viel, lange und bei weinseligem hohem Seegang, der mir am nächsten Tag zusammen mit dem Ende der Geschichte durch den Kopf schwirrte.

Ich fasse jetzt zusammen, was sie mir erzählte, denn das schulde ich dem Leser: Er soll später nicht kommen und mir lose Enden vorwerfen.

Das Projekt mit Flor Salvaje schlug fehl, wie wir bereits wissen, aber nicht aus technischen Gründen. Im Allgemeinen scheitern die Werbefachleute nicht, wenn sie genügend Geld erhalten, um ihre Projekte zu finanzieren. Berücksichtigen Sie eine Trivialität, vermerkte Diana mit einem unterdrückten Lächeln, wie wenn jemand nicht im Ernst spricht: Die Spiele der Macht stützen sich immer auf Werbekampagnen. Dank ihrer legitimieren sich Personen und Waren. Die Waren können auch Symbole für andere Dinge sein. Wir alle wissen, dass die kommerzielle Werbung der Pfeiler der auf Konsum gegründeten Wirtschaft ist. Genauso praktizieren die Institutionen die Öffentlichkeitsarbeit und begleiten ihre Dienstleistungen mit der Aureole der Werbung. Kurz und gut, wenn wir von Propaganda und Macht sprechen, sind die großen Namen Echos von Maschinerien. Auch die Künstler, die Schriftsteller, die Kirchen.

Sie unterbrach sich wieder und führte das Glas an die Lippen. Sie hatte den Schinken nicht gekostet, aber schließlich entschloss sie sich dazu, wählte methodisch eine Scheibe aus und legte sie auf das Brot. Nachdem sie gekaut hatte, leckte sie sich nachdenklich die Lippen und kehrte zum Thema zurück.

Von Anfang an war Flor Salvaje ein Leuchtturmprojekt. Ihre Figur symbolisierte mehr oder weniger legale und gut in Gang gebrachte Geschäfte. Wenigstens war dies der Werbefeldzug und er begann gut. Aber diese Operation war der sichtbare Teil eines Systems geheimer Aktivitäten, über die Juan, in seinen eigenen propagandistischen Machenschaften gefangen, *am Anfang* nichts wusste. Auch das Model kannte diese schmutzige Seite nicht, noch hunderte Vertriebspartner und Geschäfte, welche die Auslagen mit sinnlichen Fotos überfüllten. Ich werde es Ihnen besser erklären. Die Lancierung war ein Vorwand, oder besser eine glänzende und erotische Fassade. Die Bikinis ließen viel braune Haut sehen, aber sie versteckten auch eine schöne Vulva, die schmutziges Geld produzierte, und eine gut geschmierte Maschine, um es zu waschen. Sehr einfach, erklärte mir Diana: Die Werbekampagne kostete großes Geld, das man gleichzeitig in vielen Ländern anlegen konnte. Bei den ganzen Machenschaften, zusammen mit der Werbung, ließ man einen legalen Markt für Damenbekleidung arbeiten, der dazu geeignet war, *waschbare* Gelder zu investieren. Wozu sollten die Ausgaben der Werbekampagne, die Fabriken und Geschäfte, der Großhandel und der Vertrieb dienen, wenn nicht dazu? Vielleicht kennen Sie einen außergewöhnlichen Sachverhalt nicht, sagte sie mir mit düsterer Miene: In Europa wirft die fast überall legale Prostitution mehr Gewinn ab als der geheime Waffen- und Drogenhandel. Es ist richtig, dass die Prostituierten von St. Pauli dem Finanzamt Steuern auf ihre Einnahmen zahlen, aber die Versorgung mit frischem Fleisch in Hamburg, Rom oder Paris und in tausend weiteren schmutzigen Verstecken überschreitet Grenzen und erneuert sich jede Nacht. Das Gleiche geschieht in New York oder in Texas. Die Kunden verlangen junge Beute und rücken heraus, was man von ihnen für einen Fick verlangt, selbst wenn die Zeit dafür gemessen wird. Es gibt auch Kunden erster Klasse wie bei den Flügen. Dank diesen Dienstleistungen lässt sich der Meistbietende zu Hause bedienen. Niemand wird den Fall jenes in Frankreich geborenen bekannten deutschen Moralisten vergessen, den die deutsche Polizei mit Kokain und sehr jungen käuflichen Mädchen erwischte, zur Verfügung gestellt von Konkurrenten des Kartells, das hier das Subjekt mit gelben Zähnen vertrat. Letztendlich, und um zu unserer Angelegenheit zurückzukehren, schuf das Projekt Flor Salvaje ein *ehrenhaftes* kommerzielles Netz, welches als Instrument diente, das durch den Mädchenhandel eingenommene Geld zu waschen, eine Aktivität, die ihrerseits in koordinierter Form und natürlich im Untergrund stattfand. Die *Bikinis, Brassières und Pantys,* die Flor Salvaje spärlich bekleideten, blieben bei uns, den Lateinamerikanern; die schönen Körper hingegen wurden auf Bestellung in den Märkten der ersten Welt verkauft. Was halten Sie davon, mein Freund? Alles passte sehr gut zusammen: ein fehlerloser Werbefeldzug, ein gründlich modellierter Körper, um die Pracht unerbittlicher Dessous zu zeigen und die große kommerzielle Maschinerie, die das Geschäft in den Kulissen und im Schatten vorantreibt, will sagen: den Verkauf junger und reiner Frauen und die Wäsche schmutzigen Geldes. Es existieren auch Instrumente der Attraktion, ohne die das System nicht funktioniert. Es ist nötig, einen ununterbrochenen Fluss neuer Körper zu unterhalten. Auf der ganzen Welt werden Enklaven des Geschäfts eröffnet, andere Geschäften werden übernommen oder dienen als Schutzschirm: Schulen für Models, Salons für körperliche Ästhetik, Schönheitswettbewerbe und alle Arten illusorischer Beschäftigungen. Neben dem unfreiwilligen Handel und der Zwangsprostitution gibt es einen anderen Grund: Der Glanz, der falsche Luxus, die verführerische Szenerie des Vorführens bietet bestimmten jungen Frauen eine Zukunft, die in ihrem Leben auf andere Weise unerreichbar wäre. Das Geschäft hat seine Wurzeln im Konflikt und im Elend. Dem Projekt Flor Salvaje gelang es, die Teile in unserer unvollkommenen Welt perfekt zusammenzufügen.

Fast alle.

Diana hielt inne und ließ ihren Blick wieder abschweifen.

Ich war gespannt. Ich verstand einige Schlüsselpunkte nicht. Diana erklärte mir ihre Theorie. Der Leser möge sagen, ob sie ihn zufrieden stellt.

Ordnen wir die Ideen, wenn Sie damit einverstanden sind, sagte sie zu mir. Es waren nur wenige und von innen genau kontrollierte Unternehmen, die Beihilfe leisteten. Die Mehrheit der Kleinhändler gehörte der Gruppe der nützlichen Idioten an (so sagte man früher in der Politik), welche die Einzelheiten nicht kannten und nicht einmal die Illegalität der Machenschaften. Aber warum scheiterten sie dann, wenn sie so gut organisiert waren und es genug Fett gab, um alle Teile zu schmieren? PubliServ hatte brillante Arbeit geleistet, Flor Salvaje machte die Gemüter weich, das Gefüge von Vertrieb, Kommerz und Werbung bildeten ein sinnliches und effizientes Puzzle, einige Textilfabriken, die mit ihnen unter einer Decke steckten, verdienten sich eine goldene Nase.

Sehr einfach, sagte sie, das Weinglas nehmend, ohne diesen maliziösen Ausdruck zu verlieren, den sie seit ein paar Stunden zeigte. Der kreolische Mädchenhandel konnte mit den osteuropäischen Kartellen nicht konkurrieren. Diese Clans kontrollieren die Marktbeschickung, die Versorgungsnetze und die Konsumentenmärkte. Sie diversifizieren auch die Märkte (erlauben Sie mir, es weiterhin in so kalter Form zu sagen, in Ihrem ekelhaften ökonomischen Jargon), sie gelangen nach Nordamerika, in den Nahen Orient, sie bieten Ware für jeden Geschmack.

Die Kreolen konnten einen Krieg der Clans riskieren, obwohl es ihn in gewisser Weise gab, aber nicht auf französischem oder deutschem Boden, sondern hier auf dieser Barataria-Insel, wo Sie schon wissen, wer die Toten geliefert hat, das heißt, die toten Frauen, und wer das Unglück derer beweinen muss, die durch die halbe Welt verschleppt wurden. Aber es war kein Kampf widerstreitender Interessen, sondern die Rache, der Krieg nach innen. Gegen Juan. Aber Juan an sich war nicht wichtig, außer wegen eines Details. Vergessen wir nicht den Kanon der Mafia: Die Strafe ist ein Beispiel. Eine unveränderliche Regel.

Der Grund für mein Interesse, die Miserablen an ihren Freitagen in der Kneipe aufzusuchen (Sie werden sich erinnern, dass wir uns mehrfach zufällig trafen), war nicht die Neugier, noch dass ich Juan überwachen wollte, obwohl ich dies auch tat. Ich hegte den Verdacht, dass einer von ihnen der Verbrecher war oder wenigstens ein Komplize. Am Anfang heftete ich meine Augen auf Pedro Blablabla, aber mein Verdacht führte mich zu dem internationalen Netz und ich zog andere Namen in Erwägung. Es gab ein Detail: Flor Salvaje zog eine Zeit lang die Aufmerksamkeit auf sich und verschwand. Sofort danach begannen die Verbrechen zu geschehen. Diese Koinzidenz, obwohl sie nicht so offensichtlich war, führte mich auf die Spur. Der Zorro hatte in Beziehung zu den Mafiosi gestanden. Oder diese mit ihm, um es genauer zu sagen. Er spielte ein doppeltes Spiel. Ich weiß nicht, wie nützlich seine Information über Juan war, aber er verkaufte sie teuer. Es war der Mühe wert, ihn zu überwachen. Obwohl er kaltblütig ist, wurde nur er nervös, wenn ich die Miserablen besuchte.

Juan der Feinschmecker lehnte es ab, sich am Geschäft zu beteiligen. Sie führten ihn mit einem Angebot in Versuchung. Er sollte sich verpflichten, junge Frauen zu suchen und auszuwählen, die geeignet und einzigartig wären, und sie in der Wollust aller Sinne für außergewöhnliche Kunden auszubilden. Aber unser Held mit seiner Leidenschaft für die Aromen ist zu besitzergreifend und egoistisch und konnte sich nie herablassen, sie auf so niederträchtige Art mit anderen zu teilen. Nicht die Moral rettete ihn, noch die Angst vor dem Gefängnis, noch vor der *Vendetta*, die schlimmer ist; seine unnütze Leidenschaft rettete ihn. Aber er ertrug auch den Druck nicht und war kurz davor, sich mit einem Küchenmesser das Leben zu nehmen. Er wusste auch, dass die Verbrechen auf seine Täterschaft wiesen. Der Verdacht richtete sich gegen ihn, drohend, unbestimmt und unerbittlich. Juan identifizierte da eine wirksame Foltermethode. Er versuchte, sich zu verstecken, und verschwand drei Tage, voller Ängste und Schuldbewusstsein, denn er fühlte sich als passiver Komplize. Wenn wir die Verschwörung nicht aufgedeckt hätten, wäre er ein toter Mann.

Zusammenfassend erlitt der Clan doppelten Schiffbruch: beim normalen Mädchenhandel, um es so auszudrücken, und im Luxusmarkt.

Diana erhob das Glas, um das Ergebnis ihrer Ermittlungen zu feiern. Ihre Augen leuchteten.

Die Würfel sind gefallen

Die Würfel sind gefallen, lieber Leser, und vielleicht solltest du es beklagen: Wenn du diese Worte liest, schließt sich das Schloss, das den Blick auf die steinigen Wege eines dunklen Reiches öffnete. Mit gespanntem Körper und den Augen starr auf die Geschichte gerichtet, beugtest du dich zur anderen Seite, dich an der Gürtellinie krümmend, du warst *Voyeur*, spähtest fremdes Leben aus; aber das schmutzige Spiel ist beendet, nun ist alles vorbei und dir bleibt nur ein schlechter Geschmack im Mund zurück. Willst du noch etwas wissen?

Die Fantasie des Erzählers?

In jener Nacht blieb Diana, um sich nicht mit so viel Wein in der Seele ans Steuer zu hängen, bei mir zu Haus. Ich überlasse es dem Leser, sich den Rest vorzustellen. So weit geht der Erzähler nicht, unmöglich, Spanner bei sich selbst zu sein.

Aber hören wir schon auf.

Das Ende der Geschichte ist dieses letzte Wort, lieber *Voyeur.*

Rafael Ángel Herra (1943 in Alajuela, Costa Rica) Schriftsteller und Philosoph. Studierte klassische Philologie und Philosophie an der Universität von Costa Rica. Promotion zum Doktor der Philosophie an der Universität Mainz, Deutschland. Mehr als 20 Jahre Herausgeber der Revista de Filosofía de la Universidad de Costa Rica. Gastprofessor an den Universitäten von Bamberg und Gießen. Botschafter in Deutschland und bei der UNESCO. Ordentliches Mitglied der Sprachakademie von Costa Rica. Er ist Autor von sechs Romanen, drei Gedichtbänden, fünf Sammelbänden mit Erzählungen und fünf Sammelbänden mit Essays über philosophische Themen. Autor von Artikeln, die in mehreren Printmedien Costa Ricas und anderer Länder erschienen. Einige seiner Erzählungen erscheinen in internationalen Anthologien und sind ins Französische, Italienische und Deutsche übersetzt worden.

Hans Jürg Tetzeli von Rosador wurde 1938 in Wien geboren. 1956-1962 Studium der Germanistik, Anglistik und Romanistik an der Ludwig-Maximilians-Universität in München. 1963 – 2001 Dozent des Goethe-Instituts zur Pflege der deutschen Sprache im Ausland und zur Förderung der internationalen kulturellen Zusammenarbeit. Lehrer für Deutsch als Fremdsprache, Fortbilder für ausländische Deutschlehrer, Lehrbuchautor, Institutsleiter im In- und Ausland und Übersetzer aus dem Spanischen. Er lebt in Berlin.

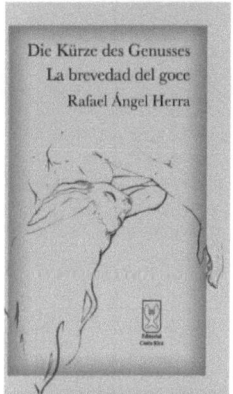